琥珀の月
～ヤンデレ義弟の執着愛に囚われる～

桜 朱理
Syuri Sakura

JN138565

目次

琥珀の月
～ヤンデレ義弟の執着愛に囚われる～ 5

日向の幸福 319

書き下ろし番外編
蜜月 331

琥珀の月
～ヤンデレ義弟の執着愛に囚われる～

プロローグ

もう九月も半ばになるというのに、夜になっても暑さが去ることはなく、とろりと絡みつくような熱が夜を支配していた。

空に浮かぶ半分だけ欠けた月は、舐《な》めたら甘そうな蜜のような琥珀《こはく》色がとても綺麗で、こんな時なのに思わず見惚れた。

「……いやぁ……」

突然、下肢を鋭く突き上げられて、自分の声とは信じられないか細い声が零れる。

「……随分、余裕だな」

掠《かす》れたどこか苛立ったような男の声が上から降ってくる。

見上げた先にある男――義弟の端整な顔が皮肉げな笑みを浮かべてこちらを見下ろしていた。

――余裕？　そんなものあるわけがない。

今、自分の身に起こっていることが信じられなくて、現実から目を逸らしたかっただけだ。

――義理とはいえ二人は姉弟《きょうだい》なのに……

体を繋げている現実があまりに重たくて、逃げ出したいのに、抵抗も叶わず床の上に縫《ぬ》い付けられている自分が情けなかった。

だが、美咲《みさき》を見下ろす男は現実逃避さえ許してくれない。

知らない男の顔で自分を見つめる義弟に、苦しさが増す。

――何故？　と思う。どうして？　と考える。

「……ど……ぉ……して……」

思いはそのまま呟きになり、上げ続けた悲鳴と喘《あえ》ぎに掠《かす》れた喉から零れ落ちる。

「今さら、それを聞くのか？」

呆れを隠さない声とは裏腹に、優しい仕草で頬に手を添えられ、口づけられる。

義弟の硬い指先からは、彼がいつも吸っている煙草《たばこ》のくせのある匂いがほのかに香った。

思わぬ優しい口づけに驚き瞠《みは》った瞳の先、義弟の長めの前髪が額《ひたい》に貼り付いているのが視界に入る。美咲は無意識に手を伸ばし、その前髪をかき上げた。

二人の視線が絡み合う。

先ほど見上げていた月と同じ、蜜のようなとろとろの光を帯びた金褐色《きんかっしょく》の瞳。

昔からこの瞳が苦手だった。時折、野生の獣のような威圧感を宿す瞳に、不穏な気配を感じて、射竦《いすく》められたように身動きが取れなくなる。

綺麗な琥珀《こはく》色の獣の瞳――

いつもは逃げ出したくなるのに、今この瞬間は魅入られたようにこの瞳から目を逸らせない。

「本当に、わからないのか。義姉《ねえ》さん？」

体の芯に深く響く美声で義弟が思わせぶりに囁《ささや》く。額《ひたい》に添えていた手を取られた。

視線を合わせたまま、ゆっくりとした仕草で、義弟が美咲の指先、手のひら、手首に口づけを落としていく。もどかしい刺激に知らず体が震え、中にいる彼を締め付ける。

自然と喘《あえ》ぎ声が零れ、その反応に義弟がふっと笑った。

その笑みに緊張の糸が切れ、突然、激しいまでの感情が湧き上がる。

それが怒りなのか、恐怖なのか、悲しみなのか、美咲にはわからない。

込み上げる思いのまま美咲は声を振り絞る。

「あんたの……な……にを、わか……れってい……うのよ」

両親の三回忌のために久しぶりに帰ってきた実家で、子どもの頃から苦手だった義弟と二人っきり。

何も変わらないように見える家の中で、二人の距離だけが変わっていた。

両親の死から二年——久しぶりに再会した義弟は、見知らぬ男のようで戸惑った。

十代の頃から年に合わない落ち着きと威圧感を備えていたが、しばらく見ない間にその存在感は増していた。普段から立ち居振る舞いが静かで、気配を感じさせない動作は、滑《なめ》らかなぶん野生の獣のようなしなやかな鋭さがあり、もともと綺麗だった顔立ちは精《せい》悍《かん》さを増していた。

気付けば、目が惹きつけられ、離せなくなる。

そんな義弟にどう接していいのかわからず、ほとんど会話もないままに、戸惑いばかりが募《つの》っていった。

夜の帳《とばり》が降りてくるとともに高まっていく緊張感と、夜になっても引かない暑さに疲れ、窓辺のソファに座りため息をついたのを覚えている。

何も考えたくなくて、ぼんやりと月を眺めているうちに、いつの間にかうたた寝をしていたらしい。唇に何かが触れる感触に目覚めると、驚くほど近くに義弟の端整な顔があった。

口づけられたのだと気付いた時には押し倒されていた。

言葉も何もないまま、突然始まった行為に、驚き抗《あらが》う体は力強い腕に押さえつけられ、悲鳴は義弟の口の中に消えた。

恐怖に竦《すく》んだ心を置き去りにして、体は巧みな愛撫《あいぶ》にあっけなく敗北した。気付けば熱に浮かされ、自分でも聞いたことのない甘い喘《あえ》ぎ声がひきずり出されていた。

体中に征服の証《あかし》を刻み込まれ、快楽に支配された体はもう自分のものではないようだった。感情とは切り離されたところで、体は快楽に溺《おぼ》れた。

まるで麻薬のような快楽に、涙が膜を張ったような瞳の先、見上げた月がやけに綺麗に見えて一瞬だけ、現実を忘れることが出来た。

この悪夢のような時間の中に、自分の意思はどこにもなかった。

たった数時間で、すべてのものが変えられてしまった。

義弟と再会してから続いていた緊張と、美咲の意思を無視して始まった行為に、心が対応しきれずに、張り詰めていた緊張の糸が切れ、まるで子どものように泣きじゃくることしか出来ない。

「いっ……体、なんなっ……のよ！　何がしたっ……いのよ！」

――怖かった。これから自分がどうなってしまうのかわからなかった。

こんな状況であっても、この野生の獣のように綺麗な義弟が、本気で自分を欲しがっているなんて思えなかった。

この男にとってこれは、いつもの遊びの一環でしかないのだろう。それがわかっているから辛かった。

両親や周囲の大人たちには上手に隠していたが、十代の前半には、すでに濃厚な男の気配を漂《ただよ》わせていた義弟。美しい顔立ちと年に合わない存在感は、いい意味でも悪い意味でも、同年代の中では際立って目立つ存在で、男女ともに彼の信奉者は多かった。

彼の周りには常に美しい女たちが、花の蜜に引き寄せられる蝶《ちょう》のように群れていて、気まぐれに女たちに手を出す義弟の姿を、半ば呆れながら見つめ続けたあの頃――時折、女の匂いをわざと纏《まと》いつかせ、それを隠そうともしない義弟を、十代の少女の潔癖さで嫌悪《けんお》していた。

けれど、本当はその綺麗な琥珀《こはく》色の瞳に映る女たちに嫉妬していた自分がいることを、美咲は知っている。でも、それを認めることは、決して出来なかった。認めてしまえば、美咲は美咲でいられなくなる。

――だから、嫌いだ。大嫌いだ。こんな男！

「ひ……っ、ひ、っく」

静かな部屋に美咲の泣き声だけが響く。

「あん……なんてっ……大、嫌い……」

泣きながら訴える美咲に、義弟は言う。

「知ってるよ。俺を嫌いなことなんて。でも、やめてやらない。憎まれても、恨まれてもいいから、あんたは俺を見ていろ。あんたは俺のものだ」

とても静かな口調で義弟は言った。あまりに身勝手な言葉に美咲は目を瞠《みは》る。しかし、言葉と同時に激しく腰を使われ、美咲は痛みと快感にわけがわからなくなった。

「……あ、や……ん……っ！」

今まで感じたこともないような快楽の渦《うず》に、強制的に叩き込まれ、美咲の思考は意味をなさなくなる。

白く濁《にご》っていく意識の中で、義弟の琥珀《こはく》の瞳がまるで月のように輝いて見えて、綺麗だと思ったのが、美咲の最後の記憶だった――

☆

自分の腕の中で意識を失い眠る義姉の美咲を、そっと抱きしめる。

月光に照らされた彼女の顔は、涙に濡れていた。閉じられた瞼《まぶた》の先、睫《まつげ》には狂気の時間の名残《なごり》の雫《しずく》がいくつも絡みついていた。その雫《しずく》はいまだ尽きることなく眦《まなじり》を伝い、美咲の乱れた黒髪を濡らしていく。

薄闇に包まれた室内に浮かび上がる白く華奢《きゃしゃ》な肢体には、敦也《あつや》がつけた指痕や赤い痕《あと》が無数に散らばっていた。それは大腿《だいたい》のきわどい場所にも無数に残され、白濁した蜜が美咲の下肢を汚していた。

一日で陵辱《りょうじょく》されたとわかる姿――

その痛々しい姿に、満足を覚える自分はおかしいのだろう。美咲に対する飢餓《きが》にも似た想い。

そんなことは、自分でもわかっている。

眠りながら、それでも泣き続ける美咲の眦《まなじり》に口づけて、その雫《しずく》を拭《ぬぐ》った。

ピクリと美咲の瞼《まぶた》が震えて、睫《まつげ》に絡んでいた雫《しずく》がまたいくつもの流れを作っていく。

涙と汗に濡れて乱れた、美咲の長く美しい黒髪を梳《す》き整える。

絹のように滑《なめ》らかな髪の感触が気持ちよくて、何度も指に絡めるように梳《す》く。

それでも、美咲はぐったりとして起きることはなかった。

『初めまして、敦也君。私は美咲よ！　仲良くしようね』

初めて出会ったあの日――差し出された義姉の手を掴《つか》んだあの日から、自分はずっと囚《とら》われてきた。

その黒い瞳に。掴《つか》んだ手の温かさに。

敦也は昔から、この二つ年上の義姉が欲しかった。

決して自分を見ようとしない、この義姉が……。

それは、ヒリヒリと灼《や》けつくように熱く、トロリと絡みつくように甘い、渇望だった。

抱き寄せた美咲のぬくもりは心地よかった。だが、これだけでは満足出来なかった。

敦也にはそれ以上に欲しいものがあった。

初めて抱いた美咲の体はまるで甘い毒のように、敦也の体に深い快楽をもたらした。排泄《はいせつ》行為としてのセックスとは違う、全身が総毛立つような深い官能。

快楽に染まって泣く美咲の瞳に映る自分を、もう一度見たかった。

美咲を追い詰めても、苦しめてもいいと思うこの想いは、綺麗なだけの感情ではない。

胃が灼《や》けつくようなこの飢餓《きが》にも似た想いを鎮《しず》められるのは、ただ一人、義姉だけ。

家族としての優しいだけの情愛も、温かいだけの絆《きずな》もいらない。

表面上は穏やかだった家族ごっこに終わりを告げる時が来た。

二度と自分は美咲を義姉とは呼ばないだろう。

自分はもう決めてしまった。

美咲を泣かせても、憎まれても、自分という男を美咲に刻み込む。

涙に濡れてその色を漆黒に染めた美咲の瞳に映る男は自分だけでいい。

眠る美咲に口づける。

自分の腕の中で眠る美咲は、誰よりも美しい。

もう自分はこの存在を手放すことは出来ない。

――ならば、手に入れるだけだ。


夜が明けていく。

まるで絡みつくようだった、熱を孕《はら》んでいた狂気のような夜が。

夜が明けた時、二人の関係は何もかもが変わっているだろう。

敦也が望んだままに――

第一章　パンドラの箱の底に沈めた恋

いつからだろう？

義弟の――敦也のあの琥珀《こはく》の瞳が苦手になったのは……

初めて出会ったあの日、これから自分の義弟になるという二歳年下の敦也は、まるでお人形のように可愛くて、その茶色の瞳がガラス玉みたいに綺麗で、嬉しかったのを覚えている。

母は美咲が三歳の頃に交通事故で亡くなり、父は男手一つで美咲を育ててくれた。だが、仕事の忙しかった父は家を空《あ》けることも多く、小さな美咲はいつも祖父母の家に預けられていた。

祖父母は美咲をとても愛してくれたし、仕事で忙しい父が美咲を大切にしてくれているのはわかっていたから、寂しいと思うことは少なかったような気がする。

美咲が七歳になった時に父が再婚し、美咲には新しい母親と二歳年下の弟が出来た。

それが敦也だった。

元モデルだという美しい母親によく似た敦也は、子どもの頃からとても秀麗な顔をしており、まるで人形のように可愛かった。

新しく出来た家族を、美咲は素直に喜んだ。

再婚前に両家の顔合わせを兼ねた食事会の席で、初めて見た敦也の瞳があまりに綺麗で、この子が弟になるのかと興奮した。

「初めまして、敦也君。私は美咲よ。仲良くしようね」

差し出した美咲の手を掴《つか》んだ、敦也の小さな手の感触さえも覚えている。

多分、あの時に、自分は彼の琥珀《こはく》色の瞳に魅入られたのだろう。

それからしばらく、琥珀《こはく》の瞳が見たくて、敦也の顔を覗き込むのが美咲のくせになったくらいには――

だが、いつの頃からだろう？　敦也の琥珀《こはく》の瞳に不穏なものを感じるようになったのは。

その琥珀《こはく》の瞳が苦手になったのは。

まるで、獲物を狙う野生の獣のように鋭くこちらを見つめてくる敦也の瞳が、美咲は怖くて仕方なかった。

その瞳は、美咲の中で眠る何かを揺り起こす――それを感じていたのかもしれない。

☆

目覚めはひどく不快だった。

体は鉛《なまり》のように重く、指を動かすのさえも億劫《おっくう》だった。

寝返りを打とうとしても、だるさを訴える体は美咲の言うことを聞こうとはしなかった。

特に腰から下は自分のものではないように重く、痺《しび》れていた。

体が熱かった。そして、喉がひどく渇《かわ》き、痛みを訴えている。

熱が出ているのかもしれないと美咲は思った。

だから、こんなに体がだるいのだろうと考える。

泣きすぎた後のように腫《は》れぼったい瞼《まぶた》を開くと、そこは大学進学までの十八年間を過ごした実家の部屋だった。

窓から差し込む光はもう黄金色《こがね》になり、時刻を確認すれば夕方の六時を過ぎていた。

――あれ、いつ実家に帰ってきたんだっけ？

そう思った次の瞬間、一気に美咲の脳裏に昨夜の出来事がフラッシュバックする。

「あぁ！」

掠《かす》れた叫びが美咲の喉から零れる。

――敦也！　あの琥珀《こはく》色の獣の瞳をした義弟に自分は……!!

「なん……で……」

がたがたと体が震えた。

半ばパニックになりながら、美咲はまるで自分のものではないような体を起こす。

そして、自分が素肌を曝《さら》したままであることに気付いた。

見下ろした自分の体中に散る赤い花びらのような痕《あと》に、昨日の生々しい感触が蘇《よみがえ》る。

胸や内腿のきわどい部分を中心として無数に散った赤。手首には抗《あらが》った美咲を押さえつけた時に出来たのだろう、指の痕《あと》がくっきりと残っていた。

体中に刻み込まれた敦也の痕《あと》は、昨日の狂気のような出来事が現実だったと知らしめてくる。

まるで、刻印のように刻まれたそれらを、美咲は呆然と眺めた。

夢だと思いたかった。

何もかもが悪い夢だと思いたかった。

だが、体中に刻まれた痕《あと》は、それを許してはくれない。

そして思い出すのは、美咲を揺さぶりながら言った敦也の言葉。

『知ってるよ。俺を嫌いなことなんて。でも、やめてやらない。憎まれても、恨まれてもいいから、あんたは俺を見ていろ。あんたは俺のものだ』

あまりに身勝手な言葉。美咲の意思も、何もかもを無視したものだった。

「……ふふ」

どれくらいそうしていたのかわからない。

やがて、パニックが去った後の美咲の唇から乾いた笑いが漏れた。

――何が、あんたは俺を見ていろよ！　何が、あんたは俺のものよ！

美咲は知っている。

――たとえ、美咲があの男のものになったとしても、あの美しい獣が決して美咲のものにはならないことを!!

自分の中の奥深くに、頑丈に鍵をかけて閉じ込めたものがある。

普段は忘れて、意識することもないそれが、美咲の心をかき乱す。

美咲は固く瞼《まぶた》を閉じて、指が白くなるほど強くシーツを握り締めた。

――何も思い出すな。何も感じるな。これは開けてはいけないパンドラの箱。

最後に残っているのは、希望ではなく絶望なのだから――

☆

絡みつくようだった厳しい残暑も、十月に入るとようやく秋らしい涼やかな夜を過ごせるようになってきた。

半分だけ欠けていた月も徐々にその本来の姿を現し、綺麗な円形になっている。

それに呼応するように、美咲の体に残された陵辱《りょうじょく》の痕《あと》は、少しずつ消えていった。

ひとつ、ひとつ。痕《あと》が消えていくたびに、美咲の心も少しずつ平静を取り戻していった。

そして、あの夜から二週間が経とうしていた――

「お疲れ様でした」

「お疲れ様～」

「あ、美咲！　これから飲みに行かない？」

「ごめん、今日は疲れてるから、また今度」

仕事が終わり美咲は同僚たちに声をかけると、職場を後にする。

美咲が勤める『彩華《さいか》―ＳＡＩＫＡ―』は県内に数店舗を展開する、オーガニック系コスメや食品、アロマ用品などの雑貨を扱うリラクゼーション系総合サービスの会社だった。社員数は三十人と少ないが、その分フットワークも軽く、徐々に業績を伸ばしている。

美咲は大学の頃から販売員のバイトとしてここで働いていた。バイト時代に社長に気に入られ、そのまま正社員として就職した。

明日は久しぶりの休みだった。普段の休日前の夜なら、友人や同僚たちと飲みに行ったり、恋人の安田恭介《やすだきょうすけ》とデートを楽しんだりするのだが、今はまだ、そんな気分にはならなかった。

美咲は一人、最寄の駅に向かって歩く。知らず、ため息が漏れた。

両親の三回忌から二週間――敦也との間に起こったことを、美咲は無理やり忘れることを選んだ。

――何もなかった。あの夜には何もなかったのだ。

そう言い聞かせることで、美咲は必死に自分を保っていた。

すべてのことに目をつぶり、耳を塞いで普段通りの日常を演じる。たとえそれが、薄皮一枚の上の危ういバランスのもとに保たれたものだとしても、美咲はあの夜の出来事を忘れたかった。

仕事中や誰かといる時は、ほとんど成功していたが、こうして疲れた夜に一人でいると、日常の底に閉じ込めたはずの悪夢が顔を出しそうになる。

浮かび上がってくる映像を振り払いたくて、美咲はギュっと目をつぶった。

――違う！　知らない、こんなこと！　あの夜には何もなかったのだ!!

切れ切れに浮かび上がってくる映像に、美咲が恐怖に包まれそうになった瞬間、後ろからよく知った声に呼ばれた。

「美咲！」

ハッとして振り向くと、そこには恋人の恭介がいた。

走ってきたのだろう。息を切らせた様子の恭介が美咲に向かって微笑む。

その顔に安堵と罪悪感を覚え、美咲はぎこちない微笑を浮かべることしか出来なかった。

「どうしたの、恭介？　そんなに焦って……」

「美咲に会いたくて店に行ったら、今帰ったばかりだって聞いたから、走って追いかけてきた」

荒い息のままにこりと微笑む男に、美咲の胸の奥が疼《うず》く。

「電話くれればよかったのに……」

「言われてみればそうだな」

美咲の言葉に、恭介の優しい顔が困ったようになり、言葉を濁《にご》して視線が逸らされた。

その様子に、美咲の笑みも強張《こわば》り、ぎこちない沈黙が二人の間に落ちる。

取引先の担当者だった三歳年上の恭介と付き合って二年。最近は少しずつお互いに結婚を意識していた。だが、ここ二週間、美咲は恭介とうまく接することが出来なかった。

「なんか、美咲が実家に帰ってから避けられている気がして」

思い切ったように、恭介がそう言った。

「何で？　私が恭介を避ける理由なんてないよ？」

美咲は平静を装《よそお》って、何とか微笑らしきものを浮かべて答えるが、その笑みが強張《こわば》っているのが自分でもわかる。

――嘘。本当は恭介を避けていた。

最初は敦也が残した痕《あと》を見られるわけにはいかなくて。

今は、無理やりであっても敦也に抱かれた自分を恭介に知られたくなくて、美咲は彼から逃げていた。

「最近、電話してもメールしても、仕事以外で会ってくれなかっただろう？　だから……」

「ごめん」

美咲は恭介との距離を詰めると、その大きな手を握る。

「美咲？」

罪悪感に歪《ゆが》みそうになる顔を見られたくなくて、恭介の肩に額《ひたい》を押し付ける。

「ごめん。両親の三回忌が終わって、ちょっとナーバスになってる。今さらだけど、両親がもういないんだなって実感しちゃった」

その言葉に恭介の体から力が抜けるのを感じた。

嘘ではなかった。でも、本当の理由でもない。

「そっか。そうだよな。こっちこそごめん。美咲が実家に帰っていた理由を、ちゃんと考えてなかった」

「ううん。ちゃんと話せなくてごめん。うまく気持ちの整理がつかなくて……」

「いや、俺が悪い。変な勘違いしてた。他に好きなやつでも出来たのかって、妙に焦った」

おかしいよなと苦笑する恭介の言葉に、何故かどきりとした。

脳裏に浮かぶのは敦也の琥珀《こはく》色の瞳。その瞳が美咲の嘘を嘲笑《あざわら》っているように思えた。

――違う！　違う!!　私が好きなのは、恭介だけだ！

美咲はそれを振り払いたくて、甘えるように恭介の肩に額《ひたい》を擦り付ける。肩に恭介の腕が回され、往来の真ん中で抱きしめられた。比較的、人通りの少ない時間帯だったおかげで、周囲に人はいない。

「もう少しだけ、待って。ちゃんと気持ちの整理をつけるから」

「俺もいる。あんまり一人で抱え込むなよ」

「わかった。ありがとう」

ぎゅっと美咲を抱く恭介の腕に力がこもる。

美咲の言い訳をすんなりと信じてくれた恋人の優しさに、どうしようもない罪悪感が込み上げてきた。

でも、あの夜のことを、恭介にだけは絶対に知られたくなかった――

途中まで送ってくれた恭介と別れ、美咲は自宅マンションまでの短い道のりを歩く。

住宅街を歩きながら見上げた月は、綺麗な満月だった。

舐《な》めたら甘そうな綺麗な琥珀《こはく》色。あの夜、最後に見た敦也の瞳と同じ色。

今日、恭介に言われた他に好きなやつという言葉に、何故か浮かんだ敦也の瞳。

その瞳が恭介と過ごす美咲を攻め立てる。

考えたくもないのに、今、思い出すのは敦也のことだった。

昔も、今も、美咲には敦也が何を考えているのかわからなかった。

ただ言えるのは、あの綺麗な琥珀《こはく》色の獣の瞳をした男が、決して本気で自分を欲しがることはないということだけ。

あの夜、敦也が言った言葉を、美咲は信じていなかった。

信じるつもりなんてなかった。

あれは、敦也にとって、ただの気まぐれでしかない。義弟を毛嫌いしている自分に対しての、度を過ぎた嫌がらせだ。

そうに決まっている。それで美咲がどれほど傷つくかなんて、あの義弟はわかっていないのだ。

その証拠に、目覚めた美咲は実家に一人で取り残されていた。

敦也の存在に怯《おび》える美咲の心を嘲弄《ちょうろう》するかのように、義弟はどこにもいなかった。

あの瞬間、敦也の気まぐれに踊らされ、飽きればあっさりと捨てられる存在でしかないのだと思い知らされた。

冗談じゃなかった。自分は玩具《おもちゃ》ではない。心もあれば感情もある人間だ。

ままならない体のまま、美咲は逃げるように実家を後にした。

もう敦也と会うつもりはなかった。

ピアニストとして活躍し、もともと海外を拠点にして生活している敦也とは、美咲が大学に入学してから、それこそ数えるほどしか会っていない。あの夜を含めても片手で足りるほどだ。

両親の葬儀の時でさえも、敦也は仕事のため帰ってこなかった。

意識して避ければ、たとえ義姉弟《きょうだい》といってももう会うことはないだろう。

このまま、何もなかったようなふりを続ければ、やがて真実は日常の中に埋没していくだろう。

なのに、辿《たど》り着いたマンションの部屋の前。まるでそんな美咲を嘲笑《あざわら》うように、二度と会うつもりのなかった綺麗な琥珀《こはく》色の獣の瞳をした義弟が立っていた。

壁に背を預けて俯《うつむ》く男の姿に、鼓動が音を立てて打った。

「敦也……？」

驚きに零れた声に反応して、敦也の眼差しが真っ直ぐ美咲に向けられた。

先ほど見上げた月と同じ琥珀《こはく》色に輝く瞳をした義弟は、やはり美咲の知らない男の顔で、美咲をその腕に捕らえようと手を伸ばしてくる。

驚きに身動きすら取れなかった。掴《つか》まれた腕の痛みが、これが夢でも幻でもなく、現実なのだと美咲に教えた。

美咲の手の中で、部屋の鍵についているキーホルダーが、ちゃらりと音を立てる。

それは、日常の底に閉じ込めたはずの悪夢が、再び美咲を捕らえた瞬間だった。

――どうして!!

美咲にはわからない。

何故、再び、敦也が美咲の目の前に現れたのか。あれは一夜限りの悪夢だったはずだ。

あの夜の出来事は何もかも忘れるつもりだった。忘れたはずだった。

――なのに、どうして……!!

今また自分は、こうして敦也の腕に捕らわれているのだろう。

抵抗してもがいても、敦也の腕から逃れることが出来ない。美咲の手から部屋の鍵を奪った男は、片手で器用に美咲を拘束したまま玄関の鍵を開ける。引きずり込まれるようにワンルームの部屋の中に連れ込まれ、ベッドの上に体を放り投げられた。

「嫌……っ！」

逃げようと美咲が体を起こす前に、敦也の大きな手が、簡単に美咲の体を白いシーツの上に縫《ぬ》い付けた。

恐怖が一気に美咲の中で弾《はじ》けた。無我夢中で逃げようと抗《あらが》ったが、男の力に敵《かな》うわけもない。

仕事中、邪魔になるからと纏《まと》めていた長い黒髪が、暴れるうちに解《ほど》けてシーツの上に乱れ、幾筋もの流れを作った。

「やめて!!」

すべての抵抗を封じられたせめてもの抗議に、美咲は体の上の敦也を睨《にら》みつける。

暴れて上気した肌と潤《うる》んだ瞳が、男の劣情を刺激することに美咲だけが気付かない。

カーテンを開け放したままの部屋を、あの夜と同じように月光が照らす。

満月の今日。月明かりだけでも、部屋の中は明るかった。

蒼い闇の中、浮かび上がる敦也の野性的で端整な顔。その眼差しは鋭く、まるで本当に獲物を狙う野生の獣のように、蜜色に光って見えた。

「……い……や。や……めって!!」

悲鳴も懇願も敦也には通じない。気付けば吐息が触れるほど近くに、敦也の琥珀《こはく》色に輝く獣の瞳があった。その瞳に、射竦《いすく》められる。

あの夜に覚えた痛みと快楽の記憶が美咲の体を呪縛して、一瞬、抵抗を忘れた。

「んんっ!!」

その隙を突くように乱暴に口づけられた。

悲鳴を上げるために開かれた口腔《こうこう》に、傍若無人《ぼうじゃくぶじん》な敦也の舌があっさりと侵入し、恐怖に竦《すく》む美咲の舌に絡みついてくる。

何もかもを奪いつくすように、強引な舌が美咲の口の中を動き回る。敦也の吸う煙草《たばこ》の苦い味と香りが口の中に広がった。

「うっ……ン……」

飲み込めない唾液が唇の端を伝い落ちる。角度を変え何度も執拗《しつよう》に舌を絡められ、歯列の裏、上顎《あご》を舐《な》め尽くされる。

暴れる舌に噛み付く気力さえ奪われて、何度も背筋を駆け上がる甘い疼《うず》きを堪《こら》えさせられた。

自分の鼓動と二人の唇から聞こえる濡れた音がやけに耳につく。

いつの間にか、掴《つか》まれていた手首が解放されていたことにも気付かない。知らず絡めるように繋がれていた大きな手に、震える指先が縋《すが》っていた。

「……ふぁ……ぁ……は……」

やっと解かれた口づけに、二人の間に唾液が透明な糸を引いた。

新鮮な空気を求めて、美咲の息が上がる。濡れた唇を敦也の長い指が拭《ぬぐ》った。

びくりと、そんな些細《ささい》な刺激にも体が反応する。

体はぐったりとして力が入らないのに、肌は神経が剥《む》き出しになったように、どこもかしこもびりびりとしていた。

とろりと炙《あぶ》られるような熱が体の奥を支配する。

二十五歳で恋人もいる今、セックスを知らないなんて言うつもりはない。

だけど、こんな体の内に収まりきらない、淫《みだ》らな熱なんて知らなかった。

キス一つで、あっさりと昂《たかぶ》る自分の体が信じられなかった。

きわどい位置で重なる腰に、敦也の欲望が煽《あお》るように擦り付けられる。布越しに感じる確かな熱量を持ったものに美咲の体の奥が疼《うず》き、自分の意思とは関係なく腰が揺らめいた。

卑猥《ひわい》なその動きに、美咲は目の前が赤く染まる気がした。

なのに、自分を見下ろす敦也は、息一つ乱してはいない。

「……どお……して……」

平静そのものの敦也の表情に、意図せずあの夜と同じ問いが美咲の唇から零れ出た。

何度考えてもわからない。この美しい義弟の瞳に適《かな》う何かが、自分にあるとは思えない。

美咲はどこにでもいる平凡な女だ。それこそ、どんな女でも望めば手に入るだろう敦也が、自分を抱く理由なんて嫌がらせ以外に思いつかなかった。

ただの嫌がらせだというのなら、あの夜だけで十分だろう。

たった一晩で、美咲は心も体もボロボロになった。必死に平静を装《よそお》い、何もなかったふりを続けていたが、本当は何一つ忘れてはいなかった。

何もなかった、忘れたのだと必死に自分に言い聞かせたのは、あの夜の出来事を何一つ忘れることが出来なかったからだ。

力強く強引な指先、濡れた唇の感触。甘く麻薬のような快楽のすべてを、美咲は覚えていた。

日常の奥底に閉じ込めた悪夢は、ふとした瞬間に顔を覗かせて美咲を苛《さいな》んだ。

痛かった。心も体も、敦也があの夜に残した甘すぎる痛みに、いまだ悲鳴を上げている。

これ以上の痛みにはもう美咲は耐えられそうになかった。

これが、ただの気まぐれや遊びであるなら、もうやめてほしかった。

美咲の眦《まなじり》から幾筋もの雫《しずく》が流れる。涙で霞《かす》む瞳では、敦也がどんな表情を浮かべているのか見えなかった。

自分だけが無防備に感情を曝《さら》し、そのすべてを敦也に見られている。

それがたまらなく嫌だった。

せめてもの抵抗に、美咲は顔をシーツに押し付け、泣き顔を隠す。

敦也は何も答えなかった。

ゆっくりと敦也が美咲に近付いてくる。顔を横に向けたことで曝《さら》された首筋の、拍動する動脈に敦也が口づけた。

人間の急所の一つである頸動脈《けいどうみゃく》の上を敦也の唇が辿《たど》っていき、時々、そこを甘噛みされる。

美咲は自分が本当に肉食の獣に食われる小動物にでもなった気分だった。敦也の歯が首筋に当たるたび、微かな痛みに体が震える。

いつ敦也の歯が自分の首筋に突き立てられるのか。

その怯《おび》えに、ひやりとした疼《うず》きが背筋を伝い落ちる。それと同時に、敦也の熱い舌が与える甘い痺《しび》れ。相反する刺激に、美咲の体は異様なほど昂《たかぶ》った。

ゆっくりと舐《な》め上げるように敦也の唇が動き、首筋の柔らかい皮膚に噛み付かれた。

肌に食いこむ歯の感触と痛みに、心も体も竦《すく》む。

「……い……あ……」

痛みに仰《の》け反り仰《の》向《ぞ》いた美咲の首筋に、敦也の吐息がかかった。薄く血が滲《にじ》んだ噛み痕《あと》は、敦也の吐息にさえ、ぴりぴりとした痛みを訴える。

滲《にじ》んだ血を舐《な》め取る敦也の舌の感触に、美咲の体が跳ねた。

「……く……あん」

敦也は美咲の反応を楽しむように、何度も自分がつけた傷口に口づけた。そして、熱い唇を徐々に耳元へ移動させていく。

「理由ならあの夜に言った」

耳朶《じだ》を食《は》みながら敦也が低く艶《つや》のある声で囁《ささや》く。

囁《ささや》かれた言葉の意味が一瞬わからなくて、美咲は閉じていた瞼《まぶた》を開いた。

至近距離で敦也の獣の瞳と目が合う。明らかな艶《つや》と情欲を孕《はら》んだ瞳が琥珀《こはく》色に輝き、美咲だけを見ていた。

「俺は選んだ」

囁《ささや》かれた言葉が先ほどの美咲の問いかけに対する答えなのだと知る。

何を、と問うことは出来なかった。

視線を逸らすことなく敦也が再び美咲に口づけてくる。

雲が月を隠し、束の間、部屋が暗闇に閉ざされた。すぐ傍にある敦也の顔が見えなくなる。

だが、その瞳が自分だけを見つめていることを感じていた。

唇を啄《ついば》むように優しいキスを繰り返す敦也が、何を思っているのか、ますますわからなくなる。

暗闇の中、与えられるキスはあまりに甘く、昂《たかぶ》った体はさらに熱を上げた。

雲が切れ、再び月光が部屋の中に差し込んでくる。

離れていく敦也の唇に、心臓が痛みを訴えた。

「ふ……」

心臓が、体が、痛くて、痛くてたまらない。

敦也が与えてくるものは、美咲には鋭くて、熱くて、触れるだけで身も心も壊れてしまいそうだった。

――このまま、自分は壊されるのだろうか。この傲慢《ごうまん》で綺麗な獣のような義弟に。

再び敦也に抱かれれば、もう自分を保てない。本当に壊れる。

「……もう……やめ……て」

泣いて懇願するが、敦也は美咲を離さない。抱きしめる腕に力を込め、乱れた服の下にその長い指を潜《もぐ》り込ませてきた。

強引な指先が、過敏になっていた美咲の肌をさらに煽《あお》り立てるように触れてくる。

「諦めろ」

拒絶は許されなかった。

いや、いやと痛む首を振り、弱々しく抵抗する美咲に構うことなく、敦也は美咲が着ていた服を剥《は》ぎ取っていった。

月下にすべてを曝《さら》される。興奮で薄紅に染まった素肌、尖る胸の頂《いただき》、触れられてもいないのに濡れた蜜を零す秘所。

美咲を守るものは何もなかった。

ばさりと最後に敦也が自分の着ていた服を脱ぎ捨て、ベッドの下に放り投げる。

細身なのに鍛《きた》えられた張りのある敦也の素肌と、美咲の素肌が絡む。

開かされた脚の間に、敦也の体が割り込み、太腿に先走りに濡れた熱い欲望が当たる。

抵抗する気力は、首筋を噛まれた時に挫《くじ》かれた。何もかも奪い尽くされ、壊される時間を待つばかり。

美咲はただ、この毒のように甘く苦しい時間が、一刻でも早く終わることだけを願った。

「んん……あぁ……」

敦也が蜜の潤《うるお》いを指に纏《まと》わせて、美咲の秘所をくつろげるように動かす。

濡れていた秘所は、ほとんど抵抗もなく敦也の指を受け入れた。ずっと昂《たかぶ》っていた体は数回、指を往復され、快楽の芽を擦り上げられただけで、あっさりと頂点を迎えた。

嫌なのに、敦也が与える快楽に手も足も出ず屈服《くっぷく》する自分の体が信じられない。

「い……やぁ……」

なのに、昂《たかぶ》った体の熱は鎮《しず》まるどころか、ますます熱くなっていく。

体の奥の熱を鎮《しず》めたくて、敦也の指に合わせて腰が揺れる。背がしなり、突き出す形になった淡く色づく胸の頂《いただき》を敦也が口に含み嬲《なぶ》った。

イッたばかりの過敏になった肌に、余すところなく敦也が手を這《は》わせ、口づけていく。

媚肉は淫《みだ》らな水音を立て、自分の中を行き来する指を締め付ける。濡れて疼《うず》く秘所は指では物足りなくて、美咲は無意識に敦也の腰に脚を絡めていた。

それに応《こた》えるように、敦也自身が美咲の濡れた秘所に押し当てられる。

しかし、当てられた剛直は、焦《じ》らすみたいに表面を滑るばかりで、美咲の中には入ってこない。

苦しくて、我慢出来なくて、美咲は濡れた瞳で敦也を見つめた。

自分から求めることはしたくないのに、体が心とは裏腹にこの義弟を求めている。

絡んだ視線に、敦也が満足げに嗤《わら》った。

「……美咲」

敦也が美咲の名前を呼び、耳朶《じだ》に舌を這《は》わせる。ぐっと入り口に強烈な圧迫感を覚え、美咲の思考は散漫になる。

「あん……ん！　んあ……‼」

「美咲、俺はもう選んだ。だから……」

耳朶《じだ》に執拗《しつよう》にキスを繰り返しながら、敦也が一気に奥まで美咲を貫いた。

「……あぁ、……ん‼」

ようやく与えられた熱に、一瞬、意識が白く拡散するが、強烈な圧迫感と微かな痛みに、意識が戻される。

「だから、今度は美咲が選べ」

美咲の耳元で敦也が囁《ささや》く。敦也の低く艶《つや》のある声は、美咲に何かの選択を求めていた。

だが、美咲には敦也が求めるものがわからない。

間を置かずに繋がった腰を敦也が深く浅く穿《うが》つように動かし始めたせいで、敦也が自分に何を求めているのか、余計にわからなくなった。

執拗《しつよう》に揺らされて、快楽に喘《あえ》ぎ、息が出来なくなる。

苦しくて、酸素を求めて、肺が軋《きし》む。苦痛なのか快楽なのかわからないものに、体が支配される。縋《すが》るものを求め、敦也の張りのある背中に爪を立てた。

何も考えられなかった。考える余裕なんてない。

ぐずぐずと自分の中が熟《う》れて崩れる。鎮《しず》まることのない熱が波となって美咲を襲い、ただ快楽に溺《おぼ》れ続けた。

その晩、長い長い時間をかけて、美咲は本当に壊された。

慰《なぐさ》めを求め、あの夜と同じように月を探す。だが、美咲が求めた月はどこにもなかった。

☆

「んっ……んー、んっ！……あッ、や、やぁ……」

執拗《しつよう》に絡めていた舌を美咲が苦しげに何度も何度も首を振って解《ほど》く。乱れた黒髪が白いシーツの上に広がり、酸素を求めるように喘《あえ》いでいるのが見えた。けれど、快楽に喉が詰まり、うまく息が吸えていないのだろう。苦しげに開かれた口の中、唾液に濡れた紅い舌が震えていた。

まるで、敦也を誘うようなその舌の震えにまた欲情が増し、腰の動きが速くなるのがわかった。激しくなった律動に、泣きながら仰《の》け反《ぞ》った美咲の首筋には、敦也がつけた噛み痕《あと》がくっきりと残っている。

自分がつけた噛み痕《あと》に満足感を覚えた。一生、消えなければいいと思った。

——美咲は自分のもの。その刻印を誰が見てもわかるように刻み付けたい。

敦也が何度も口づけるせいで、うっすらと腫《は》れている赤い傷跡に舌を這《は》わせると、びくびくと不規則に美咲の体が跳ね、敦也を包み込んでいる粘膜が痙攣《けいれん》したように収縮する。敦也の何もかもを搾《しぼ》り取ろうとするような、濡れた艶《なまめ》かしい動きに一気に射精感が高まる。他の女たちでは感じたことのない甘い疼《うず》きが、腰から背筋を駆け上がり、奥歯を噛んで堪《こら》える。

敦也の腕の中で、揺さぶられ快楽に泣く美咲は、自分の体がどれだけ淫《みだ》らな動きをしているか気付いていないだろう。

「……や……ん、い……やぁ……」

甘く蕩《とろ》けた泣き声を上げるくせに、美咲の口から零れるのは敦也を拒絶する言葉ばかり。それが我慢出来ない。

追い上げるような動きで体を揺さぶり、目を閉じた美咲の耳を舐《ねぶ》りながら名前を呼ぶ。

「美咲。美咲、目を開けろ」

義姉の名を呼ぶ声は、自分でも呆れるほどに甘く卑猥《ひわい》だ。

快楽に泣きじゃくる美咲が、従順にその濡れた虚《うつ》ろな目を開いた。

眦《まなじり》から幾筋もの涙が、雫《しずく》となって流れていく。

焦点の合わない黒く濡れた美咲の瞳に、敦也の獣じみた獰猛《どうもう》な顔が映り込む。

その瞬間、敦也は自分の征服欲が満たされるのと同時に、美咲をどこかに閉じ込めたいという凶暴な思いが湧き上がるのを感じた。誰の目にも触れさせず、美咲の瞳が敦也以外の誰かを映すことがないようにしてしまいたい。

——自分はやっぱり歪《ゆが》んでいる。でもそんなことは、初めから知っていた。

濡れた黒い瞳と視線を絡めたまま、蹂躙《じゅうりん》するように美咲の唇を奪う。

「ん！　んん！　んーっ……」

敦也の口の中に美咲のくぐもった悲鳴が溶けていく。首を振って逃れようとするのを許さず、さらに喉の奥深くまで、舌で舐《な》め上げる。

美咲の細い指先が敦也の背に食い込み、痛みをもたらしたが、それすらも快感だった。

ただ腰を振り、もっと奥の奥まで犯し、精液を最後の一滴まで美咲の中に吐き出したい。

淫《みだ》らな快楽と痛みで、美咲の中に自分という男を刻み付ける。

執着という名の愛に縛られる美咲は憐《あわ》れだ。

——だが、もう引き返せない。諦めて自分を弟に持った運命を受け入れてもらうしかない。

最後の追い上げに美咲の感じるところを狙って、腰を突き動かす。

濡れたシーツの上から浮き上がるほど美咲の背がしなり、イッたのがわかる。敦也を受け入れている中が、絡みつくようにうねり、きつく敦也を締め付けてきた。

美咲に引きずられるように敦也も絶頂を迎える。解放は一瞬のようにも、長くにも感じられた。

脈打ちながら吐き出される体液の最後の一滴までも、美咲の中に放出する。

パタリと敦也の背に縋《すが》っていた美咲の指先が、力なくシーツに落ちた。

また、気を失ったのだろう。脱力した美咲から自身を引き抜くと、どろりと白濁した蜜が溢《あふ》れ出し、シーツを汚した。

避妊するつもりは初めからなかった。子どもが出来ても構わない。美咲を縛る鎖《くさり》になるのなら、自分は歓喜するだろう。

『敦也、ダメよ！　美咲は私たちとは違う。あなたのそれは、愛じゃない！　ただの執着よ。そんなものに囚《とら》われたら、あなたも美咲も不幸になるわ。だから、美咲のことは諦めなさい』

不意に母の言葉を思い出す。

敦也の狂気にも似た美咲への想いを、誰よりも理解していたのは彼女だった。

敦也と同じだけの激しさを持っていた彼女は、いち早く敦也の想いに気付き、美咲を守るために二人を引き離した。

だが、もう敦也を抑える楔《くさび》となっていた母――マリアはいない。

あの日――両親の三回忌のために久しぶりに帰国した日本。

ふらりと墓に現れた敦也を、美咲は驚いたように見上げていた。両親の急死の際も、どうしても抜けられない仕事のせいで、葬儀にすら間に合わなかった敦也が、三回忌のために帰国するとは思っていなかったのだろう。

久しぶりに会った美咲は、敦也の記憶の中の彼女よりもずっと綺麗になっていた。

昔から綺麗に伸ばしていた胸元まである黒髪。真っ直ぐな柔らかい眼差しを宿す黒い瞳。

何もかもが鮮やかな色を持って飛び込んできて、敦也は目を奪われた。

もう九月だというのに、まるで夏のような日差しの下。振り返った美咲の黒い瞳と目が合った瞬間、敦也は思い知った。

美咲がもう自分の中で、完全に義姉ではなくなっていることを。

そこにいたのは、敦也の恋い焦《こ》がれたただ一人の女だった。

驚愕《きょうがく》に見開かれた目が、戸惑いの光を浮かべた後、優しく微笑んだ。敦也は瞬《まばた》きもせず、それに見惚れた。

『お帰り』

ぽつんと美咲が呟いた。子どもの頃は別として、思春期を過ぎてからは自分の中の苛立ちを美咲にぶつけるように、わざとだらしなさを見せつける真似をしていたせいで、美咲から避けられていた。

――避けていてほしかった。

そうでなければ、自分の牙が美咲に向いてしまいそうで怖かったのだ。

美咲への叶わぬ恋に『理性』と『感情』が葛藤し、苛立ってばかりいたあの頃。どうにもならない苛立ちを何も知らない美咲にぶつけていた自分は、青く未熟だった。

そんなことをしてもどうにもならないことはわかっていたのに、どうしようもない苛立ちと焦燥《しょうそう》が敦也を焦《こ》がしていた。

体だけの関係の女ならたくさんいたが、誰も敦也の飢餓《きが》感を癒《いや》してはくれなかった。

――怖かった。自分の歪《ゆが》んだ腕の中に、美咲を閉じ込めてしまうことが……

美咲を傷つけることしか出来ない自分では、彼女を幸せに出来ないとわかっていたから、マリアが美咲を守るために、敦也を留学させようとした時も逆らわなかった。

距離を置けば、時間を置けば、やがては美咲への恋も風化していくと思っていた。

だから留学してからずっと、余程のことがなければ、帰国することはなかった。

両親の葬儀にすら間に合わなかった自分。なのに、美咲は一言も責めなかった。

ふらりと現れた敦也に戸惑いは見せても、出会った頃と同じ柔らかい優しさを持った笑顔で、自分を迎えてくれた。

あの瞬間に、敦也は再び美咲に恋をした。

義父が死んだことで敦也の中にあった最後の良心は消え、タブーを犯す背徳感も罪悪感も、美咲の前に弾《はじ》け飛んだ。

たとえ、血の繋がった姉弟《きょうだい》だとしても、敦也はもう美咲を逃がしてやることは出来ない。

——そう。多分、美咲と自分は本当に血が繋がっている。

それは幼い頃から敦也の中にある疑惑ではなく、確信だった。

きっと、美咲は気付いてもいないだろう。自分たちに血の繋がりがあるなんて。

敦也は自分の実の父親について何も知らされずに育った。

マリアは未婚で敦也を産み、高藤《たかとう》の義父と結婚するまで、一人で敦也を育てていた。

ハーフだったマリアから、色素の薄い髪と瞳という日本人離れした外見を受け継いだせいで、気付く人間はいなかったが、敦也は血の繋がらないはずの高藤の祖父の若い頃によく似た顔立ちをしていた。

もうすでに鬼籍《きせき》に入っている高藤の祖父母は、長男の後妻の連れ子である敦也にも、本当の孫たちと分け隔てなく接してくれる優しく穏やかな人たちだった。

敦也は美咲とは別のところで、新しい義父と新しい祖父母を尊敬していたし、愛してもいた。

だが、小学校の高学年の頃、たまたま見つけた祖父母のアルバム。セピア色に色あせた写真の中に写る高藤の祖父が、自分と同じ顔をしていることに気付いて衝撃を覚えた。

まさかと疑い始めたのはその時からだ。

自分の名前にすら過敏になった。かつて、学校の宿題で自分の名前の由来を両親に聞いてみようというものがあった。

マリアから聞かされた敦也の名前の由来は、マリアにとってとても大切な人から一文字取ってつけたと聞かされた。その相手についてマリアは詳しいことを話したがらなかったが、子ども心にそれが自分の本当の父親のことだと直感した。

高藤敦浩《あつひろ》。自分と一文字違いの義父の名前――疑い出せばきりがなかった。

そして、見つけた高藤の祖父、義父と敦也に共通したもの。三人とも左の肩甲骨の下に三つ並んだ黒子《ほくろ》がある。

黒子《ほくろ》の位置は遺伝するものがあると、何かで聞いたことがあった。

ほとんど同じ位置で、同じ大きさの三つ並んだ黒子《ほくろ》は、敦也の中の疑惑をさらに深めた。

年月を経るごとに、鏡に映る自分は子どもの時に見たアルバムの中の祖父に近付いていく。

はっきりと確かめたことはない。確かめる前に両親は事故で亡くなり、敦也は永遠に両親に真実を確かめる機会を失った。

敦也が生まれた頃、高藤の義父には、まだ美咲の母親がいたはずだ。

男と女の間であれば、どうにもならないことがあるのも理解出来る。まして、自分と同じような激しさと歪《ゆが》みを持っていたマリアだ。たとえ、相手に家庭があったとしても、諦めるような性格ではないことは、簡単に想像がついた。

両親のしたことについて、敦也は責めるつもりはない。

もし、両親に対して何か言うことがあるとすれば、それは美咲に引き合わせてくれた感謝だけだ。

このことを知れば、ますます美咲は敦也を憎み、逃げ出そうとするだろう。

しかし、敦也はもう美咲を逃がしてやるつもりはない。美咲が実の姉でも構わない。

半端な覚悟で美咲に手を出したわけじゃない。

血の繋がりだとか、家族の絆《きずな》だとか、そんなものはどうでもよかった。

どうしようもないほどに美咲が欲しいと思った。

結局、距離や時間なんて関係なかったのだ。きっと、自分は何度だってこの義姉に恋をする。

だからもう、美咲が敦也以外の誰も見ないように、その身も心も、食らい尽くすことにした。

敦也と美咲を繋ぐもの——それは、どろりと濃く、赤い色をした血の絆《きずな》かもしれない。

それすらも愛おしいと思う自分は、きっと狂った獣。

気を失った美咲を、敦也はそっと抱きしめる。

「……み……ず……」

抱き寄せると美咲が泣きすぎてひどく掠《かす》れた声で、呟くのが聞こえた。

気を失ったとばかり思っていた美咲の呟きに、敦也は腕の中の美咲の顔を覗き込むが、彼女は目を閉じている。

「美咲？」

呼びかけても返事はない。一晩中、繰り返したキスに赤く腫《は》れた唇。泣きながら声を上げ続けたせいで、声が嗄《か》れたのだろう。

敦也もひどく喉が渇《かわ》いていた。

水を取りに行こうと腕の中の美咲の額《ひたい》にキスをして、敦也は美咲をベッドに横たえようとしたが、そのベッドがひどい有様になっていることに気付いた。

一晩中、ずっと激しく、執拗《しつよう》に抱き続けたのだ。当然の結果とも言える惨状だった。

二人分の体液を吸い込んだシーツは濡れて、足元でぐちゃぐちゃに丸まり、マットレスはずれていた。ベッドの下には毛布と脱ぎ散らかした二人分の服が落ちている。

それに、敦也の体も美咲の体も濡れた体液が乾き始め、ひりつき強張《こわば》る感じがした。

このまま横になるのは無理そうだと、敦也はまだ比較的汚れていない毛布を拾い上げて美咲の体を包み込む。

部屋の中は、綺麗好きな美咲らしく整理整頓されていた。適当に開けたチェストの中に替えのシーツを見つけて取り出すと、ほのかに優しい香りがした。美咲が勤めている会社が取り扱っているものだろう、チェストの中にはシーツ類と一緒にポプリが入れられていた。

毛布で包んだ美咲を起こさないよう、敦也はまるで壊れ物を扱うみたいにそっと抱き上げ、ラグの上に静かに横たえる。

疲れ切っているのか、美咲の意識が戻ることはない。

手早く汚れたシーツをはがすと、取り出した替えのシーツをベッドマットにゴムバンドで止め、ずれていたマットレスの位置を直す。

ベッドを整えると、再び美咲を毛布に包んだままベッドに寝かせた。

汗で濡れた前髪が額《ひたい》に貼り付いているのを、指先で梳《す》いてかき上げる。しっとり絡むその感触が、気持ちよかった。

今までに付き合いのあった女たちがこんな敦也の姿を見たら卒倒するだろう。

甲斐甲斐しく事後の世話を焼き、愛おしげに相手の髪を梳《す》く自分なんて、敦也にだって想像出来なかった。

美咲の髪を、いつまでも触っていたいと思ったが、敦也は自分の体のべたつきが気になり、シャワーを浴びるためにベッドを離れた。

シャワーを浴びて、濡らしたタオルで美咲の体を綺麗にし、目が覚めた時に水がすぐ飲めるようにペットボトルをベッドサイドに用意する。

ここまでしても、美咲はまだ目を覚ます気配はなかった。

人心地がついた時、ベッドの下で美咲のスマートフォンが鳴っているのに気付いた。聞いたことのないメロディラインに、日本のポップスだろうとあたりをつける。

スマートフォンを拾い上げると、画面には『恭介』と表示されていた。

――美咲の恋人か。

敦也はスマートフォンの画面に表示される名前を、無感動な瞳で見つめる。

繰り返し何度も奏でられるメロディは、やがてふっつりとやんだ。

敦也は美咲のスマートフォンを操作すると、恭介からの何件かの不在着信と、メールが来ていることを確認する。

それらを数秒見つめた後、スマートフォンの電源を切って部屋の隅に放り投げた。そして再び美咲を抱き寄せる。

腕の中に囲い込んだ美咲を、敦也はもう手放すつもりはなかった。

だから、たとえ美咲に恋人がいても構わない。

美咲が誰かのものだというのなら、奪うまでだ。

どんな手を使っても、追い詰めることになっても、美咲が欲しかった。

☆

美咲は今が夜なのか、昼なのか、時間の経過がよくわからなくなっていた。

一度、空が明るくなった気がしたが、それも確かではなかった。

過度に与えられる快楽に何度か意識を失い、目覚めるたびに敦也の腕の中でまた喘《あえ》がされた。

深々と突き上げられ、何度目かなんて数える気にもならないほど快楽の波に襲われ、美咲はイッた。

「……ぅうん……はぁ……」

もうため息のような声しか出なくなり、揺れる視界に映るのは、琥珀《こはく》色の獣のような綺麗な敦也の瞳だけだった。目が合うたびに何故か満足そうに嗤《わら》う敦也に、甘く口づけられる。

その残酷な甘さに、行為の間中何度も泣いた。気まぐれに与えられる甘さに、心臓がひどい痛みを訴えていた。

一方的に翻弄《ほんろう》するだけなら、甘さなど与えるなと思う。

与えられる甘さに、何かを期待しそうな自分がいる。

ただの錯覚だと思うのに、甘い口づけが毒のように美咲の心を蝕《むしば》み、理性を崩壊させた。

「……っ」

美咲の体の中にある昂《たかぶ》りが膨らみ、体の奥に断続的に敦也の精が放たれる。

ぼんやりとした意識の中で、それを感じた。

――また、中に出された。

脱力した体から、敦也がゆっくりと離れていく。

二人分の体液が溢《あふ》れ、美咲の内腿にどろりとした流れを作る。シーツは互いの体液で湿って、透けるほど濡れていた。

敦也は一切避妊をしなかった。二週間前も今夜も――二週間前のあの時は、生理直前だったから妊娠の危険はなかったが、今回はどうだろう。

妊娠についての恐怖はあったが、今の美咲には、それさえも遠い現実だった。

何も考えられなかった。ただ、敦也が与える快楽に反応することしか出来なかった。

意識が朦朧《もうろう》とし、心身ともに疲れた体では指先一つ動かすのさえ億劫《おっくう》だった。

喉がひりついて、痛いほどに渇《かわ》きを覚える。

「……み……ず……」

喘《あえ》ぐように呼吸をして、無意識に呟いていた。泣き濡れた瞳に、見慣れた部屋の天井がおぼろげに映る。熱を持って腫《は》れたようになっている瞼《まぶた》が重く、美咲は瞼《まぶた》を閉じた。

多分、また束の間意識を失っていたのだろう。次に気付いた時にはベッドヘッドに凭《もた》れて座る敦也の胸の上に、力の入らない体を抱え上げられていた。

二人分の体液に濡れていたシーツはいつの間にか取り替えられ、べたついていた下肢もさらりと乾いていた。

敦也が綺麗にしてくれたのだろうかと、ぼんやりと考える。

美咲が目覚めたことに気付いたのか、敦也が冷えたミネラルウォーターのペットボトルを差し出してきた。

激しい喉の渇《かわ》きを覚えて手を伸ばす。しかし、細かく震える指先は力が入らず、せっかく差し出されたペットボトルを受け取ることすら出来ない。

敦也の胸の上に、ぱたりと美咲の指先が力なく落ち、もがくように震えた。

そんな美咲の様子に、敦也が口元にペットボトルを運んだ。見上げると、敦也が飲めというように顎《あご》を動かす。飲ませてくれるのだろうかと戸惑いながら口を開けると、そっと慎重に水が美咲の喉に流し込まれた。その冷たい刺激に、自分がどれだけ喉が渇《かわ》いていたのか自覚した。

美咲は与えられた水を一気に半分ほど飲み込んだ。乾いた体に水分が行き渡る。うまく飲み込めなかった水が、一筋、二筋、喉から胸元まで流れていき、その生ぬるい冷たさが気持ちよかった。

ホッとため息のような、吐息が零れる。

美咲が満足したのがわかったのか、敦也はペットボトルを横に置くと煙草《たばこ》を取り出し、口に咥《くわ》えた。

火をつける前に、脱力して今にも崩れそうな美咲の体をもう一度胸の上に抱え直し、肩に腕を回して支えた。

敦也は何も言わず、肩に回した方の手を美咲の長い黒髪に絡めながら、煙草《たばこ》に火をつける。

奇妙に穏やかな沈黙が二人の間に流れた。

敦也が愛飲する煙草《たばこ》からくゆる紫煙《しえん》が、二人の沈黙を包む。

美咲はもう疲れすぎていた。何も考えられなかったし、考えたくもなかった。

寄りかかった敦也の胸から規則正しく打つ鼓動の音が聞こえてきて、眠気を誘われる。

うとうととまどろむ美咲の髪を、静かに敦也が梳《す》いた。その穏やかで優しい触れ方に、美咲の意識は静かに深く、眠りへと落ちていく。

敦也の吸う煙草《たばこ》の匂いに刺激され、心の奥底で眠らせたはずの古い記憶が夢として美咲の中に浮かび上がってきた。

自室で雑誌を読んでいた美咲は、極微かに聞こえてきたピアノの音に顔を上げた。

もうすぐ日付が変わろうとする時間。

また敦也が防音の練習室の窓を開けたまま、ピアノの練習をしているのだろう。

美咲たちの家は住宅街の外れの丘の上にあるため、周囲は閑散としていて、隣近所とも距離がある。だから、こんな時間に窓を開けてピアノを弾いていても、苦情がくることはない。

そのせいか、敦也はたまにこうして深夜に窓を開けたままピアノの練習をすることがあった。

特に両親が留守にしている夜は、必ずと言っていいほどそうしていることに美咲は気付いていた。今夜も両親はいない。

美咲は部屋の明かりを消すとそっと窓を開けた。

窓を開けるとピアノの音がよりはっきりと聞こえてきて、美咲は窓辺に寄りかかり、その音に耳を澄ませる。

美咲は、敦也本人は苦手だったが、敦也の弾くピアノの音は好きだった。

敦也のピアノを聴くたびに、これが才能なのかと思う。

敦也の音は本人の気性通り、鋭く熱い。触れれば血が出るのではないかという激しさと、繊細《せんさい》で緻密《ちみつ》な計画性を矛盾なく併せ持っている。

中学三年生にしてすでに様々なコンクールで絶賛され、いくつもの賞を受賞していた。

コンクールで弾く熱く激しい音も嫌いではなかったが、美咲は今夜のような夜にひっそりと奏でられる穏やかな優しさを含んだピアノの音の方が好きだった。

だから敦也が時々、深夜にピアノを弾いている時は、こっそりと窓を開けて聴いていた。

誰も知らない深夜のリサイタル。敦也も知らない美咲だけの秘かな楽しみ。

暗闇の中、目を閉じて敦也のピアノの音に耳を傾ける。

最近、敦也のピアノの音が変わった。今までとは違う艶《つや》と深みが音に加わり、どこか官能的になった響きは、ますます美咲を惹きつけた。

敦也の変化が何に起因するものなのか、美咲にはわからない。

わからないが、嫌な変化ではないと思う。

深く静かに響く敦也の音が、美咲を包む。

だけど、美咲だけのこの真夜中の演奏会は、もうすぐ聴けなくなる。

来年、中学の卒業とともに、敦也は留学することが決まっていた。これからは、こんな風にこっそりと敦也のピアノが聴けなくなると思うと、寂しかった。

敦也は一時間ほど、様々な曲を気まぐれに弾いていた。美咲はただ静かに奏でられる優しく、どこか甘い音を聴き続けた。

やがて、ピアノの音が聞こえなくなり、今夜の演奏が終わったことを知る。

美咲はまた静かに窓を閉めた。

時刻はとっくに日付が変わっていた。もう寝ようと就寝の準備をしていたが、喉が渇《かわ》いていることに気付いて、美咲は音を立てないように部屋から出て、階下の台所へ向かった。

階段を下りてすぐの、敦也専用の練習室の扉が半分開いたままになっている。閉め忘れたのかと、何の気なしに中を覗いた。

明かりのついていない薄青い闇に包まれた部屋の中、ピアノの前に敦也が座っていた。

敦也が吸っている煙草《たばこ》の小さな赤い火が灯《とも》っているのが、目についた。家の中、隠すでもなく吸う煙草《たばこ》の紫煙《しえん》が静かにたなびいている。

演奏の後の疲れなのか、どこか気だるげに煙草《たばこ》を吸う敦也には、未完成な少年としての透明さと、ぞくりと滴《したた》るようなアンバランスな色気があった。

その静かな佇《たたず》まいに美咲は目を奪われ、心臓のリズムが狂った。

そして、不意に。本当に不意に、美咲は最近の敦也の音の変化の理由を悟った。

敦也はきっともう、男になったのだろう。性別としての男ではなく、本当の意味で――

この綺麗な義弟が触れた誰かがいる。その誰かが敦也の音に艶《つや》と深みを与えたのだと思うと、美咲の胸を鋭い痛みが走った。

あまりに鋭く走った痛みに、呼吸さえもうまく出来なくなる。

美咲は着ていたパジャマの胸元を、きつく掴《つか》んだ。

――何故、自分はこんなにも混乱しているのだろう？

この綺麗な義弟に恋人の一人や二人いたところで不思議ではない。なのに、何故か自分は泣きたくなるほど動揺していた。

不意打ちの嵐のような混乱に、どうしていいのかわからなくなる。

その時、気だるそうに煙草《たばこ》を吸っていた敦也が、美咲の視線に気付いたのか、ふと顔を上げた。

暗闇の中、はっきりと敦也の蜜色に輝く瞳と目が合った。

入り口で呆然と立ち竦《すく》む美咲の姿を確認して、敦也の琥珀《こはく》色の瞳が一瞬驚きに見開かれ、次に眇《すが》められる。

まるで獲物を見つけた野生の獣のように、獰猛《どうもう》な視線でこちらを見つめる敦也に、美咲の心臓はさらにリズムを乱し、耳鳴りのようなおかしな音が体の中に響く。

ぞくり、と背筋を恐怖にも似た何かが駆け上がった。

そして次の瞬間、美咲はそこから逃げ出した。何も言わずに身を翻《ひるがえ》し、自分の部屋に駆け込んだ。

——逃げなければと思った。今、逃げなければ……。

わけもわからない衝動に駆られ、美咲は敦也の前から逃げ出していた。

安全な自分の部屋の中で、美咲はずるずるとドアを背にして座り込む。

胸は変わらず鋭く痛み、狂ったリズムを刻んでいた。背筋を冷たい汗が伝い落ち、息が上がる。

自分の中で巻き起こった嵐のような感情に、美咲は対応出来なかった。

驚愕《きょうがく》とも、恐怖とも違う何かが、美咲の中で渦《うず》を巻く。

それが何か、美咲にはわからなかった。わかりたくなかった。

その感情の源《みなもと》を追及してはいけないと、本能が告げている。

だから、美咲は逃げ出した。囚《とら》われる前に。

閉じた眼裏《まなうら》に何故か敦也の綺麗な琥珀《こはく》色の鋭い瞳が浮かび、美咲の混乱に拍車《はくしゃ》をかける。

その夜、美咲は一晩中、わけのわからない衝動に耐えて、震え続けた。

でも今なら、あの時、覚えた感情の意味がわかる。

唇に触れる感触に美咲が重い瞼《まぶた》を開くと、目の前には綺麗な琥珀《こはく》色をした獣の瞳があった。

間近で見つめる蜜色の瞳は、何度見てもやっぱり、とても綺麗だと思った。

美咲の濡れた漆黒の瞳と、敦也の獣のような琥珀《こはく》色の瞳の視線が絡み合う。

――きっと、あの時、美咲はこの義弟に、恋をしたのだ……。

美咲にとって敦也への恋心は、決して開けてはならないパンドラの箱だった。

しかしそのパンドラの箱は、童話のように最後に残るのが優しい希望ではなく、絶望でしかなかった。

だから、美咲は自分さえも騙《だま》して、この恋を忘れることを選んだ。

何も気付かないふりをして、すべてを心の奥底にしまって頑丈な鍵をかけて封印した。

この十年で、美咲は自分の中にパンドラの箱があることさえも、忘れていた。

両親の三回忌に敦也に再会するまでは――

思い出した過去に、美咲はもう自分を誤魔化すことが出来ないと気付いた。

あの夜、レッスン室で敦也の前から逃げ出してから、二人の距離は決定的に変わった。

それまでは、微妙な苦手意識はあったものの、敦也のことは大事な家族だと思っていた。

時々、敦也が自分に注《そそ》ぐ視線に不穏なものを感じても、ずっと義弟だと思っていた。初めての出会いの日に掴《つか》んだ、小さな手のひらの感触を覚えていたから。

だけど、あの日、美咲は敦也が一人の男でしかないことに気付いた。気付かされた。

姉弟《きょうだい》と言っても、二人には血の繋がりはない。

今まで義弟だと思っていた存在が、一人の男に変わった瞬間、美咲を襲ったのは激しい混乱だった。

何より自分が、敦也を一人の男として意識したことに衝撃を受けた。

――義弟なのに……どうして……

思春期特有の感受性の強さと過敏になっていた神経は、湧き起こった感情にたまらない罪悪感をもたらした。

美咲は気付いてしまった事実に戸惑い、湧き起こった衝動に対処出来ずに混乱し、敦也を避けることしか出来なかった。

そして、敦也は、この綺麗な義弟は、まるで美咲の混乱をわかっているように、女たちとの付き合いを隠さなくなった。

自宅ですれ違う時に、ほのかに香る甘い香水の匂いや、襟元《えり》から見えるキスマーク。

両親は気付いていないようだったが、敦也は美咲の前でだけ、それらを見せつけるようになった。

それだけではなく、街で敦也が女と一緒にいるところを見かけるようになった。

年上だったり、同年代だったりといつも違ったが、共通していつも華やかで女性らしい体つきをした女たちを連れて歩いていた。遊び慣れた空気を纏《まと》った、美咲とは何もかもが正反対の女たち。

そして敦也は、美咲の目の前で連れ歩く女たちと濃厚に絡んでみせたりした。

まるで見せつけるような敦也の態度に、美咲はますますどうしていいのかわからなくなった。

知りたくもなかった義弟の、敦也の男としての顔。

まだ、まともに恋愛をしたこともなかった美咲には、敦也の毒気を孕《はら》んだような艶《なま》めかしさは、刺激が強すぎた。

敦也に強く惹かれれば惹かれるほど、十代の少女の潔癖さで敦也のだらしなさを嫌悪《けんお》した。

相反する感情は美咲の中で渦《うず》を巻き、吐き出す場所もないまま、敦也に対する反発を生んだ。

それは敦也が留学するまで続き、美咲を苦しめ続けた。

敦也が留学し、二人の距離が物理的に離れたことで、美咲はようやく安寧《あんねい》を得た。

もう敦也と女たちが絡む姿を見なくて済むと思うと、胸の痛みも渦《うず》巻く感情も静かに薄れていく気がした。

そして、流れる月日の中、美咲は自分の中にある感情に蓋《ふた》をして、何もかも忘れることを選んだ。

「嫌いよ……あんたなんか……」

恋をした。二つ年下のこの琥珀《こはく》色の綺麗な獣の瞳をした義弟に、忘れるしかなかった恋を――

涸《か》れることを知らない涙が、また美咲の頬を濡らす。

――思い出したくなんてなかった。自分の中にパンドラの箱があることなんて……

一度、開いてしまったパンドラの箱は、もう二度と閉じることは出来ないのだ。

その存在を忘れることも、もう出来はしない。

十年近い時を経て自覚した恋は、もう美咲の意思だけでは止められなかった。

「知ってる」

敦也は美咲の涙に口づける。

「大……嫌い……」

泣き続ける美咲を敦也がそっと抱き寄せた。

「それも、知ってる」

耳元で囁《ささや》く敦也の声も仕草も、今は美咲を傷つけるようなものではなく、ひたすら優しい。

ひどい男だ。本当にひどい男だと思う。

どうして放っておいてくれなかったのだ。

そして、何故、今になってこんなに優しく触れるのだ。

強引に奪われ、翻弄《ほんろう》されるだけなら、敦也を憎むことも出来た。

それなのに、時折、敦也が見せる甘さと優しさが美咲の心をかき乱す。

敦也の長い指先が、また美咲の黒髪を絡めるように触れる。

抱き寄せられた腕の中、さらりと乾いた敦也の肌からは煙草《たばこ》の匂いと、美咲が普段使うボディソープの香りがした。

まるで労《いた》わるような優しさで、震える体を抱きしめられる。

疲れ果てて、身動きもままならない重い体を、大きな手のひらが慰撫《いぶ》するように包む。

「き……らい……。大き……らっい……」

頑是《がんぜ》ない子どものように、美咲は泣きながら呟き続けた。

敦也は何も言わなかった。ただ、美咲の肩を、背をあやすような仕草で撫でる。

痛みがあった。きりきりと引き絞られるような胸の痛みが。

あの当時、パンドラの箱の底に封じ込めるしかなかった痛いほどの恋心が、美咲の胸に迫る。

ようやく解放された恋心は、美咲の中で再び嵐のように渦《うず》を巻き、荒れ狂っていた。嫌いだと思った。大嫌いだと思った。美咲の何もかもを強引に奪い、破壊する男なんて。

なのに、同じだけの強さで、いや、それ以上の強さで思った。

——この義弟が欲しい。

この野生の獣のような綺麗な義弟が欲しいのだと、忘れたはずの恋心が訴える。荒れ狂う想いに息が上がり、うまく呼吸が出来なくなり、酸欠で眩暈《めまい》がした。苦しかった。痛くて、苦しくて、切なくて、どうしていいのかわからない。拍動する鼓動に合わせるように、指の先が痺《しび》れ、肌をひりつかせる。堪《こら》えても、堪《こら》えられないほどに、すぐ傍にいる義弟への想いが溢《あふ》れ出す。こんなにも強く激しいものが自分の中にあったことを、忘れていた。忘れていたかった。

——でも、もう誤魔化せない。

顔を上げると、灼《や》けつくように自分を見つめる敦也の眼差しがあった。その瞳の中に、自分と同じだけの渇望がある気がした。ただの錯覚かもしれない。敦也を好きになっても、きっと美咲は傷つくだけだ。それがわかっているのに、この衝動を抑えることが出来なかった。

美咲は自分から敦也にキスした。触れるだけの拙《つたな》い口づけ。

「好き……」

呟きは音になる前に、敦也の口の中に消えた。

月を探していた。綺麗な琥珀《こはく》色をした月を――

二週間前のあの夜、美咲を慰《なぐさ》めてくれた甘い色をした月はどこにもない。

ただ触れるだけのキスに、体中が心臓になったように疼《うず》いた。

パンドラの箱を開いた美咲は、この義弟が泣きたくなるくらいに欲しかった。

そっと静かに触れ合わせていた口づけを解《ほど》く。

吐息が触れ合う距離にあるのは綺麗な琥珀《こはく》色の獣の瞳。

敦也の瞳の中にある蜜色の光が、美咲が探していた月と重なった。

美咲が焦《こ》がれるような想いで探していた月。それはあの夜の最後に、綺麗だと思った敦也の琥珀《こはく》色の瞳だったのだと気付く。

あの夜、美咲の脳裏に強烈な快楽とともに深く、深く、刻みつけられた琥珀《こはく》色。

今その瞳に映る美咲の顔は、見たことのない女の顔をしていた。

いつまでも眺めていたいような、甘い蠱惑《こわく》を宿した色から目を離せない。でも……

「もう、い……いでしょう?」

意識とは別のところで、言葉が涙と一緒に零れ落ちた。

美咲が零したそれは、二人の間にあった沈黙に極小さな波紋を残して、溶けて消えた。

敦也が美咲の言葉にわずかに目を眇《すが》め、視線だけでどういう意味だと問うてくる。

「もう、満足でしょ？　だか……っら、……」

パンドラの箱の底に閉じ込めていた美咲の心は、この綺麗な義弟が欲しいと暴れている。

でも、それとは別の自分が、敦也に傷つけられるのをひどく怖がって、怯《おび》えていた。

この綺麗な義弟が、この先も自分だけを愛してくれるはずがない。

そんなことはあり得ない。これは敦也のただの気まぐれだ。そう思ってしまう。

なのに、体は、敦也が与える毒のような甘い快楽に逆らえず、そして心も、今、敦也に差し出してしまった。

——もう、十分でしょう？　ただの気まぐれな遊びなら、もういいでしょう？

敦也の望むまま、美咲は体も心も明け渡した。

自分を根こそぎ奪われて、美咲はどうすればいいのかわからない。

ただ、わかっているのは、敦也が美咲に飽きれば、いらない玩具《おもちゃ》のように捨てられること。そして、この義弟はまた、美咲とは正反対の華のように綺麗な女たちのもとに去って行くということ。

また昔のように、敦也が他の女と一緒にいるところなんて見たくなかった。

──そんなことには、もう耐えられない。

これが、弱くて臆病な自分の逃げだとわかっている。

それでも、敦也が去っていく時のことを考えると、怖くて怖くて仕方がない。

もしそうなったら、きっと自分は、生きていけない。

呼吸をするだけの、ただの抜け殻になってしまう。

簡単に想像出来る未来が、美咲を臆病にする。

でも、今ならまだ、引き返せる気がした。

敦也にまだ、家族としての情が残っているのなら、今、この時に自分を捨ててくれと思った。

『お願いだから解放して』

叫びにも似た願いはしかし、不機嫌に眇《すが》めた敦也の目と冷たい声に叩き落される。

「……諦めろ」

美咲を抱く敦也の腕に、痛いくらいに力が込められる。

焦点が合わないほど至近距離に近付いてきた端整な美貌が、びりびりと震えるほどの怒気を纏《まと》って、美咲を見据えている。

「言ったはずだ。あんたは俺のものだ。絶対に解放なんてしてやらない」

逃げ出したい、離れたいと思うのに、強引に躊躇《ためら》いもなく奪いにくる敦也の態度に、女としての美咲は歪《ゆが》んだ喜びを覚える。

今だけだとわかっているのに、敦也の執着を喜んでしまう自分は、思うよりもずっと壊れているのだろう。

「だから、諦めて、もう俺のところまで堕ちろよ。美咲」

敦也の言葉が含んだ甘い毒に、美咲は囚《とら》われる。

――もう逃げられない……

そう思った。美咲はこの義弟からも自分の本当の気持ちからも、もう逃げることは出来ない。

いやいやとまるで子どものように泣きながら美咲は首を振る。

大嫌いだと泣きながら震えるその指先が、敦也の腕に縋《すが》りついていることに、美咲だけが気付いていない。

言葉とは裏腹なその仕草に、義弟が喜びを覚えていることもわかっていなかった。

敦也は何も言わずに、震える美咲の背を撫で、髪に口づけを落としてくる。

短くなった煙草《たばこ》を、まだ水が残っているペットボトルに押し込んで火を消したのを、美咲はぼんやりと見ていた。

「姉弟《きょうだい》なのに……」

敦也の金茶に輝く獣の瞳を間近で見上げながら、言葉が零れた。

美咲も敦也もそれが、ただの悪あがきだと知っている。

「だから？　今さらだろ、そんなこと。俺はあんたを姉だなんて思ったことは、今まで一度もない」

美咲の最後の躊躇《ためら》いも、敦也はあっさりと切って捨てる。

たとえ義理とはいえ、二人は姉弟《きょうだい》だった。血の繋がりがないとはいえ、ずっと姉弟《きょうだい》として育ってきた。

美咲にとって、敦也は弟だったし、大切な家族だった。両親が亡くなった今、美咲にとっては唯一といってもいい家族。

なのに、目の前にいる義弟は、美咲を姉だと思ったことはないと言う。

そのことに衝撃を覚え、胸の奥が激しく痛む。それと同時に、納得もした。

――あぁ、私たちは姉弟《きょうだい》なんかじゃなかったのか。敦也にとって、私は姉ではなかった。私にとって、敦也が弟ではなかったように。

そのことに感じる胸の痛みは本物だった。だが、女としての美咲はその言葉を喜んだ。

かつて、敦也が男になったと気付いた瞬間から、美咲にとって敦也は一人の男だった。

それでも、家族でいたかった。だって、もう美咲には家族と呼べる存在は敦也しかいないのだから。

矛盾した思いに昨日の夜から壊れてしまった美咲の涙腺が、再び涙を溢《あふ》れさせる。

静かに涙を零す美咲を、敦也はそっと、まるで壊れ物を扱うように腕の中に囲い込む。

美咲は重くて力が入らない体を、されるがまま敦也に預けた。

こんな時なのに、凭《もた》れかかる敦也の体の逞《たくま》しさに安堵を覚えた。すっぽりと抱き込まれる美咲の体。

美咲は顔を上げているのも辛くて、目の前の敦也の左肩に自分の頬をつける。敦也の首筋から煙草《たばこ》の匂いが微かにした。ピアノを弾く敦也の長い指先が、美咲の髪を梳《す》く。

一瞬前まで纏《まと》っていた肌がビリビリするほどの怒気は、もうそこにはなかった。

美咲はその優しい感触に、思わず目を閉じる。

「言い訳はいらない。美咲、わかってるはずだ。もう、俺たちは戻れない」

直接肌を伝わってくる敦也の言葉に、美咲は最後の涙を流す。

——わかってる。もう二人は家族には戻れない。何も知らないふりで、普通の姉弟《きょうだい》のようになんて過ごせない。

それでも、家族でいたいと思ってしまった。姉弟《きょうだい》のままなら二人の関係はずっと変わらないでいられる。

だが、美咲の願いは敦也にとっては、この意思の強い男にとっては、意味がないことなのだろう。結局は、ただの悪あがきにすぎない。

裸のままの美咲の膨らみが、敦也の胸板に押し潰されて形を変えている。心音が重なり合い、触れ合わせた体温はずっと高いまま。

この距離では何も誤魔化すことなんて出来ない。

空《から》っぽにされた頭に浮かぶのは、ただ、この綺麗な弟が欲しいということだけ。

美咲は閉じた瞼《まぶた》にギュッと力を入れる。

そして、敦也の広い胸板に手をつき、ままならない体を起こした。胸についた手が疲れで震える。

腰に回された敦也の腕が美咲の体を支えてくれた。

間近に迫るゆらゆらと揺れる炎を宿したような綺麗な瞳が、何も言わずに美咲の黒い瞳を見つめてくる。

美咲が愛した琥珀《こはく》色の獣の瞳。

真っ直ぐに見つめ合ったまま、美咲は言った。

「終わる時は……その時は、綺麗に全部壊していって……」

何も残らないくらい。家族としての繋がりも、美咲の恋も、何もかもすべて壊してほしい。

骨も残さないように、綺麗に全部食い尽くしてから、去ってくれと思った。

それが、今の美咲に言えるぎりぎりの言葉だった。

もう一度、好きとは言えなかった。素直に好きだ、愛しているとはまだ言えない。

もう少しだけ、素直になるための時間が欲しかった。

初めから終わりを意識した美咲の言葉に、敦也が嘆息した。

「信用がないな」

月明かりだけの部屋の中。美咲と敦也の間に、熱を宿した沈黙が一瞬だけ落ちた。

「わかった。その時は、綺麗に全部壊してやる」

敦也の言葉に美咲は安堵の息をついて、脱力する体を敦也に抱きとめられる。

「だから、もう逃げるな美咲」

耳元で囁《ささや》きかけてきた敦也に、美咲は言葉で答えることなく静かに頷いた。

敦也にしては驚くほどに、優しく触れるだけの口づけが美咲の唇に落とされる。

まるで、何かを誓うような、熱くて甘いキスだった。

琥珀《こはく》色をした月だけがそんな二人を見下ろしていた——

第二章　目覚めた恋心

月が昇る。欠けゆく憂《うれ》いを帯びた蜜色の月が——

――不安を感じているのは、月じゃなくて私か……

窓の外、昇る月を眺めて、美咲は自嘲《じちょう》の笑みを浮かべ、視線を室内に戻す。

今、美咲がいるのは、夜景を楽しむために照明が落とされたホテルのバーラウンジだった。

ガラス張りの窓の外、漣《さざなみ》のように煌《きら》めく光の瞬《まばた》きが広がっていた。

適度な距離で配置されたテーブルの上の小さな明かりと足元を照らす淡い間接照明が、この場所を、まるで別世界のような雰囲気に演出していた。

美味《おい》しい酒と料理が供され、大人のために特別に用意された空間。

普段は、夜景とお酒を楽しむ人たちの邪魔にならない程度に生演奏のピアノ曲が流れ、バーを訪れる人々の雰囲気を盛り上げている。

しかし、今この瞬間の主役は、夜景でも、お酒でもなかった。

バーラウンジの中央に設置されたグランドピアノ――そのピアノを奏でる演奏者に、人々の熱烈な眼差しが注《そそ》がれている。

野性的な雰囲気を持った青年の長い指先から紡《つむ》がれる音は、艶《なま》めかしく、官能的な響きで空間を支配する。

彼の指先が鍵盤《けんばん》の上を滑るように動くたび、周囲の熱気が高まっていく。

力強いのに滑《なめ》らかな音は、その下に激しすぎる情熱を秘め、人の心を捉《とら》えずにはいられなかった。誰もが一度は聴いたことのある定番のクラシック曲のはずなのに、彼が奏でるだけで、それはまったくの別物として客たちの耳に聴こえた。

夜景も最高の酒も彼の演奏の前では、ただの添え物——

バーのスタッフですら、彼の音色に魅了され、手や足を止めてステージに注目している。

彼の演奏には、それだけの力があった。

曲が佳境に入り、人々の熱気が高まる。

その熱気と呼応するように、彼の演奏にもますます情熱が籠《こも》り、音が艶《つや》を帯びていく。

彼と聴衆の熱気が絡み合って上昇していくような興奮がバーを満たしていった。

余韻を残して最後の和音が消えると同時に、辺りが一瞬だけ無音になる。

次の瞬間、いくつもの歓声と拍手が沸き起こった。

押し寄せる熱気に、演奏を終えたばかりの青年が顔を上げ、一瞬だけ夢から覚めたような顔を見せる。だが、すぐに不敵な笑みをその野性的な美貌に浮かべた。

女性客たちが、演奏とは別に男の容姿に惹きつけられ、ため息まじりにうっとりした眼差しを注《そそ》ぐ。

演奏を終えた青年は、熱烈なアンコールの声をあっさりと無視して慇懃《いんぎん》に礼をすると、ゆったりとした動きでピアノの傍を離れて歩き出した。

まるで野生の獣のように優雅に歩くその姿は、強烈な色気を醸し出している。

全身を黒でコーディネートした青年は、細身なのに服の上からでもわかるほどしっかりと筋肉がついていた。演奏のせいでうっすらと上気した頬と、鬱陶《うっとう》しそうに長めの前髪をかき上げる仕草に、女たちは自分の相手のことも忘れて目が釘付けになった。

しかし、青年は自分に纏《まと》わりつく女たちの視線など歯牙《しが》にもかけず、窓際に一人で座る美咲のもとへ歩み寄ってくる。

近付いてくる敦也の姿を眺めて、美咲は熱の籠《こ》った吐息を吐き出す。

たった一瞬で、世界を変える。

敦也の演奏にはそれだけの力がある。それは、昔からわかっていたはずだった。

なのに、久しぶりに聴いた敦也の生演奏に、美咲は体中が火照《ほて》るような感覚に包まれた。

全身に鳥肌が立ち、体の奥が疼《うず》く。一瞬で、敦也が作り出す世界の中に引き込まれた。

多分、それは周りの客たちも同様だろう。

敦也の指先から生み出される艶《あで》やかで、情熱的な音色の虜《とりこ》になる。

そのピアノの演奏を聴くたび、義弟の本質がよく見える気がした。

激しく官能的な音の中に潜《ひそ》む、甘さと温かなしなやかさ。それこそが敦也の本質なのだろうと美咲は思った。

きっと激しすぎるだけでも、官能的なだけでも人の心を捉《とら》えることは出来ない。その中に見える甘さと温かさがあるからこそ、敦也の演奏は人を惹きつけずにいられないのだろうと思った。

演奏中、美咲は敦也の冷たくも野性的な美貌を焦《こ》がれるような思いで見つめた。

あの綺麗な野生の獣のような義弟が、いつか自分のもとから去っていく日のことを思うと、胸に鋭い痛みが走る。

義弟を受け入れると決めたはずなのに、美咲はまったく自分に自信なんてなかった。

何故、敦也が自分を欲したのか、いまだにわからない。

自分がどこにでもいる平凡な人間であることは、美咲自身よくわかっている。

特別な才能も、美貌も、美咲にはない。

あの綺麗な獣のような義弟を、いつまでも繋ぎ止めておくことはきっと出来ないだろう。

それでも、美咲は堕ちることを選んだのだ。義弟の腕の中に——

あれから、まだ一日しか経っていないことが信じられなかった。

演奏を終えた敦也を美咲は、直視出来なかった。

でも、敦也が自分を見つめていることを、肌で感じた。

疼《うず》くような熱を自覚する。敦也の演奏で昂《たかぶ》っていた体が、さらに熱を上げていく気がして、戸惑う。

ざわざわと疼《うず》きにも似た感覚が落ち着かなくて、耐え切れずに美咲は顔を上げた。

丁度、敦也が鬱陶《うっとう》しそうに長めの前髪をかき上げた瞬間に、目が合った。

視線が絡んで、一見、冷たく見える敦也の目元が柔らかく緩んだ。

それだけで胸が痛みを訴えるほど、鼓動が強く跳ねた。見たこともない敦也のそんな顔に驚いて、美咲は咄嗟《とっさ》に下を向いた。

挙動不審な美咲の頭上にくすりと小さな笑いが落とされて、美咲は敦也が自分のもとに辿《たど》り着いたことを知る。

しかし敦也は席に座ることなく、何も言わずに美咲の手を掴《つか》み立ち上がらせた。

「……敦也？」

見上げた先、演奏の後でまだ熱気の冷めない敦也の獣の瞳に、揺らめく光が宿っている。

久しぶりに聞いた敦也の演奏の熱気に当てられたのか、その瞳の光に魅入られたのか、うまく体に力が入らない。

ふらつきそうになった美咲を、敦也が腰に手を回して支えてくれた。羞恥《しゅうち》に顔が赤く染まる。

体に力が入らなくなっている理由を、見透かされている気がした。

言葉もなく敦也に腰を抱かれ、エスコートされるまま、バーの出入口へ歩き出す。

――熱い。

触れている敦也の体も熱かった。

ふらつく体を敦也に支えられ、美咲は歩く。

まるで夢の中の出来事のように、すべてに現実感がない。

出入口で、敦也のファンだというバーの支配人に声をかけられた。

「高藤様。本日は素晴らしい演奏をありがとうございました」

「あぁ」

丁寧な対応で演奏の礼を述べる支配人を素っ気なくあしらうと、敦也は美咲を連れてバーを出た。

丁度やって来たエレベーターに二人で乗り込む。他にエレベーターに乗ってくる客はいなかった。

エレベーターの扉が閉まった瞬間――敦也の腕に力が込められ、体を引き寄せられる。

すぐ傍で琥珀《こはく》色の獣の瞳が美咲を見下ろしていた。

「美咲……」

名前を呼ばれた。その声に宿る熱に、体が震える。

美咲は何も言わず、甘い光を宿した琥珀《こはく》色の瞳がゆっくりと近付いてくるのを見ていた。

瞼《まぶた》を閉じた途端に、敦也の唇が美咲のそれに重ねられる。

エレベーターが降下する感覚と、キスで堕とされる快感――混じり合う二つの感覚に眩暈《めまい》がして、敦也の広い肩に爪を立てて縋《すが》り付いた。

交わる吐息と高まる熱の中、何故か二人、どこまでも堕ちていくような錯覚を覚えた。

「ん……」

触れ合わせた唇から漏れる吐息は、自分が聞いてもひどく甘い女の声だった。

体の奥から蕩《とろ》けるような熱が次々と生まれて、美咲の体を震わせる。

閉じている瞼《まぶた》の奥、トロリと甘い蜜色の光が瞬《またた》いた。

それは敦也の獣の瞳と同じ、琥珀《こはく》色。美咲を捕えた甘い毒の色。

背筋を這《は》い上がる疼《うず》きに、美咲の体から完全に力が抜けた。

キスが解かれるとともに、必死に縋《すが》った敦也の肩先から指が滑り落ちそうになる。その瞬間、腰に回された力強い腕が美咲を支えてくれた。

昨日の夜から高まり続けている熱で体が火照《ほて》り、自分の体なのに他人の体のように感じた。

――まるで麻薬だ……

敦也が与える熱は、美咲の体をドロドロに蕩《とろ》かせて、理性を霞《かす》ませる。

冷めるどころか生まれ続ける熱に、眩暈《めまい》にも似た酩酊《めいてい》感と、果てのない悦楽《えつらく》を感じた。

絡みつく蜜のような泥濘《でいねい》の中に、沈み込んでいくようだ。

その先に待っているものが何か、今の美咲には見えない。

だが、もう自分は敦也から、この美しすぎる野生の獣のような義弟から逃げることは出来ないとわかっていた。

離れていく唇に、美咲は閉じていた瞼《まぶた》を開く。互いの唾液に濡れた敦也の艶《つや》やかな唇が目に入った。

いくら今は二人きりとはいえ、ここはいつ誰が乗り込んでくるかわからないエレベーターの中だ。そこでキスをしていた自分の大胆さに気付き、美咲は全身を赤く染めた。

多分、時間にしたらほんの瞬《まばた》きほどのこと。

それでも、今までの人生を振り返って、こんなことをしたのは初めてだった。

まともに敦也の顔を見ることすら出来なくて、美咲は彼の肩先に顔を埋《うず》めた。

そんな美咲を抱きしめて、敦也が吐息だけで笑うのがわかった。

耳元に微かに触れた吐息にすら反応して、ビクリと体が跳ねそうになる。

次の瞬間、軽やかな電子音が鳴って、エレベーターが目的の階に到着したことを知らせた。

美咲は敦也に抱えられるように、エレベーターを降りる。情けないことに、足元がふらついて力が入らなかった。

敦也に促《うなが》されるまま、美咲は操り人形のように廊下を進み、一つの部屋の前で立ち止まった。

カードキーで敦也が部屋の鍵を解錠して、連れだって部屋に入った。

その部屋のあまりの豪華さに、美咲の理性が不意に戻る。

小さなパーティーが開けそうなほど広い居間、寝室。広々としたバスルーム、グランドピアノを配した防音ピアノルームを備えたスウィートルーム。その大きな窓の向こうに、美しい夜景が広がっていた。

ここは敦也の才能に惚れ込んだパトロンが経営しているホテルで、日本での敦也の定宿《じょうやど》になっているらしい。

ピアニストとしての敦也は、日本よりも海外で注目され、高い評価を得ていることは知っていた。

しかし、こんな防音のピアノルームを用意してくれるパトロンがいることなんて知らなかった。

世界中にホテルを持つここのオーナーが、敦也のために行く先々の国にホテルを用意していると知った時は驚いた。

何だか本当に現実感がない話だった。

この数年の敦也の活躍はメディアを通じて知っていたつもりなのに、それが本当につもりでしかなかったことを思い知らされる。

自分と義弟との生活の違いに、心が竦《すく》みそうだ。

まるで美咲の不安を感じ取ったかのように、敦也が美咲の体を抱き寄せてくる。

「……んん」

奪われるようなキスに、一瞬ですべてがうやむやになった。

唇の中に差し入れられる敦也の熱い舌先に、不安で消えかけていた快楽の熾火《おきび》が再び火を灯《とも》す。

敦也そのものといった獰猛《どうもう》で淫《みだ》らな口づけを与えられるたびに、美咲の体が彼に染めかえられていく気がした。

この腕の中に堕ちると決めたはずなのに、いまだに拭《ぬぐ》いきれない不安。

いつか去っていくかもしれない時への覚悟もないまま、触れてくる彼の指先や唇のすべてを欲しがる自分は、おそらくもう麻薬のような義弟の毒に陥落してしまっているのだろう。

義理とはいえ、姉弟《きょうだい》で触れ合うことへの躊躇《ためら》いも怖さもいまだにある。

それでも、今、この瞬間に、美咲はこの義弟が欲しいと強く、強く思った。

抑えきれない衝動のまま美咲が敦也の広い肩に腕を回すと、敦也の力強い腕が美咲の腰に回り、ぐいっと引き寄せられた。自然と体が仰《の》け反《ぞ》ってより深く敦也と唇が合わさる。

重なった体がひどく熱かった。

長い脚が美咲の脚を割り開き、スカートの下に差し入れられた長い指先が内腿を撫で上げ、ガーターベルトで止めたストッキングの繊細《せんさい》なレースの飾り部分を辿《たど》る。

レースと肌の違いを確かめるように、ストッキングと美咲の肌の境界を、何度も強弱をつけて愛撫《あいぶ》する。

その指先の動きに、今着ているホルターネックの黒いシルクのドレスと一緒に、敦也から贈られた黒地に紫のレースが縁どられたセクシーすぎる下着を思い出し、閉じている眼裏《まなうら》が赤く染まった。

キスの合間に、絶妙なタッチで内腿の敏感なところに触れられて、立っていられなくなる。

ガクリと崩れていきそうな体を、すかさず敦也に抱き上げられた。

いわゆるお姫様抱っこをされて、美咲は今日何度目かの羞恥《しゅうち》による戸惑いを覚えた。

こんな時、どんな顔をすればいいのかわからず、敦也の胸に顔を埋《うず》める。

耳朶《じだ》がひどく熱くなっていた。

そんな美咲を敦也は何も言わずに見下ろすと、そのまま人を抱き上げているとは思えない滑《なめ》らかな動きで寝室に向かった。

敦也に黙って運ばれながら、美咲の胸を微かな嫉妬が過《よぎ》る。

――本当は何も思わないわけではないのだ。

ドレスや下着を贈る敦也の慣れた様子に、他の女の影が透けて見える。

わかっていたはずのことに、胸が痛むのはどうしようもない。

美咲の伏せた瞼《まぶた》が震える。昔何度も見た、他の女と絡む敦也の姿が脳裏をチラついて仕方なかった。

――こんなこと考えても意味はない。

美咲は敦也に気付かれないように、小さく息を吐く。

それに美咲だって、敦也のことをとやかく言える立場ではない。

――恭介。

優しい恋人の顔を思い出すと、どうしようもない罪悪感が美咲を襲った。

これは彼に対する紛れもない裏切りだ――

わかっているのに敦也をもう拒《こば》めない。

美咲を抱えたまま器用に寝室のドアを開けた敦也に、広いベッドの上に下ろされた。

「……何を考えてる?」

覆《おお》い被さってきた敦也が、美咲の漆黒の瞳を覗き込みながら問いかけてきた。

「……何も」

間近に迫る綺麗な琥珀《こはく》色の瞳に映る自分の顔は、見知らぬ女のものになっていた。

あの優しい恋人を傷つけるとわかっているのに、それでもこの衝動を止められない。

「嘘つきだな」

揺れる美咲の心を見透かすように、敦也の目が眇《すが》められた。

その瞳の不穏さに美咲の心を恐怖が捉《とら》える。それは捕獲された獲物が感じる本能的な恐怖に似ていた。

無意識に体が逃げを打とうとする前に、敦也の長い指先が首の後ろへ伸び、ホルターネックのドレスのリボンをするりと解《ほど》いた。

はだけたドレスの下から、ガーターベルトとお揃いの黒地に大輪の紫の薔薇が花開いたブラジャーが現れる。それと同時に、ドレスの下に隠されていた肌に刻まれた無数の口づけの痕《あと》が曝《さら》された。

「俺と一緒にいる時に、他のことを考えるな」

ゆっくりと覆《おお》い被さってきた敦也が美咲の耳元で囁《ささや》き、ひときわ大きく花開いている首筋の噛み痕《あと》に舌を這《は》わせてくる。タイトなスカートの下から差し込まれた手のひらが、スカートをたくし上げながら、敏感な太腿を撫で回す。

「あ……ん！」

過敏になっている首筋に触れる熱い舌の感触に、疼《うず》く胸の痛みも、罪悪感も、本能的な恐怖さえも、吹き飛んだ。

首筋、鎖骨、胸元と口づけは徐々に下がっていく。

そして腰のところで引っ掛かっているドレスのファスナーを下ろして、足元から脱がされた。

ベッドランプの淡い光の下。美咲の白い肌と、黒くセクシーな下着が浮かび上がる。

その淫《みだ》らな姿を直視出来なくて、美咲は瞼《まぶた》を閉じた。

「美咲……」

しかし、逃げることを許さない男が、美咲の名前を呼ぶ。

「美咲。目を開けろ」

臍《へそ》の下の柔らかい部分に口づけながら敦也が命じてくる。

「自分が誰に、何をされているかちゃんと見ろ」

蠱惑《こわく》的な囁《ささや》きに逆らうことが出来なくて、美咲は震えながら瞼《まぶた》を開く。

開いた瞼《まぶた》の先、視界に入ってきたのは立てられた自分の膝に、ストッキングの上から唇を這《は》わせている敦也の姿だった。

視覚からくる間接的な刺激と、ストッキングの上から感じる直接的な熱に、美咲の背骨を快感が駆け上がる。

「……っ！」

声にならない悲鳴を上げて、敦也に口づけられている脚を蹴り上げそうになるが、力強い手がその抵抗をあっさりと封じた。

そのまま、啄《ついば》むように敦也の唇が美咲の太腿にいくつものキスを落としていく。

その淫《みだ》らな光景に、体の奥が熱く蕩《とろ》けて蜜が溢《あふ》れてくるのがわかった。

ガーターストッキングの繊細《せんさい》な紫のレースの上に、敦也が濡れた音を立てながら、口づける。

ビクンと美咲の体が大きく跳ねた。

ストッキングと肌の際を敦也の舌が執拗《しつよう》に何度も往復する。そのたびに、レース越しの遠い熱と、直接肌に触れる火傷《やけど》しそうな熱との温度差に、美咲の体は異様なほどに昂《たかぶ》っていく。ガーターベルトの紫のレースが色を変えるほど、敦也の唾液に濡らされた。

その間も敦也の瞳と美咲の視線が離れることはない。視線を絡めたまま行われる淫《みだ》らな行為に、触れられてもいない秘所から蜜が溢《あふ》れ、蒸れた熱がショーツを濡らす。

敦也の獣の瞳が、妖《あや》しく蜜色に輝いて見えた。

「ふ……あ……あぁ……」

堪《こら》えきれない艶声《つやごえ》が美咲の唇から溢《あふ》れて止まらなくなる。

ガーターベルトの留め金に敦也の指がかかり、器用に外していく。

そして、濡れたレースの縁から人差し指を差し入れて、ストッキングを下に滑らせ脱がされた。

「ふぅん……ん」

直《じか》に触れる敦也の大きな手のひらの感触に、腰の奥へどんどん濃縮された熱が送り込まれて、我慢出来ずに美咲の腰が揺らめきだす。

緩やかに、執拗《しつよう》なほどにゆっくりと追い詰められていく。

素肌を曝《さら》された膝頭をくるりと円を描くように撫でられて、美咲の眦《まなじり》から涙が溢《あふ》れた。

「……あぁ……ぅ……やぁ……！」

思わず拒絶の言葉が零れるが、意地悪な義弟は止まらない。

美咲が本気で嫌がっていないのがわかっているからだろう。

ツーッと反対の足先を敦也の指先が滑った。ぞくぞくした悦楽《えつらく》が、背骨に沿って這《は》い上がっていく。

反射的にびくりと腰が浮き上がり、期待感だけで昇りつめそうになる。怖くて嫌々と首を振る美咲を見下ろして、敦也が雄そのものの表情で嗤《わら》う。

「だったらどうしてほしい……？」

意地悪な問いかけが降ってきた。

美咲がどうしてほしいか知っているくせに、焦《じ》らしてねだらせたいのだろう。

言葉で言わせようとする男の、意地の悪さに泣きたくなる。

「……い……じわ……る」

わななく唇から抗議の声を絞り出して、敦也に抱きしめてと美咲は腕を差し出す。

美咲の意図を察した敦也が笑みを深くして、覆《おお》い被さるようにして体を抱きしめてくれた。ホッとして首に腕を回し、その広い肩先に額《ひたい》を擦り付ける。

美咲のお腹の柔らかい部分に、敦也の硬い熱が触れた。

その硬さに昂《たかぶ》っているのが自分だけではないのだと知って、美咲は嬉しくなる。

見上げた先、敦也の琥珀《こはく》色の獣の瞳と視線が絡んだ。

見つめ合う色素の薄い瞳は、感情が読み取りづらく、いつも苦手だった。

——今ならわかる。自分はこの瞳に囚《とら》われることこそが怖かったのだと……

「ん……ン……」

キスをしながら視線は絡め合ったまま。再び敦也の意地悪な指先が美咲の体の上を這《は》い、愛液に濡れたショーツに差し込まれる。

もうすでに熱く蕩《とろ》けてぬかるんだ秘所は、喜びに震えながら敦也の指を受け入れた。

数度、指先を往復されただけで、もう快楽を我慢出来なくて、美咲は一気に駆け上がる。

目の前を火花が散った。

「あぁ……！」

キスを解いて上がった声は悲鳴ではなく、甘すぎる艶声《つやごえ》だった。

少しだけ意識が飛んでいたのか、次に気付いた時には裸になった敦也が上にいた。

開かされた脚の間に、敦也自身の硬い熱を感じて美咲の喉がこくりと鳴る。

「う……ん、あ、……くる……！」

承諾を得る言葉もないまま一気に奥まで突き入れられて、美咲の背筋がしなる。乱暴ともいえる行為なのに、昨夜からずっと溶かされ続けていた美咲の体は、その刺激をあっさりと受け入れていた。

強引に求められている自分を実感して、今まで知らなかった女の自分が喜びに震えている。

互いの鼓動が混じり合い、濡れた下肢を揺らめかせながら、互いの境界すらわからなくなるほど、どこまでも昇り詰めていく。

形のいい敦也の頭を抱き寄せ、襟《えり》足の髪をきゅっと握って縋《すが》った。

動きの速くなる腰の動きに、ただただ翻弄《ほんろう》され、堕とされる。

欠け始めた琥珀《こはく》色の月が輝く、夜の海の中。

二人、蜜のような泥濘《でいねい》に沈み込んで、溺《おぼ》れていく——

美咲は不意に目が覚めた。見慣れない天井と馴染《なじ》みのない寝具に、一瞬だけ自分がどこにいるのかわからなくなるが、すぐに自分が敦也と一緒だったことを思い出す。

辺りはまだ薄暗く、夜は明けていない。隣を見ると敦也の姿がなかった。

——敦也？

慣れないところで一人残されていることに不安を覚える。気だるさの残る体で起き上がると、美咲は敦也が寝ていたところのシーツに手を伸ばした。

触れたシーツはすでにぬくもりがなくひんやりとしていて、敦也が随分前にベッドからいなくなっていたことがわかる。

美咲が敦也の姿を探して周囲を見渡すと、寝室のドアの向こうから微かにピアノの音が聞こえてきた。

——ピアノの音？

美咲はベッドの下に落ちていた敦也の黒いシャツを拾い上げて身に纏《まと》うと、ピアノの音に導かれるように、寝室を出る。

少しだけ開いたままにしてあった部屋のドアから覗くと、案の定、敦也がピアノを弾いていた。

昔と変わらない敦也の癖に、美咲の表情が緩む。

部屋の明かりを消したまま、月明かりだけで行われる真夜中の演奏会。

実家で一緒に暮らしていた頃、真夜中に敦也が練習を始めた時には、こっそりと自室の窓を開けてよく聴いていたことを思い出す。

――相変わらずなんだ。

敦也に気付かれるだろうかと一瞬だけ躊躇《ためら》い、しかし、敦也の演奏をもっと聴きたいという欲求に勝てず、美咲は少しだけ開いたドアの傍に立ったまま演奏に耳を傾ける。

敦也に対する苦手意識が先に立って、素直に演奏を聴かせてほしいと言えなかったあの頃。真夜中の演奏会だけが、唯一美咲が敦也の演奏を楽しめる時間だった。

あの時間に奏でられる敦也の曲は、夜の静寂に優しく響く穏やかなものが多かった。

今、敦也が演奏している曲も、とある不眠症の伯爵のためだけに作曲されたと言われている子守唄だった。

繰り返される単調で穏やかなリズムの曲が敦也の指先から紡《つむ》ぎ出されていく。

普段の敦也の演奏を知る人間が聴いたら驚くような、穏やかなぬくもりがそこにはあった。

いつの間にか、美咲は敦也の演奏に聴き入っていた。

だが、素肌にシャツ一枚を身に纏《まと》っただけの体が冷えてきて、寒さにふるりと震えた。

もっと敦也の演奏を聴いていたかったが、このままでは風邪を引いてしまうと思い、音を立てないように寝室に戻ろうとする。

しかし、わずかに体がドアに触れて、カタンと小さな音を立ててしまった。

演奏に集中していた敦也が顔を上げ、戸口に佇《たたず》む美咲に気付いた。

――あ……。

美咲と目が合った敦也が指を止め、演奏が中断された。

せっかくの演奏の邪魔をしてしまったことに気まずさを覚えて、美咲はどうしていいのかわからなくなる。

「……ごめん」

小さく呟くように謝ると、敦也の目元がふわりと緩んだ。

あまり表情の変わらない敦也が、そうやって目元を緩めるだけで、印象が随分と柔らかくなった。美咲の強張《こわば》っていた肩から力が抜けた。

そんな些細《ささい》なことに、敦也の中に自分の居場所がちゃんとある気がした。

「いや、俺こそ起こしたなら悪かった」

「ううん」

「そんなところにいないで入ってくれば？　風邪引くぞ？」

「……いいの？」

「構わない」

そう言われておずおずと部屋に入る美咲を確認して、敦也が演奏を再開した。

今度は映画のメインテーマとして作曲された曲だった。

情緒的で哀愁漂《あいしゅうただよ》う曲は、かつて美咲が好きでよく弾いていたものだ。

ピアノの横にあるソファに座って、美咲は目を閉じて敦也が奏でる曲に心を委《ゆだ》ねる。

月の光だけが照らす青い部屋の中で奏でられる曲は、美咲の心を優しく包み込んでいく。

何故、敦也がこんな真夜中に演奏をしたがるのか、少しだけわかる気がした。

夜の闇の中で聴くピアノは、どこまでも澄んで心に届く。

この曲がメインテーマになっている映画も美咲は好きだった。

ピアノの演奏を言葉代わりにしていた女性と、彼女にピアノの教えを頼んだ男が、ピアノのレッスンを通して心を通わせていく物話だ。

美しい映像とテーマ曲。そして濃密な愛を描いたストーリーを思い出す。

敦也の演奏で映画のシーンを思い出しているうちに、曲の最後の一音が奏でられ、ゆっくりと夜の闇に溶けていく。

「……あんたがピアノをやめたのは俺のせいか？」

演奏を終えた敦也が、静かな余韻の中でポツリと尋ねてきて、美咲は驚きに目を見開いた。

「え？　何、急に……？」

美咲も幼い頃は敦也と同じようにピアノを習っていたが、高校の入学と同時にやめていた。

「ずっと思ってた。あんたがピアノをやめたのは俺のせいなんじゃないかって……」

敦也がそんな風に思っていたなんて意外だった。

確かに美咲がピアノをやめたのは敦也が原因だったが、それは敦也が罪悪感を持つような理由ではなかった。

ピアノは好きだったが、それはあくまでも趣味の範囲を出ないものでしかなかった。

それに比べて、敦也の演奏は一瞬で世界を変えるだけの力があった。

美咲はずっとその演奏に魅せられてきたのだ。

昔からすぐ傍にいた天才とも言える敦也の才能を目《ま》の当たりにして、美咲は自分にピアニストになれる才能がないことを早々に自覚しただけのこと。

もし敦也と張り合ってピアニストになろうとしていたら、きっと美咲は潰れていただろう。

手習いの範囲でピアノを弾き、音楽を趣味として楽しむ。それぐらいが丁度よかったのだ。

だからピアノをやめたことに後悔はなかった。

まさか敦也が、美咲がピアノをやめたことを気にしているとは思わなかった。

「自分には才能がないってわかったから、趣味で楽しむことにしただけよ。だから別に、敦也のせいなんかじゃないわ」

美咲は敦也を見つめたまま、穏やかな気持ちでそう言った。

「俺は美咲の弾くピアノが好きだった」

琥珀《こはく》色の綺麗な瞳に、惜しむような光を浮かべてそんなことを言う敦也に、美咲はわずかな哀切を滲《にじ》ませて笑った。

「それは光栄かも。でも、私はピアノをやめたことに後悔はないわ。私のピアノは趣味の範囲ものでしかなかったもの」

「そんなことない。高藤のじいさんだって美咲がピアノをやめることに、反対していただろう?」

敦也の言葉で、美咲は自分たちにピアノを教えてくれていた祖父のことを思い出す。

美咲たちの祖父も、若い頃は敦也と同じように世界中を渡り歩いていたピアニストだった。

四十代の頃に事故で右手の神経が断裂し、右手の中指と薬指がまったく動かなくなったことで、指導者への転向を余儀なくされた。しかし、祖父はその事故にもめげずに熱心で優れた指導者となり、敦也をはじめとして幾人ものピアニストを世に送り出した。

祖父は自分の孫たちにもピアノを教えていたが、決して無理強《じ》いすることはなかった。三人いる従兄弟《いとこ》たちも美咲たち姉弟《きょうだい》も祖父が大好きで、彼が話してくれるクラシックの歴史や作曲の逸話を聞くのも好きだった。

祖父の家に行くたびに、皆自然とピアノを習うようになっていった。

その中で、音楽の才能を開花させたのが、祖父とは血の繋がらない敦也であったことは、少しだけ皮肉だと思う。

敦也の言う通り、祖父は美咲がピアノをやめることに反対し、続けてほしいと言った。優しい祖父だったが、美咲がピアノをやめると言った時だけは、珍しく興奮していたことを思い出し、美咲は睫《まつげ》を伏せる。

「そうだったわね」

でも、最終的には美咲の意思を尊重してくれた。

ただ、どんな形であれピアノには携《たずさ》わっていてほしいと言われた。でも、そんな祖父の願いをよそに、大学に入り一人暮らしをするようになってから、ピアノに触れることもなくなっていた。

敦也がピアノの傍を離れて、美咲が座るソファの前にやって来る。

「もうピアノは弾かないのか?」

跪《ひざまず》いた敦也が、下から美咲の瞳を覗き込んで尋ねてくる。

「弾かないわ。というより弾けないわ。何年もピアノに触れてないもの。きっともう指が動かない」

その答えにほんの少しの寂しさを覚えた。亡くなった大好きな祖父の願いを無下《むげ》にしてしまった自分に、罪悪感を覚える。

「……残念だな」

そう言って、敦也が美咲の指先を掴《つか》んで口づけた。

間近で敦也の瞳と見つめ合う。

「俺はあんたのピアノが本当に好きだったよ。美咲が楽しそうにピアノを弾いているのを見て、俺も弾いてみたいと思ったんだ」

「そうなの？」

「あぁ。美咲と一緒にピアノが弾きたかったんだ」

敦也が美咲と指先を絡めてくる。触れ合わせた指先が熱を持った。

「うそ」

「本当だ」

敦也が小さく笑った。繋いだ手が引かれて、敦也の額《ひたい》と美咲の額《ひたい》がこつりと合わさり、吐息の触れる距離で笑い合う。

敦也が絡めた美咲の指先に口づけてくるから、体の奥に熱が灯《とも》る気がした。

「……だったら」

「ん？」

「だったら、たまにでいいから私のためだけにピアノを弾いてくれる？」

昔は言えなかった言葉がするりと出てきた。美咲の言葉に敦也が再び目元を緩めた。

普段は鋭利な印象の敦也の顔が、蒼い月の光に照らされてひどく甘く変化する。

「たまにでいいのか？」

「うん。たまにでいい。いつもなんて贅沢《ぜいたく》なこと言わない」

敦也の琥珀《こはく》色の獣の瞳に、自分の姿が映っている。

「欲がないな。美咲のためなら、いつでも弾いてやるよ」

「んっ……」

答えは敦也の唇の中に消えた。

どんどん自分がダメになっていく気がした。敦也の甘い毒に溶かされて、溺《おぼ》れていく。

絡め合った舌の甘さに美咲が完全に溺《おぼ》れきる前に、敦也の唇が離れた。

潤《うる》む瞳で見つめる敦也の瞳が甘く緩み、次の瞬間、美咲をソファから抱き上げる。

「体が冷えてるな。風邪を引く前に戻るか」

どこまでも冷静な敦也の言葉に、美咲は疼《うず》く自分の体が恥ずかしくなる。

俯《うつむ》く美咲のつむじに敦也のキスが落とされた。

「明日は仕事に行くんだろう？」

「うん」

「だったらもう行こう」

「うん」

寝室に戻る二人を月が照らす。

――何故だろう？

敦也と二人で過ごす時間が愛おしいのに、美咲の心に不安が忍び寄る。

この幸せが砂時計の砂のように、さらさらと手のひらを滑っていく気がして仕方なかった。

敦也の胸に顔を埋《うず》めながら美咲は思う。

――きっと、明日が不安だから……だから……

明日、美咲は恭介に別れを告げに行くと決めていた。

そのせいで、少しナーバスになっているのだろう。

忍び寄る不安を別の不安にすり替えて、美咲は自分の心を誤魔化すのだった。

☆

目覚まし時計のアラームの音で、美咲は目が覚めた。

瞼《まぶた》を開けると、吐息が触れ合う距離で敦也の寝顔が目に飛び込んできてびっくりする。

敦也の腕の中にすっぽりと抱き込まれたまま眠っていたことに気付いて、美咲は何だか不思議な気持ちになった。

こんな風にこの義弟と、敦也と一緒に過ごす日がくるなんて――

三日前までは想像することも出来なかった。今も現実感はない。

こうして一緒に過ごしていても、ずっとどこか夢の中にいる気がして仕方ない。

眠る敦也の端整な寝顔を感慨深く見つめていると、鳴り続けるアラームの音に敦也の眉間《みけん》に皺《しわ》が寄り小さく呻《うめ》いた。

美咲は敦也の腕の中から腕を伸ばしてアラームを止めた。

アラームが鳴りやんでも、敦也の眉間《みけん》の皺《しわ》は取れない。

そういえば、子どもの頃から朝が苦手だったなと、顔を顰《しか》めたまま再び眠りに落ちた敦也を見ていた美咲は、幼かった頃のことを思い出す。

二人がまだ本当に小さな子どもだった頃。

朝が苦手で起きない敦也を起こすのは美咲の仕事だった。

『敦也！　起きて!!』

『……まだ、ねる』

美咲が起こしに行くたびに、布団の中に潜《もぐ》って出てこなかった義弟。

『幼稚園に遅れるよ？』

『幼稚園いかない。美咲ちゃんと寝る』

そんなことを言いながら、布団の中から出てこない敦也の手を掴《つか》んで引っ張り出していたことを思い出して、美咲はクスリと小さく笑った。

二人が正しく普通の姉弟《きょうだい》だった頃の小さな思い出だ。

あれから随分時間が経った。

敦也はもう小さな義弟ではなく、美咲ももう義姉ではない。

そのことに、一瞬だけ胸が小さく疼《うず》く。もう二人はただの家族には戻れない。

心の奥深くに閉じ込めていたこの感情に『恋』という名前を付けてしまった瞬間から、二人は後戻り出来ない道に向かって歩き出した。

この恋が終わる瞬間――それは、美咲が唯一の家族をなくす時だ。

過《よぎ》る思いを振り切るように美咲は小さく息を吐く。

終わりは確実にやってくるだろう。

それでも、今、この瞬間のこの恋しさまで否定する必要はないはずだ。

美咲は自分にそう言い聞かせると、時計を確認する。

時刻は朝の七時をほんの少し過ぎたところだった。

そろそろ起きて仕事に行く準備をしないと間に合わない。

美咲は眠る敦也を起こさないように、自分の腰に巻きつく腕をそっと外して起き上がる。

「う……ん……」

しかし、美咲が腕の中から抜け出したことで、敦也が目を開けた。

朝の光が眩《まぶ》しいのか、敦也は目を眇《すが》めて美咲を見上げてくる。

「おはよ」

「……おはよう」

声をかけると低く掠《かす》れた声で挨拶《あいさつ》が返される。

起こしてしまったかと心配していると、ごろりとうつ伏せに転がった敦也が、美咲の腰に再び手を回し腹に顔を埋《うず》めてきた。

「もう少し寝る」

呟くようにそう言うと、敦也の琥珀《こはく》色の瞳が閉ざされる。

その姿に、先ほど思い出した子どもの頃の寝起きの敦也の姿が重なって、美咲は小さく噴き出した。

形のいい後頭部についた寝癖を梳《す》いて、美咲は敦也に声をかける。

「敦也、私、もう仕事に行く準備しないといけないから離して?」

「う……ん」

低く唸《うな》るような返事をされるが、敦也の腕の力はなかなか緩まない。

昨日、体調不良を理由に急に休みを取ってしまったから、今日はちゃんと仕事に行きたかった。

困った美咲が、ぽんぽんと敦也の肩を叩く。

「敦也？」

「ん……起きる」

「起きれるの？」

「あぁ」

ゆっくりと敦也が起き上がった。しかし、その表情にはいつものキレがない。

寝乱れた髪をかき上げ不機嫌そうな顔で、サイドテーブルの上に置いてある煙草《たばこ》に手を伸ばした。

綺麗に筋肉がついた上半身を隠そうともせずに、目を不機嫌に眇《すが》めたまま咥《くわ》えた煙草《たばこ》に火をつけて紫煙《しえん》を吐き出した。

朝の光の下で彫像のように綺麗な義弟の姿に、美咲は目を奪われる。

綺麗な野生の獣みたいな義弟。誰の支配も、誰の束縛も受け入れることをよしとしない。

美咲はひどく胸が疼《うず》いて、そっと瞼《まぶた》を伏せた。

敦也との終わりばかりを意識している自分の臆病さが嫌になる。

美咲は敦也に気付かれないように、ため息を吐き出すとベッドから立ち上がった。

——いつから自分は、こんな臆病者になったのだろう？

らしくない、自分でもそう思わずにはいられないほど、美咲の心は揺れていた。

こんな風に後ろ向きな心の揺れを、敦也には気付かれたくなかった。

立ち上がった美咲に、敦也が無言のまま視線を向けてくる。

それに美咲は「シャワー浴びてくる」と何でもない顔で答えて、敦也を振り返ることなく浴室に向かった。


昨日、敦也がドレスや下着と一緒に用意してくれた着替えの中から、動きやすそうなワンピースに着替えた後、ホテルのラウンジで敦也と一緒に朝食を取った。

夜にはこのホテルに戻ると敦也と約束して、美咲は職場に向かった。

店に入って奥の事務所に向かう。タイムカードを押していると、店長の矢野《やの》が顔を出した。

「あら、美咲、おはよう。もう出てきて大丈夫なの？」

「おはようございます。昨日はすみませんでした」

「いいわよ、そんなこと気にしなくて。それよりもまだちょっと声が嗄《か》れてるわね。風邪は引き始めが肝心だから、無理しないでもう一日休んでもよかったのに！」

「いえ、本当に大丈夫ですから……」

矢野の気遣いに美咲はいたたまれなくなって、わずかに顔を俯《うつむ》ける。

美咲の体調不良は矢野が思っているような風邪が原因ではない。

敦也との嵐のような一夜を過ごしたせいだった。

昨日の朝、荒淫《こういん》に疲れ切ってボロボロになっていた美咲は、まったく身動きが取れず、急遽《きゅうきょ》もう一日有休を取っていた。

喘《あえ》ぎ続けたせいで嗄《か》れた声で職場に休むと電話したため、電話を取った矢野は美咲の体調不良を一切疑わなかった。

「本当に？　あ、そうだ。ちょっと待ってて」

矢野はそう言うと、機敏な動きで奥の給湯室にあるポットからお湯を持ってきて、店の商品であるハーブティーのティーバッグを使って、お茶を入れてくれた。

「これでも飲みなさい。咽喉《のど》にもいいから」

はちみつを垂らしたハーブティーの優しい香りが事務所に漂《ただよ》う。

「ありがとうございます」

美咲は素直に礼を言って矢野からマグカップを受け取った。

「昨日も店に来た恭介くんが心配してたわよ？　早く風邪を治して安心させてあげなさい」

美咲を微笑みながら見守っていた矢野が、思い出したようにそう言った。

不意に出てきた恋人の名前に美咲はハッとする。

恭介との付き合いを店では隠してはいなかった。

だから、矢野も当たり前のように、美咲にそのことを告げたのだろう。

「恭介……昨日、来たんですか？」

おずおずとした美咲の問いに、矢野が首を傾《かし》げる。

「あら？　連絡行ってない？　仕入れの打ち合わせに来た後、美咲のことを色々と心配してたから、仕事帰りに美咲の家に行ったのかと思ってたけど……」

「昨日の夜は風邪薬を飲んで熟睡してたから、気付かなかったのかも」

「だったら早めに連絡してあげなさい。すごく心配してたわよ？　それ、飲んでる間は目をつぶってあげるから」

美咲の言葉を何一つ疑わず、矢野はそう言ってウィンクすると開店準備のために事務所を出て行った。

一人残された事務所で、温かいハーブティーのマグカップを見下ろした美咲はため息をつく。

――昨日、恭介は家にも来たのかな？

風邪で仕事を休んだはずの美咲が自宅にいなくてどう思っただろう。

美咲はマグカップを事務机に置くと、鞄から電源を切ったままにしてあったスマートフォンを取り出して電源を入れる。

すぐに、数件の不在着信とメールが入ってきた。その差出人はすべて恭介だった。

『大丈夫か？　何かいるものある？　買い出し行ってこようか？』

『病院にいるの？』

『家の前に来たけど、出られないようだから差し入れかけておく』

美咲を心配する何通ものメールに胸が痛む。

こんな風に胸を痛ませる資格なんて自分にはない。

わかっているのに、恭介を思うとひどく胸が疼《うず》いた。

義弟を選んだ以上、恭介を心配するのは美咲のただの感傷でしかない。

わななく息を吐き出して、美咲は波立つ心を落ち着けた。

閉じた瞼《まぶた》の向こうに、敦也の琥珀《こはく》色に輝く獣の瞳が浮かんだ。

――自分は選んだ。敦也を……

だから、逃げるわけにはいかない。

美咲は震える指先で、恭介の電話番号を呼び出して電話を掛ける。

数コール後、『美咲か？』と、耳元で恭介の優しい声が聞こえた。

「おはよう」

思うよりも自然に言葉が出た。恭介の声を聞いた瞬間、不思議と美咲の心は落ちついた。

覚悟が決まったという方が正しいのかもしれない。

『おはよう。体の調子は大丈夫なのか？』

すぐに美咲の体を気遣ってくる恭介に、鈍い痛みが美咲の良心を揺らす。

その鈍い痛みを抑え込むように美咲は瞼《まぶた》を伏せた。

痛みを覚える資格は自分にはない。

何度もそう言い聞かせる。

――この優しい恋人と別れると決めたのは自分だ。

フッと美咲の顔に自嘲《じちょう》の笑みが浮かんだ。

恋愛小説のヒロインにでもなったつもりかと、冷めた気持ちで自分を嘲笑《あざわら》う。

自分の立場に酔ってしまえば楽なのかもしれないが、残念ながら悲劇のヒロインぶるほど、美咲は自分の立場に酔えなかった。

そんな立場の人間じゃない。もっと、ずるくて、汚い、ただの女だった。

それがわかった。この痛みは、そんな自分のずるさが生み出すものだ。

――選んだのは、決めたのは自分。だから……

美咲は腹に力を込めて、努めて何でもないふりで声を出す。

「うん、大丈夫」

『よかった』

ホッとしたような恭介の声がスマートフォンを通して聞こえてくる。

その声には、美咲を本当に心配してくれているのがわかるぬくもりがあった。

恭介のこういう真っ直ぐな思いやりに惹かれていた。

二年付き合って、互いに結婚を意識していたと思う。

この人となら、穏やかに幸せを育《はぐく》んでいける。そう思っていた。

――恭介が好きだった。それは嘘じゃない。

でも、それでも今、美咲の心にいるのは恭介ではなかった。

あの野生の獣のように綺麗で、残酷で、気まぐれな義弟だった。

そして、美咲は望んでしまったのだ。

心も体も食らい尽くされ、それでも足りないという身勝手で強引なあの義弟に、すべて壊されることを――

美咲は伏せていた瞼《まぶた》を上げる。

思い浮かべるのは、美咲の嘘も偽りも何もかもを奪った綺麗な琥珀《こはく》色の獣の瞳。

何物にも束縛されない義弟の瞳に後押しされるように、美咲は恭介に告げた。

「恭介」

『ん？』

「今日の夜、会えない？」

『俺は構わないけど、美咲は体、大丈夫なのか？』

――優しい人。本当に好きだった。

でも、自分の心の中に浮かぶ想いはもう過去形だった。本当に自分は馬鹿だと思う。でも、もうこの想いに嘘をつくことは出来なかった。

「体は大丈夫」

『わかった。じゃあ、仕事が終わったら、いつもの店でいいか？』

「うん」

電話の向こうで恭介が笑ったのがわかった。その笑い声に心が再び揺れそうになる。

美咲はスマートフォンを握る指先にぐっと力を入れ、何でもない平静な声を出した。

欲しいもののために、恭介を切り捨てると決めたのは自分だ。

「じゃあ、また後で。仕事、頑張って」

『あぁ、また後で』

仕事終わりの約束を取り付けて、美咲は電話を終わらせる。

耳元からスマートフォンを下ろして、そのままぎゅっと握りしめた。

一時の激情に流されているだけではないかと何度自問してみても、答えは一つしか浮かばない。

――もう、後戻りなんて出来ない。だったら進むしかない。その先に待っているものが何かなんて、今は考えても仕方ない。

恭介を傷つけることへの罪悪感より、敦也を失う方が怖いと思った瞬間に、この恋は終わっていたのだ。

美咲はスマートフォンを鞄にしまうと、マグカップを給湯室に片付けて、仕事をするために事務所を出た。

☆

「お疲れ様ー」

「お疲れ様でした」

「美咲、お大事にね～」

「ありがとう」

仕事が終わり、同僚たちに挨拶《あいさつ》をして、美咲は手早く帰る準備を整え職場を出た。

一歩外に出ると、十月の冷たい夜風が美咲の長い黒髪を揺らす。

なんとなく見上げた空は曇っていて、月も星も見えなかった。

それが少しだけ残念な気がした。

——恭介はもう来ているだろうか？

足早に駅に向かって歩きながら時刻を確認する。腕時計を見ると午後七時を少し過ぎたところだ。

いつも二人が待ち合わせに使っている駅前の洋食屋のすぐ傍まで来た時、背後から「美咲！」と名前を呼ばれた。

振り返ると、笑顔で手を振る恭介が駅から出てきたところだった。

美咲は立ち止まり、恭介がこちらに向かって小走りにやって来るのを待つ。

その笑みを見つめていても、美咲の心はもう揺れなかった。

「お疲れ。すげぇいいタイミング」

美咲の傍にやって来た恭介が笑いながらそう言ったのに、美咲も普段通り微笑みを浮かべる。

「お疲れ様。早かったね」

「あぁ、今日は外回りの後、直帰にした」

「そう」

「寒いから中に入ろう。また風邪がぶり返したら困る」

「うん」

屈託なく笑いながら、恭介が美咲を店の中に促《うなが》す。恭介と一緒に店の中に入ると、店員の「いらっしゃいませ！」という元気な声に迎えられる。

夕飯時だからか、店の中は家族連れで今日も賑《にぎ》わっていた。

ここは本当に昔ながらの洋食屋で、駅周辺ではハンバーグとオムライス、ナポリタンが美味《おい》しい店と有名だった。

美咲もこの店のオムライスが好きで、仕事帰りによくここで恭介と待ち合わせして、ご飯を食べていた。席に案内されて、恭介がハンバーグ定食、美咲はいつものようにオムライスを注文する。ウェイターが離れて行くと、正面に座った恭介が美咲の顔を覗き込んで尋ねてきた。

「もう風邪は大丈夫なのか？」

「大丈夫だよ。たいしたことなかったから」

こんな時、自分が平然と嘘をつける人間なのだと知る。

体調不良の理由は風邪なんかじゃない。でも、それを恭介に伝えるつもりはなかった。

「そうか、無理するなよ？　昨日、風邪で休んだって聞いて部屋に行ったら出て来ないし、心配した」

気遣う眼差しで美咲の顔を見る恭介に、美咲は静かに笑って答える。

「ごめん、気付かなかった」

「いや、いいんだ。こうして元気そうな顔を見られたし、安心した」

「ありがとう」

安堵したように笑う恭介を見ても、心は不思議と凪《な》いで穏やかだった。

だから、その言葉は意図するよりも簡単に出てきた。

「恭介」

「何？」

呼びかける美咲に、恭介が穏やかな笑みを浮かべたまま見つめ返してくる。そんな彼に、美咲は笑みを消して告げた。

「もう終わりにしたい」

その言葉に、恭介がすべての動きを止めた。

正面に座る恭介の目が驚きに大きく見開かれる。周りの賑《にぎ》やかな音が、遠ざかったような気がした。

動きを止めた恭介を、美咲は何も言わずにただ静かに見つめ返す。

束の間の沈黙の後、恭介が動揺を抑えるように大きく息を吐いて、持っていたグラスをテーブルに置いた。

「……今、何て？　……終わりって何？」

今、美咲が言った言葉が何かの間違いであることを期待するように恭介が聞き返してくる。

美咲の意図に気付いているのに、笑えない冗談を聞いたとばかりに恭介が無理やり笑おうとする。

でも、その期待に美咲が応《こた》えることは出来ない。

「別れてほしいの」

もう一度、美咲は恭介の瞳を見つめたまま、一音、一音、はっきりと別れの言葉を告げる。

「何だよそれ！　急にどうして！」

美咲の本気を感じ取ったのか、普段は穏やかな恭介が美咲の言葉に声を荒らげた。でも、美咲の心は凪《な》いだままだ。

恭介を裏切り、傷つけても、今の美咲には欲しいものがある。欲しいと願ってしまったものがある。

瞬《まばた》き一つで浮かぶのは敦也の綺麗な琥珀《こはく》色の獣の瞳だった。

十年前のあの時――レッスン室でピアノを弾いていた敦也が男になったと気付いたあの瞬間から、きっと自分は囚《とら》われ続けてきた。

必死に否定して、自分の想いから目を背《そむ》けて、逃げて、逃げて、逃げ続けていたけれど、結局自分は捕まってしまった。

だから、もう自分には逃げることなんて出来ない。

「他に好きな人がいるの」

告げる言葉は少しも震えることはなかった。

自分でも不思議になるほど、気持ちに揺るぎがなかった。

恭介の瞳が美咲の言葉を理解して、苦痛に歪《ゆが》んだ。

わずかな沈黙の後、恭介が動揺を抑えるように大きく息を吐いた。

「ここ最近、様子がおかしかったのはそいつのせい？」

痛みを堪《こら》えるように低く抑えた声で問い返された。

「うん」

「いつからだ？　いつからだよ⁉」

必死に冷静になろうとしながら、それでも抑えきれない激情に恭介の声は掠《かす》れていた。

その声の必死さに、美咲の心がわずかに揺らぎそうになる。

この二年――美咲を支え、寄り添ってくれた大事な恋人。

両親を事故で一度に亡くし、辛かった時期を支えてくれたのは恭介だった。

その優しかった恋人を傷つけている事実が胸に刺さる。

だけど、それでも、美咲はもう後には引けなかった。

ずっと、その優しさと誠実さで美咲に接してくれていた恭介に、これ以上嘘はつけない。

それが、恭介を裏切った美咲に出来る唯一の誠意だろう。

「十年前からよ……」

「何だよそれ！　どういうことだよ⁉」

美咲の言葉に普段は温厚な恭介が驚きに声を大きくするが、美咲は淡々と答える。

「彼を好きだと、ずっとずっと認めたくなかった。この心にある想いを何度も何度も否定して、逃げてきた。恭介と一緒に過ごす時間はとっても楽しくて、彼のことを忘れていられた。思い出すこともなかった」

「だったら、どうして！」

「彼と会うことなんて、もうないと思ってた」

美咲の言葉が、一瞬だけ途切れる。

あの日、両親の三回忌に墓地で敦也と再会したあの時から、もう自分は逃げられなくなっていたのだろうと美咲は思う。

両親の墓の前で、仕事で忙しいと思っていた敦也が不意に帰国していたことを知り、胸がひどくざわついたことを覚えている。

それは、久しぶりに再会した義弟への苦手意識からくるものだと思ったが、違った。

今なら、わかる。

あの再会の瞬間――美咲は敦也を一人の男として意識した。

苦手な義弟ではなく、一人の男として見ていた。

だからこそ、無意識にその想いを否定して、逃げようとした。

なのに、逃げることは許されなかった。

あの綺麗な琥珀《こはく》色の獣の瞳をした義弟は、美咲が逃げることを許してはくれなかった。

そして、美咲の体も心もすべて、敦也は奪っていった。

美咲は小さく息を吐く。

敦也を想う時、美咲の心は痛みにも似た感情に支配される。

すべてを奪って壊してほしいと願う心とは反対に、壊されること、奪われることに対する怒りがある。相反する感情が、美咲に痛みをもたらしていた。

それでも、もう、あの義弟を失えないと美咲は思う。

この先に待っているのが、終わりだけだとわかっているのに、この恋を手放すことだけは出来なかった。

「彼と再会して、もうこの想いを否定することが出来ないって、気付いたの。だから、恭介とは別れる。別れてほしい……」

「……何だよ、それ……」

しばしの沈黙の後、脱力したように呟いた恭介が椅子の背もたれにぐったりと寄りかかる。

恭介の眉間《みけん》に深い苦悩が刻まれていた。ぐっと唇を噛み、前髪をかき上げる。

重い沈黙が二人の間に落ちた。

美咲は恭介から目を逸らすことなく、ただ静かに恭介の反応の一つ一つを見つめていた。

自分が裏切って傷つけた恋人のすべてを覚えておくつもりだった。自分の愚かさと身勝手さを忘れるつもりはない。

しばらくして何かを堪《こら》えるように、恭介が大きなため息を吐き出した。

「もう、決めたのか？」

呻《うめ》くような声で恭介が、再び確認してくる。

「ええ。決めたわ。今までありがとう」

きっぱりと美咲は答える。

「ありがとうか……謝るつもりはないのか？」

「そこまで、ずるくなれないわ」

その言葉に、恭介が泣き笑いのような表情を浮かべた。

付き合って二年。互いに積み上げてきた時間がある。その中で、ゆっくりと信頼を築いてきた。その関係に嘘も偽りもなかった。

穏やかで優しい時間の中で、育ててきた愛情がある。だからこそ、恭介は美咲の言葉が本気であると理解したのだろう。

謝って楽になるのは美咲だけだ。

もし、ここで美咲が謝ってしまえば、優しい恭介は許すと言うとわかっている。

そこまでずるくも、卑怯《ひきょう》になることも出来なかった。

自分がどれだけ愚かで、身勝手なのか知っている。

——だから恨んでくれていい。憎んでくれてもいい。こんな自分勝手なひどい女のことなど、早く忘れてほしい。

美咲は伝票を持って立ち上がる。これ以上話すことはないだろう。

「美咲？」

「さようなら」

別れを告げて美咲は歩き出す。恭介は何も言わずに俯《うつむ》いた。

傷ついた様子を見せる恭介に、美咲の心が痛んだ。

それがひどく身勝手で、わがままな痛みだとわかっているから、美咲も何も言わなかった。

だが、恭介の横を通り過ぎる間際、不意に手首を痛いほどの力で掴《つか》まれて、美咲は前に進むことが出来なくなる。

「俺が嫌だって言ったら……？　好きなんだ。俺は別れたくない」

絞り出すような声が聞こえた。

見下ろした自分の手首を掴《つか》む恭介の指先は力が入って白くなっていた。血流を止められた指先が冷たく凍る。震えた恭介の指先がこんな時なのに、愛おしかった。

でも、もう自分はこの震えを癒《いや》せる存在じゃない。

「今まで、本当にありがとう。でも、もう一緒にはいられない」

美咲はそっと恭介の指先に触れて、手首を離すように促《うなが》そうとしたが、それより早く、力強い手が恭介の手首を振り払って、美咲の体を引き寄せる。

驚いた美咲が顔を上げると、見慣れた琥珀《こはく》色の瞳と目が合った。

「……敦也」

美咲の喉から、義弟の名前が零れて落ちた。

「敦也、どうして？」

「迎えに来た」

驚く美咲に素っ気なく答えると、敦也は恭介を無視して美咲の手から伝票を取り上げると、テーブルの上に一万円札と一緒に置いた。

そのまま繋いだ美咲の手を引いて歩き出す。

強い力に逆らえなくて、美咲も二歩、三歩、と歩みを進めたが、席から立ち上がった
「待てよ！」

恭介の強い声に、思わず振り返った。

振り返った先、今にも泣き出しそうな恭介の瞳と目が合った。

この状況を選んだのは自分。わかっているのに、絡んだ視線に身勝手な心が初めて本気で揺れた。

戻れるはずもないのに、今なら、今ならまだ引き返せる——そんな声が、心の片隅から聞こえた気がして、美咲は自分の愚かさを嗤《わら》った。

——もう引き返せないのだと自分が一番よくわかっているのに……

足を止めて恭介と見つめ合う美咲に、敦也は何も言わなかった。

何も言わずただ絡めた指先に、力を入れる。

この手を離すつもりはないと——

痛みを覚えるほど強い力が込められた敦也の指先から、無言の訴えが伝わってきた。

揺れる美咲の弱い心に、敦也は気付いている。

気付いているのに、それでも今、あえて何も言わないのは、美咲に自分で選べと迫っているのだろう。

恋人を傷つけても、周りに非難されても、それでも、自分の手を取れと——

これがきっと最後の機会。この義弟から逃げるための。

だけど、美咲はやっぱり選べなかった。恭介との優しい未来よりも、敦也に壊される未来しか選べない。

「さようなら」

美咲の言葉に、恭介の顔がくしゃりと歪《ゆが》んだ。

だけど、今の美咲が恭介に言える言葉は、もうこれしか残ってない。

揺れる心をねじ伏せて、美咲が恭介に背を向けると、敦也も無言で歩き出した。

「何でだよ……美咲……」

背後で恭介の呟きが聞こえたが、美咲はもう振り向かなかった。

楽しげな家族連れの声に押し出されるように敦也と二人、夜の街に踏み出す。

明るい店内に慣れた視界に、夜の街はやけに暗く感じた。

敦也に手を引かれて無言のまま歩きながら、見上げた空に浮かぶ月を美咲は探した。

すぐに見つかった月は、街のネオンの明るさに霞《かす》み、空の端に引っかかるように昇っている。

霞《かす》んだ月は不吉なほど優しく綺麗に見えて、何故かぞくりと体の芯が震えた。

こんなにも不安になるのは、恭介との別れに動揺しているせいだと自分に言い聞かせるが、拭《ぬぐ》えない不安が美咲の心に忍び寄る。

何がこんなにも自分を怖がらせているのか、今の美咲にはわからなかった――

☆

ホテルの部屋のベッドに横になり、美咲は敦也が浴びるシャワーの音を聞くともなしに聞いていた。ベッドサイドに灯《とも》したランプの淡いオレンジ色の光に照らされた部屋はあまりに静かで、とろりとした眠気が美咲を襲う。

とても眠れそうにないと思っていたのに、体は正直に休息を欲していた。

美咲は小さなため息を吐くと、重たい瞼《まぶた》を閉じる。

閉じた瞼《まぶた》の裏に、最後に見た恭介の泣き出しそうな顔がちらついた。

あんな風に傷つけるために好きになったわけじゃない。

こんな夜なのに、思い出すのは恭介と過ごした楽しい時間ばかりだった。

その思い出が、美咲のわずかに残っていた良心を刺激する。

恭介との別れに迷いはなかったはずだ。敦也を選ぶと決めた時から、恭介を傷つけることを覚悟していた。

なのに、恭介のあの顔を見た瞬間、美咲の心は揺れた。

まだ引き返せるような気がした。そんなことは出来ないと自分が一番わかっていたのに。

――どこまで自分は愚かなのだろう？

再び重たいため息をついて、美咲はベッドライトに背を向けるために寝返りを打つ。

淡いオレンジ色の光が閉じた視界に残像を残した。

とろりとろりとした蜜のような眠りの海に美咲は沈んでいこうとした。

――このまま眠ってしまえば、この苦しさも忘れられるかな？

傷つけることしか出来なかった恭介のことを思い、その苦さから逃げるために、甘い眠りに沈み込もうとする。だが、淡いオレンジ色の光に照らされていた美咲の視界が暗く翳《かげ》って、ぎしりとベッドが軋《きし》む音がした。

「美咲」

敦也に名前を呼ばれて、美咲は重たい瞼《まぶた》を開ける。

いつの間にかシャワーを浴び終えた敦也が、美咲に覆《おお》い被さるようにこちらを見下ろしていた。

敦也の琥珀《こはく》色の獣の瞳が、ベッドライトのオレンジの光に照らされて、甘い蜜のような光を放つ。

秀麗な額《ひたい》に濡れた前髪が貼り付いていて、美咲は指先を伸ばして、その髪を梳《す》く。

濡れた敦也の髪が美咲の指先に絡んだ。

「風邪、引くわよ」

ぽつりと呟くように、まだ濡れた髪を美咲が注意するが、敦也はまるで聞こえていないように、「何を考えていた？」と逆に美咲に尋ねてくる。

わずかな沈黙が二人の間に落ちる。問われても美咲は答えを返せなかった。

「あの男のことを考えていたのか？」

続く敦也の問いにも答えられなくて、美咲は視線を下げる。

答えたくなかったし、答えるつもりもなかった。

それが気に入らないというように、敦也が美咲の頬に触れてくる。冷たいその指先が、右の目の下をすっと撫でて、顔を近付けてきた。

右の眦《まなじり》に口づけられそうになって、美咲は咄嗟《とっさ》に顔を逸らして、敦也を避ける。

今日だけは、今日だけは、敦也に触れられたくないと、強く思った。

そんなことに何の意味があるのか自分でもわからない。

たとえ今宵《こよい》敦也と触れ合うことはなくても、美咲が恭介を裏切って、傷つけた事実は何も変わらない。

――だけど、せめて今日だけは……。

キスを避けた美咲の髪に、敦也が指を絡めたが、さらさらと音を立てて指先から流れていく。

視線を合わせることも出来ないまま、美咲は無言で敦也の好きにさせた。

「あの男が好きだった？」

瞬《まばた》きほどの時間の後に、敦也が再び質問を投げかけてくる。

その問いに美咲の中の何かが切れた。

今、この時に、わざと美咲の心を逆なでしようとする敦也の無神経さに腹が立った。

八つ当たりだとわかっていたが、感情を制御出来なかった。

敦也の手を振り払って、琥珀《こはく》色の瞳を睨《にら》みつける。

「好きだったわ。結婚するつもりだったもの！　これで満足？」

激昂《げっこう》して声を荒らげても、敦也は落ち着いていた。それが余計に美咲の怒りを煽《あお》る。

思わず目の前の敦也の肩を拳《こぶし》で叩いていた。

「嫌いよ！　敦也なんて大嫌い！」

暴れる美咲を敦也が引き寄せようとするのを拒《こば》んだ。

めちゃくちゃに暴れても、所詮女の力では男の力強い腕に敵《かな》わなかった。

泣いて暴れる美咲を、敦也が抱きしめる。

その肩口に顔を埋《うず》めながら美咲は泣いた。

「嫌い……よ。あんた……なて……、だぃ嫌…い」

「知ってるよ」

宥《なだ》めるように敦也が美咲の髪を梳《す》く。

まるで子どものように「嫌い」を繰り返す美咲の眦《まなじり》に、敦也が口づける。

「悪いのは俺だ。だから、美咲が傷つく必要はない」

囁《ささや》かれた言葉に納得出来なくて、美咲は首を横に振る。

敦也にだけ背負わせるつもりはない。

何もかも敦也のせいにしてしまえば楽になれることはわかっていた。

だけど、これは美咲が背負うべき痛みだった。

敦也がわざと美咲の心を逆なでしてきたことはわかっている。感情を爆発させることで、美咲の心の鬱屈《うっくつ》を解放させてくれたことも。

でも、美咲は敦也に甘えたくなかった。甘えてしまえば、自分はどこまでも簡単に堕ちていく。

それが怖かった。

壊されることを望んでいるくせに、まだすべてを敦也に預けることが出来ない自分がいた。

堪《こら》えていたものを爆発させ、虚脱したように敦也に体を預けて泣く美咲の胸元に、赤い花が咲く。

だけど、それ以上の行為を敦也は求めてこなかった。

ただ、何も言わず、泣き続ける美咲の髪を梳《す》いている。

その指先は、今、この時、美咲を傷つけるものではなかった。

だから、美咲は瞼《まぶた》を閉じる。

触れた肌から伝わる敦也のぬくもりに、忘れていた眠気が再び美咲を捉《とら》えた。

気付けば、敦也の腕の中で、美咲は泣きながら眠っていた。

眠りに落ちていく美咲の眼裏《まなうら》に、今日見た不吉なほど優しい月が浮かんで消えた――


重苦しいばかりだった夜が明け、白々とした朝を迎えた。

目覚まし時計のアラーム音で目覚めた美咲は、のろのろと重い体を起こす。

美咲の動きに、敦也が低い唸《うな》り声を上げた。

「美咲？」

うっすらと瞼《まぶた》を開いた敦也が、少しだけ掠《かす》れた声で美咲の名前を呼んだ。まだ寝ぼけている様子の敦也に「シャワーを浴びてくる」と伝えると、頷くだけの返事がきた。

再び瞼《まぶた》を閉じた敦也を起こさないように、美咲は静かにベッドを下りた。

寝ながら泣いていたのか、瞼《まぶた》が腫《は》れて顔も浮腫《むく》んでいるようだった。

浴室の鏡に映った自分の顔のひどさに、乾いた笑いが漏れる。

鏡の中で、まるで自分が被害者のような顔をしている女に苛ついた。

こんなに相手を馬鹿にした話もないだろう。

誰の決断でもなく、恭介を傷つけても敦也を選ぶと決めたのは美咲自身だというのに。

彼と別れたことで自分まで深く傷ついた気になっている。

そんな身勝手で卑怯《ひきょう》な自分に嫌気がさした。

シャワーを浴びようと思ったが、出勤までまだ時間があるからと、お湯の温度を熱めに設定して、バスタブに湯を張った。

湯が溜まるのを待っている間に、冷水で冷やしたタオルを瞼《まぶた》に当ててよく冷やす。

半身浴が出来るほどの湯がバスタブに溜まったことを確認し、美咲は湯に浸《つ》かった。

熱めの湯に体がゆっくりと解《ほぐ》れていき、小さなため息が唇から零れて落ちる。

倦怠感《けんたいかん》を引きずっていた体が徐々に回復していくのを感じた。

十五分ほど湯に浸《つ》かってから、美咲は手早く髪と体を洗ってバスタブを出る。

お湯を抜いて、最後に軽くシャワーでバスタブを流す。

鏡を覗くと、顔の浮腫《むく》みは湯に浸《つ》かる前よりも大分ましになっていた。

化粧水と保湿剤で肌を整えて浴室を出ると、敦也がソファに座って煙草《たばこ》を吸っていた。

「起きたの？」

朝が苦手な敦也がすでに起きていることに少し驚いた美咲が声をかけると、気怠《けだる》そうな様子で敦也が振り向く。

「あぁ、おはよう。ルームサービスを頼んどいた」

視線でテーブルの上を示される。テーブルの上にはサンドイッチと珈琲《コーヒー》、サラダが一人分セッティングされていた。

「ありがとう」

「いや、仕事、行くんだろ？」

「うん」

言葉少なに会話を交わしながら近付く美咲に、敦也は自分の横に座るようにソファの背に投げ出していた腕を一度上げた。美咲は促《うなが》されるまま敦也の横に座った。

食欲はあまりなかったが、せっかくの敦也の気遣いを無駄にしたくなくて、美咲は用意されたサンドイッチを手に取った。

サンドイッチを食べる美咲の横で、敦也も自分用に珈琲《コーヒー》を入れて飲み始めた。

「まだ眠いんじゃないの？」

「……大丈夫だ」

眉間《みけん》に皺《しわ》を寄せて珈琲《コーヒー》を飲む敦也は、ちっとも大丈夫には思えない低く掠《かす》れた声で答えた。

「そう？」

不機嫌な猫みたいな様子を見せる敦也に、頑《かたく》なになりかけていた美咲の心がふと緩む。

痛みを覚えるほどの強引さで自分を選べと迫る男が、不器用な優しさを持っていることをもう自分は知っている。

昨日の夜、別の男を想って泣く美咲を宥《なだ》める指先は、今までの苛烈《かれつ》な強引さが嘘のようにどこまでも寛容で優しかった。

今も、朝が苦手なくせにこうして起きているのは、昨夜の美咲のことを気にしてくれているからだろう。

ひどい男だし、美咲を傷つける男でもあるけれど、敦也の言葉にしない不器用すぎる優しさをやっと受け入れられる気がした。

――本当にひどい男。怖い男のままでいてくれた方がいっそ諦めもつくのに……。

サンドイッチを食べ終えた美咲が、甘えるように敦也の肩に頭を預けると、敦也は何も言わずに美咲を引き寄せた。戯《たわむ》れるみたいに敦也の指が美咲の髪を弄《もてあそ》ぶ。

「美咲」

「何？」

「今日もちゃんとここに帰って来い」

命令口調なのに、不思議と甘い懇願を含んだ声が、美咲にここが自分の居場所なのだと教えてくれた。

それだけで驚くほどに心が凪《な》ぐ自分はひどくお手軽なのだろう。

だが、それでいい。この綺麗な琥珀《こはく》色の獣の瞳をした義弟が、自分に飽きるその日までは――

「当たり前でしょ」

ここが、この腕の中が美咲の帰る場所だ。

答えた美咲の唇に、この義弟にしては珍しい、触れるだけのただただ優しい口づけが落とされた。

☆

敦也のホテルから出勤した美咲は、いつも通りに仕事をこなした。

まだ少し浮腫《むく》んでいた顔は、一昨日《おととい》風邪で休んでいたせいで、皆、勝手に体調不良のせいだと解釈してくれた。

仕事をしている間は余計なことを考えなくて済む。

「いらっしゃいませ」と「ありがとうございました！」を繰り返し、売り切れそうな商品の補充をする。その合間にお客様へ商品の説明などをしている間に、時間はあっという間に過ぎていった。

「美咲!!」

閉店間際、バックヤードで商品の在庫を確認していた美咲は、同僚の声に振り向く。ニヤニヤとからかいまじりの笑みを浮かべた同僚が、「安田さん、迎えに来てるから上がっていいよ」と告げた。その言葉に、美咲は驚きに目を瞠《みは》る。

「え？」

――恭介？　どうして……？

昨日、別れたはずの元恋人が職場に来ていると聞いて、美咲は言葉を失った。

「相変わらず彼氏に愛されてるねー。風邪引いた彼女を心配して迎えに来るなんて」

美咲の驚きに構うことなく、同僚はすぐ傍まで歩み寄って来ると、美咲が手にしていた商品のチェック表を取り上げた。

「矢野店長も、安田さんが迎えに来てるなら今日はもう上がっていいって言ってたよ。後は私がするから帰りなよ。体調もまだ本調子じゃないんでしょ？」

「ちょ……とま……って……！」

「いいから！　いいから！　今日は彼氏と帰りな！」

美咲の驚きと躊躇《ためら》いを、仕事を気にしていると思ったのか同僚は、美咲の背を押してバックヤードから押し出した。

「じゃあ、お疲れ様ー。早く風邪治すんだよー」

ひらひらと手を振る同僚に押し切られ、美咲は事務所に向かった。

「相変わらず美咲とラブラブだねー」

「ラブラブって、矢野店長、からかわないでくださいよ」

事務所の中から恭介と矢野の楽しげな声が聞こえて、美咲は足を止める。

今も美咲と別れていないように振る舞って矢野と話す恭介の態度に、戸惑いはひどくなる。

――恭介？

中に入るべきか躊躇《ためら》う美咲に先に気付いたのは、店長の矢野だった。

「あ、美咲！　田中《たなか》ちゃんにも言ったけど、恭介くんが迎えに来てるし今日はもう上がっていいよ」

「でも、店長……」

「今日はお客さんも少ないし、このままここで恭介くんに待たれたら私たちが当てられるから、もう上がっちゃって」

にこにこと笑う矢野の横で、恭介も心配そうな素振りで美咲の方に近寄って来て、顔を覗き込んでくる。

「調子どうだ？　大丈夫か？　まだ少し、顔色が悪い気がするけど……」

昨日の別れ話などなかったかのように接してくる恭介に、美咲はどう反応していいかわからない。

「うん。やっぱり顔色悪いな。矢野店長、すいませんが、お言葉に甘えて美咲を連れて帰りますね」

「はいはい。お大事にねー。タイムカードは私が押しておくから、美咲はこのまま帰って」

「……ありがとうございます」

「お大事にねー」

職場で恭介の態度を問いただすわけにもいかず、美咲は矢野に言われるままロッカーから荷物を取り出し、恭介と一緒に外に出た。

しばらく無言のまま、駅への道を二人で歩く。

一体恭介がどういうつもりなのか、美咲にはわからなかった。

「恭介」

人通りが途絶えたことを確認して、美咲は前を歩く恭介に呼びかけた。

「ん？」

「どういうつもり？」

「何が？」

「何がって……。私たち昨日……」

恭介が足を止めて美咲を振り返る。美咲の足も自然と止まった。

「俺は認めない。美咲と別れるつもりもないよ」

「何言って……」

「だって、あいつ、美咲の弟だろう？　高藤敦也って……」

「調べたの？」

驚きに目を瞠《みは》る美咲を、射るような鋭さで恭介が見つめ返してくる。

「ああ。あれだけ印象的な男だし、どっかで見たことあると思ったから、調べた。前に美咲の部屋でＣＤを見たことがあったからな。すぐにわかった」

「そう」

恭介の言葉に、美咲は不安になって自分の体を抱きしめる。

「間違ってるよ、美咲。二人は姉弟《きょうだい》なんだろ？」

――間違ってるか……

その言葉が美咲の心に突き刺さる。

――そんなことはわかってる。世間から見たら自分たちがどう見えるかなんてことは……

「……血は繋がってないわ」

それが免罪符だと言わんばかりに、美咲は言い返す。

自分の声がひどく言い訳じみて聞こえて、情けなくなる。

「だとしても、間違ってるよ。お前たちの関係は！　だから俺は、美咲とは絶対に別れない」

痛いほどの力で美咲の腕を掴《つか》んで自分に引き寄せた恭介が、吐息の触れる距離でそう言った。

恭介の眼差しが怖いほど真っ直ぐで、美咲は咄嗟《とっさ》に返す言葉を失った。

たとえ血は繋がっていなくても、二人は姉弟《きょうだい》――

それだけで、この恋は簡単に否定されることもあるのだと理解していた。

それこそ十年前のあの日――義弟を一人の男として意識した時に、自分自身で感じたことだ。

美咲とて考えなかったわけじゃない。だが、どうしようもなかった。

頑丈に鍵をかけて、誰にも、美咲自身ですらも触れられないように心の奥底に沈めたパンドラの箱。その中に閉じ込めたのは誰にも言えなかった恋。

なのに、あの強引な義弟は嵐のように美咲の心の中に踏み込んで、心の奥底にしまい込んだはずのパンドラの箱を引きずり出し、その中身を美咲に突きつけた。

開いてしまったパンドラの箱はもう元には戻らない。

「離して……」

掴《つか》まれた腕が痛くて振り解《ほど》こうと身を捩《よじ》るが、恭介の指は離れるどころか、ますます力が込められた。

「……っ」

痛みに思わず顔を顰《しか》める。しかし、興奮した恭介は美咲の様子に構うことなく言葉を続けた。

「美咲！　騙《だま》されてるよ！　絶対！　姉弟《きょうだい》ってだけでもリスクがあるのに、あんなちょっとネットで検索したら出てくるような有名人との恋愛なんて、美咲が傷つくだけに決まってる‼」

「そんなこと、恭介に言われなくてもわかってる！」

自分でも情けなくなるような悲鳴じみた声が出て、美咲は思わず俯《うつむ》きそうになる。

だけど、今ここで俯《うつむ》いてしまえば、心が折れる。

恭介の放つ言葉は美咲の痛いところを的確に突いてきて、泣きたくなんかないのに、鼻の奥がつんとした。

——泣きたくない。泣きたくなんてない。

こんなことで泣くぐらいなら、恭介を切り捨ててまで敦也の手を取りはしなかった。

——泣くな！　俯《うつむ》くな‼　逃げるな‼

必死に自分に言い聞かせて美咲は、顔を上げて真っ直ぐに恭介を見た。

見上げた先。昨日と同じだけ傷ついて揺らぐ男の瞳があった。

強硬な態度で迫る恭介が、多分今、美咲以上に傷つき、揺らいでいることに気付く。

人と揉めるのが苦手で、誰かを押しのけたり、傷つけたりするには優しすぎる性格なのだ。

「この関係が人に後ろ指さされるものだってことも、敦也と付き合っても未来がないこともわかってる」

「わかってるならどうして！」

怯《ひる》まず、静かに言葉を紡《つむ》ぐ美咲に、恭介がわずかにたじろいだ。

「そんなことはあんたには関係ない。俺たちの問題だ」

美咲が答えるより先に、低い男の声が会話を遮《さえぎ》った。振り向かなくても、声だけで敦也だとわかる。

――どうして……どうして、今来るかな……

昨日に続いて、あまりにタイミングよく現れた敦也に、驚きよりも先に八つ当たりしたくなる。

ヒーローよりもヒールの方がよっぽど似合うくせに、どうして美咲が困っているこのタイミングで迎えに来るのだ。

――こんなことをされたら一人で立っていられなくなるじゃない。

実際、美咲の膝からは、力が抜けそうになっている。

昨日と同じように、敦也は美咲の腕を掴《つか》んでいる恭介の手を振り払い、美咲をその腕の中に囲い込んだ。崩れかけた美咲を危なげなく支える敦也の腕に、安堵を覚えた。

——守られたいわけじゃない。

守ってくれるとも思ってない。

敦也こそ美咲をかき回す存在だと、今もそう思っている。

なのに、自分を捕らえる敦也の腕は、不思議なほど美咲を傷つけない。

「関係ないって何だよ⁉　俺は美咲の恋人だ！　好きな女が傷つくのがわかってて、放っておけるわけないだろう‼」

「それこそ余計なお世話だ。それに、あんたと美咲はもう恋人じゃない」

「俺は認めてないし、別れたつもりもない！　だいたい、本当にわかってるのか？　自分の立場とか、そういうもの！　お前みたいな有名人と付き合ってることがばれたら、非難されるのも傷つくのも美咲なんだぞ‼」

「だから何だ？」

声を荒らげる恭介に、敦也は淡々とした態度で返事をする。

「そんなことはどうでもいい。世間体とか、周りの反応とか、そんなくだらないものを気にして諦めきれるくらいなら、最初から手なんて出してない。俺の立場？　美咲のことで潰れるなら、俺の腕も所詮そこまでのものでしかなかったということだ」

綺麗な琥珀《こはく》色の獣の瞳を眇《すが》めた敦也は、切って捨てるようにそう言い切った。

初めて言葉にされた敦也の覚悟に、こんな時なのに美咲の心は震えた。

いつも敦也が何を考えているのかわからなくて、振り回されるばかりだった。

自分でもひどく単純だとは思うが、初めて触れた敦也の本音に、この先も美咲は一人で立つことが出来ると思った。

恭介は敦也の言葉に圧倒された様子で黙り込む。

だがすぐにそんな自分を後悔するように拳《こぶし》を握って、敦也を睨《にら》みつけた。

「それでも、俺は絶対に美咲のことを諦めない。不幸になるのがわかってるのに、見逃せない」

「勝手にしろ。だが、美咲はもうあんたのもんじゃない。それだけは忘れるな」

それだけ言うと、敦也は美咲の手首を掴《つか》んで歩き出した。

足早に歩く敦也に、美咲は小走りについていく。だが、恭介が追って来ないことを確認した美咲は、敦也に掴《つか》まれている方の手を引いた。

「美咲？」

気付いた敦也が足を止めて振り返る。

美咲は無言で掴《つか》まれた手首を外すと、そっと敦也の長い指に自分から指を絡ませた。

その行動を敦也は意外そうに見ていたが、ふっと表情を緩めた。

多分、美咲から手を繋いだのは、子どもの頃を別にすれば初めてのことだったと思う。

敦也の指先に力が込められる。

初めて、美咲はこの手を信じてみようと思った。

この手に壊される未来じゃなく、こうして二人で手を繋いで、一緒に歩ける未来を考えてもいいのかもしれない。

何故か素直に、この義弟を信じたいと思った――

☆

『間違ってるよ、美咲。二人は姉弟《きょうだい》なんだろ?』

何の疑いもなくそう言える男の素直さが、敦也の中の苛立ちを煽《あお》る。

正しく真っ直ぐな男――美咲が好きになったのもわかる。多分、敦也とは何もかもが正反対なのだろう。

――正論すぎて、眩《まぶ》しいな。

義理の姉弟《きょうだい》ですらこの反応なら、美咲と敦也が本当は血が繋がっているかもしれないとわかったら、一体どんな反応をするのだろう?

簡単に想像がつく姿に、敦也は冷たい笑みを浮かべて歩き出す。

世界の倫理も常識も何もかもを捨てても、欲しいものが敦也にはある。

何故こんなにも美咲に惹かれるのか、敦也自身にもわからない。もしこれが互いに流れる血のなせるものであるなら、自分たちはなんて業《ごう》が深いのだろうと思う。

この姉だけが敦也にとっての唯一なのだ——

「そんなことあんたに関係ない。俺たちの問題だ」

男の手を振り払って、美咲の体を引き寄せる。華奢《きゃしゃ》な体は震えていた。必死にこの男の言葉に耐えていたのが、それだけでわかる。真面目な姉には、この状況は相当にきつかっただろう。

目の前の男に対しての罪悪感や、世間体、そういった色々なものを呑み込んで、美咲は敦也を選んだ。だから今、こうして一人で頑張っている。

それがどれだけの歓喜をもたらしているのか、この姉はきっとわかってない。

腕の中で、美咲の体の緊張が緩むのがわかって、敦也は笑う。

——誰にも渡さない。

「関係ないって何だよ!? 俺は美咲の恋人だ！　好きな女が傷つくのがわかってて、放っておけるわけないだろう!!」

「それこそ余計なお世話だ。それに、あんたと美咲はもう恋人じゃない」

敦也の言葉に目の前の男の目が怒りに見開かれる。

「俺は認めてないし、別れたつもりもない！　だいたい、本当にわかってるのか？　自分の立場とか、そういうもの！　お前みたいな有名人と付き合ってることがばれたら、非難されるのも傷つくのも美咲なんだぞ‼」

「だから何だ？　そんなことはどうでもいい。世間体とか、周りの反応とか、そんなくだらないものを気にして諦めきれるくらいなら、最初から手なんて出してない。俺の立場？　美咲のことで潰れるなら、俺の腕も所詮そこまでのものでしかなかったということだ」

一番欲しいものを手に入れたいと思ったら、綺麗事なんて言っていられない。

敦也は嫣然《えんぜん》と微笑んで、目の前の男を睨《にら》みつける。

腕の中にある愛しい存在を抱きしめた。このぬくもりがあれば、それだけで強くなれる。他には何もいらない。

敦也の言葉に目の前の男が気圧されたように、言葉を呑み込んだ。

だがすぐに圧倒されたことを悔しがるように拳《こぶし》を握って、敦也を睨《にら》みつけてくる。

「それでも、俺は絶対に美咲のことを諦めない。不幸になるのがわかってるのに、見逃せない」

この男はこの男なりに、美咲を愛しているのだろう。

だが、敦也は絶対に譲るつもりはなかった。

睨《にら》み合う視線の間に、火花が散ったような錯覚を覚える。

「勝手にしろ。だが、美咲はもうあんたのもんじゃない。それだけは忘れるな」

それだけ言うと、敦也は美咲の手首を掴《つか》んで歩き出した。

もし、この先、美咲を奪われるとしたら、ああいう正しい男になのかもしれない――

そんな思いが形のない不安とともに、敦也の胸を過《よぎ》る。自分らしくもない不安から逃げるように、敦也は足を速めた。

不意に美咲に手を引かれて、敦也は我に返る。

「美咲？」

振り返って呼びかければ、美咲が無言のまま敦也の手に触れて、自分の手首を離すように訴えた。

一瞬の躊躇《ためら》いが敦也を襲う。今、この手を離してしまえば、美咲はあの男のもとに戻ってしまうのではないか、ふとそんなことを思ってしまった。

突然顔を出した気弱さを振り払うように美咲の手を離すと、それまで俯《うつむ》いていた美咲が顔を上げた。

敦也の琥珀《こはく》色の瞳と美咲の漆黒の瞳が絡み合う。

美咲は何かを決意したような面持《おもも》ちで、自分から敦也の手に指を絡めて握り返してきた。

敦也の胸に愛しさと、哀しさが込み上がってくる。

震える指で、それでもこの姉は自分を選んでくれた――

そのどうしようもない優しさが、敦也の心を満たす。

子どもの頃のことを思い出した。いつも敦也の手を引いてくれたのは美咲だった。小さな手で、精一杯お姉ちゃんぶって、敦也の世話をしようと頑張っていた。

『敦也！　早く！　こっちだよ！』

漆黒の瞳を輝かせて、敦也の手を引っ張る。彼女が連れて行ってくれた場所には、いつも優しいものが溢《あふ》れていた。

美咲が見つけた綺麗な景色、二人で作った秘密基地、ピアノの練習、二人で食べたおやつ――

うまく出来たことがあれば褒《ほ》めてくれて、出来ないことがあったら出来るまで付き合ってくれた。

あの頃の敦也は満たされていた。

無条件に敦也の心を満たしてくれていたのは、目の前の姉だった。

美咲と離れていた間。敦也はいつも何かに飢《う》えていた。埋まらない喪失感に苛立ち、自虐《じぎゃく》と自嘲《じちょう》に荒れていた時期もある。

その時期を悔いてはいないが、無駄な時間を過ごしたと今なら思える。

自分の行き過ぎた独占欲と恋とも呼べない執着は、この先、必ず美咲を傷つける。

傷つけるとわかっていても、このぬくもりを手放せない。そう思った。

第三章　迷宮の中の恋

子どもの頃のように手を繋いで、二人はホテルに帰ってきた。部屋に辿《たど》り着き、人目がなくなって、美咲は敦也に手を伸ばした。

自分から敦也を抱きしめた。触れたかったのだ。この義弟に――

敦也は何も言わずに美咲を抱きしめ返してくれた。その腕の力強さが怖かった。だけど、今はその強引な力強さに、美咲は安堵する。

昨日は触れられることを嫌だと思ったのに、今はどうしようもなく敦也が欲しかった。

敦也の唇が近付いてきて、美咲は自然に瞼《まぶた》を閉じる。

触れるだけの口づけが下りてきて、軽く唇を啄《ついば》まれた。美咲に触れる義弟の唇は優しくて、何故だかひどく泣きたくなる。敦也に再会してから、美咲は泣いてばかりいる気がした。

子どもの頃だってこんなに泣いたことはない。

こういう時ばかり優しく触れてくる義弟を、ずるいと思った。

宥《なだ》めるように背中を撫で下ろされて、涙が溢《あふ》れそうになる。

咄嗟《とっさ》に涙を堪《こら》えようとして、美咲の体が強張《こわば》った。敦也は閉じた唇の表面を舌で舐《な》めて、口づけを解いた。

離れていくぬくもりに不安を覚えて、美咲が顔を上げると、敦也は柔らかに微笑んだ。

「本……当にっ……ずる……い……よね……」

思わず零れた美咲の本音に、敦也が一瞬だけを目を瞠《みは》って、くすりと笑い声を立てた。

「そんなずるい男を振り回してるのは、美咲だけどな」

いつ敦也を振り回したと言うのだ。被害者は自分だと主張したくなる。

だけど、見上げた先、淡く輝く琥珀《こはく》色の瞳に嘘はなくて、敦也が本気でそう思っているのだと感じた。

前髪をかき上げられて、額《ひたい》に、瞼《まぶた》に、首筋に、キスの雨が降ってくる。耳朶《じだ》を食《は》まれ、鎖骨を甘噛みされた。美咲の口から、密やかな吐息が零れて落ちる。敦也の唇が再び重ねられた。

今度はキスが最初から深くなる。淡く開いていた唇の間から、敦也の舌が潜《もぐ》り込んできた。

歯列が舐《な》め上げられて、美咲も応《こた》えるように自分の舌を差し出す。互いの唾液を啜《すす》り合い、舌を絡め合う。

疼《うず》きにも似た快感が美咲の背筋を滑り落ちていく。ぞくっと背中が震えて、美咲はしがみついた敦也の背中に爪を立てた。

キスだけでは満足出来なくて、二人はもどかしい思いを抱えたまま寝室へ向かった。

服を脱ぐ時間も惜しくて、美咲は敦也をベッドに押し倒した。

「美咲？」

驚いた声で美咲の名を呼ぶ義弟の上に乗り上がって、上半身だけ裸になった中途半端な格好の男を見下ろした。

「動かないで……今日は私がする」

着ていた服のボタンに手をかけて、敦也の腹の上で次々に服を脱いでいく。素肌を曝《さら》すたび、敦也の眼差しに熱が籠《こも》る。

手を伸ばした敦也がベッドライトを灯《とも》す。薄暗かった寝室が、オレンジ色の仄《ほの》かな明かりに照らされた。

美咲は敦也がいつも自分にするように、ベッドの真ん中で仰臥《ぎょうが》する男の胸元にキスを落とした。首筋に鼻先を寄せると、敦也がいつも身につける香水と煙草《たばこ》、そして、汗の混じった匂いがした。

耳朶《じだ》の付け根を舌で舐《な》め上げると、敦也の体が強張《こわば》った。それが何だか面白くて、美咲は唇で男の滑《なめ》らかで硬い肌を辿《たど》り、鎖骨を甘噛みする。

所有の痕《あと》を付けたくて吸い付いてみるが、敦也の肌は硬く、なかなか思うように痕《あと》がつかない。

チロチロと舌を出して敦也の鎖骨を舐《な》めれば、くすぐったいのか、敦也の腹筋が震えた。

「気持ちよくない？」

上目遣いに見上げれば、「いや？」と答えた敦也がにやりと笑って、美咲の黒髪を耳にかけた。

余裕を見せる義弟に、経験値の差を見せられている気がして、面白くない。

美咲は中断していた愛撫《あいぶ》を再開する。硬い胸に手を這《は》わせて、その滑《なめ》らかな感触を楽しむ。

きつく引き絞られた腹筋の筋を辿《たど》るように指先だけをつっと滑らせれば、敦也が小さく息を呑んだ。そういえば、子どもの頃の敦也はお腹をくすぐられるのが苦手だったなと、こんな時に思い出す。

もう一度、敦也の腹筋を指先で辿《たど》れば、手首を掴《つか》まれた。

「敦也？」

「遊びは終わりだ」

腹筋の力だけで上半身を起こした敦也に、体勢を変えられる。背中向きに抱き上げられて、胡坐《あぐら》をかいた男の上に幼子のように座らされた。

敦也の手が美咲の脚を大胆に開かせ、太腿の敏感な場所に手を這《は》わせた。

「……んぅ」

下着の上から秘所をぐっと指で押し上げられて、美咲は息を呑む。すぐに下着の中に男の手が入り込んだ。しなやかな敦也の指に、恥毛を撫でるように梳《す》かれて、顔が熱くなる。

この姿勢は自分が何をされているのか丸見えで、恥ずかしくてたまらない。少し視線を下げれば、下着の中で敦也の指が蠢《うごめ》いているのがわかるのだ。

視覚からも犯されている気分になって、恥ずかしさが込み上げる。

「やだぁ！」

「何が？」

「こ……この体勢！」

身を捩《よじ》って逃げようとしたが、敦也の腕は緩むことなく美咲を捕えて離さなかった。

「だめ。このまま……」

美咲の抗議を艶《つや》を孕《はら》んだ声で切り捨て、敦也は美咲を拘束する腕を強くする。

普段の敦也の声はどこか硬質で、冷たさすら感じるのに、ベッドの中では艶冶《えんや》なものへと変わる。

深みのあるテノールはまるで性質《たち》の悪い麻薬のようだ。逆らう自分の方が悪い気がしてくる。

うなじがくすぐったく感じたのは、背後の義弟が左の肩先に口づけたせいだった。色素の薄い髪が束になって、美咲の肌を撫でる。

美咲の長い髪が邪魔だったのか、鼻先で髪を分けられ、うなじが剥《む》き出しになった。

敦也の湿って熱い吐息が肌に触れて、思わず目をつぶった。

触れる男の吐息が火傷《やけど》しそうなほど熱く思えて、美咲は体を震わせてじっと耐える。

男の指がぬかるみ始めていた美咲の秘所を弄《もてあそ》び、入り口を刺激した。それだけで柔らかな襞が小さく収縮する。

「……ぅあん」

無意識に腰が浮く。焦《じ》らすように柔らかな肉を幾度もなぞられ、もどかしい刺激に美咲の唇から甘い吐息が溢《あふ》れ出た。

体の奥からゆっくりと潤《うる》んでいくのがわかる。聞こえ始めた水音に、耳を塞ぎたくなった。

胎《はら》の奥からぬるい蜜が溢《あふ》れて、下着を濡らしていく。

──もっと奥まで欲しい。

そう思うのに、美咲の願いをよそに、敦也の指は入り口の辺りで浅く出し入れするだけで、深くまでは入ってこない。

そのことがもどかしくて、美咲は首を左右に振る。無意識に腰が揺らめいて、男の指を深く咥《くわ》え込もうと蠕動《ぜんどう》した。

「欲しいか？」

耳朶《じだ》を食《は》んだ敦也の問いかけに、美咲は欲望に忠実にこくりと頷いた。

素直なその反応に、よく出来ましたと言わんばかりに、二本に増やされた指が美咲の秘所を穿《うが》つ。

「あぁ……」

不意の強すぎる刺激に、美咲は首を仰《の》け反《ぞ》らせ、後頭部を敦也の肩に押し付けた。

腹側のざらざらとした場所を押し上げられ、蜜襞が激しく蠕動《ぜんどう》し敦也の指を食い締める。

秘所を弄《いじ》っているのとは反対の手が、キャミソールの裾《すそ》から侵入し、美咲の左の乳房を包んだ。

丸みを帯びた美咲の乳房の形を確かめるように手が添わされる。下着越しにほんのりとした手のひらのぬくもりが伝わってくる。

敦也の手の下で、美咲の鼓動が激しく跳ねていた。

乳房と下着の境目のラインをゆるりと指が辿《たど》り、ブラジャーがずり上げられた。すでに立ち上がり始めていた胸の頂《いただき》を、指の腹で押し潰される。

「あぁ……あ！」

二か所同時に攻められて、息が上がる。下腹にどんどん熱が溜まっていくのがわかった。

逃しようもない快感に、自分を拘束する腕に縋《すが》ってシーツを蹴る。

朦朧《もうろう》と喘《あえ》ぐ合間に指は増やされ、秘所を解《ほぐ》された。あと少し、強い刺激があればイケる。

そう思った瞬間に、秘所から指が引き抜かれた。びくりと震えた腿で、逃すまいと敦也の手首を挟もうとしたが、叶わなかった。

「やぁあ！　抜いちゃ……」

淫《みだ》らな懇願が唇をついて出る。口を開けた秘所が、食《は》むものを求めて戦慄《わなな》いているのが自分でもわかる。宥《なだ》めるように下腹を敦也の手で撫でられ、その感触にすら体が跳ねた。

「ヤラシイ顔……」

意地悪な囁《ささや》きに、泣きたくなる。顔をくしゃりと歪《ゆが》めた美咲のこめかみに、唇が押し付けられた。

「もっと見たい。可愛いから虐《いじ》めたくなる……」

そんな一言に、単純に心が回復する。腰を上げろと言われて、力が入らない体で言うことを聞けば、濡れた下着を脱がされた。

脚の間に熱い昂《たかぶ》りが挟まれる。すっかり馴染《なじ》んだ感触に、胸が甘くざわついた。

もう一度、腰を浮かせるように促《うなが》されて、美咲は従順に従う。期待に乾いた唇を舐《な》める。

「ん、んん……あ……く……るぅ……」

ゆっくりと擦りつけられて、綻《ほころ》んだ入り口に丸く硬いものが侵入してくる。押し開かれ、進まれる感触に、もどかしく腰が揺れた。

背中向きで膝の上に抱かれる、いわゆる背面座位の姿勢は、初めての経験だった。

体に力が入らず、ずるずると体が滑って、美咲はぺたりと義弟の脚の間に座り込む。

自分の体重分、深く咥《くわ》えこんだそれが、慣れない角度に収まるのを感じて、美咲は背筋を震わせた。胎《はら》の奥が熱く疼《うず》いて、落ち着かない。

「あ……っ……ぃ」

「ん？」

「ここ……熱い……」

敦也を受け入れている下腹を無意識に撫でると、中にいる敦也がひくりと跳ねたのがわかった。

避妊具を使わずに直《じか》に繋がっているせいか、敦也の凹凸《おうとつ》の形まではっきりと感じ取れる気がする。

「ん、んん……あっはぁ……ん」

体を揺すり上げられて、美咲は甘い泣き声を上げた。美咲の声に呼応するように、敦也の動きが激しくなる。美咲は義弟にされるまま首をがくがくと振り、敦也の動きに合わせて上下に奔放《ほんぽう》に腰を振る。

「う……ん……いぃ……そ……こ……」

「そこってどこ？　美咲？」

跳ねるように蜜襞を叩くものに、自分の感じる場所を押し付けて、美咲は淫《みだ》らに声を上げる。

「な……か……中が……気持ち……い……ぃ」

淫《みだ》らな美咲の答えに、敦也が嗤《わら》う。

「ここ？」

わかっていて、わざと違う場所を擦り上げられて、美咲は違うと首を振る。逸らされた快感が苦しくてたまらない。

「やぁ、ここ……ここ……なの！」

自分の一番感じる場所を擦りつけて、美咲は淫《みだ》らに腰をくねらせる。快楽に蕩《とろ》かされ、理性も羞恥《しゅうち》も、溶けて消えた。繋がった場所からひっきりなしに水音が立ち、どろりと重たい快楽が胎《はら》の奥に溜まっていく。

尖りきった胸の頂《いただき》を両手で摘まれ、きつく弄《いじ》られながら中を穿《うが》たれた。

濡れた粘膜を擦り合う快感と合わさって、美咲は絶頂の階《きざはし》を昇りつめる。敦也の動きに負けないくらい、美咲も腰を揺すった。

「ああ、ん、も……、だ……め……い……くぅ……」

叫んだ瞬間に、快楽が弾《はじ》けた。胎《はら》の奥が激しくうねって、中にいる敦也を締め上げる。

次の瞬間、敦也も低く呻《うめ》いて、美咲の中に熱を放った。敦也のすべてを搾《しぼ》り上げるように蜜襞が蠕動《ぜんどう》し、体の震えが止まらなくなる。

がっくりと力が抜けて、美咲は敦也の体に寄り掛かる。抱きしめてくるぬくもりにホッと息を吐いた。

上から顔を覗き込まれて、唇が下りてくる。仰《あお》のいてキスに応《こた》える。まだ整わない息を吐息ごと奪われて、美咲は強く瞼《まぶた》を閉じる。

恭介を傷つけても、誰かにこの関係を責められても、美咲はもうこの腕の中でしか生きられないのだと、強く思った。

敦也に壊されるその日まで――

☆

「行ってくるね。今日は定時で上がれるはずだから、六時半には帰ってこられると思う」

「わかった。俺は今日もレコーディングだから、少し遅くなると思う。夕飯までには帰ってくる」

「ん。わかった。遅くなるようなら連絡して」

「ああ。いってらっしゃい。気を付けて」

少しだけ眠そうな顔をした敦也が美咲を抱き寄せてキスをする。いってらっしゃいのキスに、美咲はくすぐったさを覚えた。玄関を出て、緩みそうな頬を押さえる。

表情や声音から冷たい印象を持たれがちだが、実際の敦也は、心を許した人間にはひどく甘いのだと、最近知った。

恭介と別れて一か月近くが経とうとしていた――美咲が思うよりも穏やかに時間は過ぎている。

敦也と美咲は、ホテルから出て美咲のマンションで一緒に暮らし始めていた。

海外で長く生活している敦也の日本での活動の拠点は、あのホテルと実家以外になかった。

ホテル暮らしが長くなるにつれ、落ち着かなくなっていた美咲のために敦也はホテルを出た。

実家に戻るには、距離的に二人の仕事の都合が悪く、妥協案として美咲のマンションで暮らし始めたのだった。

いざ始めてみると、美咲の狭いマンションで、すぐ傍に互いのぬくもりを感じられる暮らしは、まるで閉じた繭《まゆ》の中にいるように居心地がよかった。

敦也は、本業のジャズピアニスト以外にも、名前を変えて作曲やアレンジの仕事をしているらしい。今は、海外でも活躍しているロックバンドへ楽曲提供とアレンジをするために、帰国していたのだと聞いた時は驚いた。

家族であっても離れている時間が長かったせいか、敦也については美咲が知らないことの方が多い。今まで知らずに来たことを新しく知るたびに、あんなに遠いと思っていた義弟を、身近に感じられるようになっていた。

触れ合うたびに、愛おしさが積もる。それはきっと敦也も同じなのだろうと思った。

肌を重ねるようになり、心の奥に沈めていた想いすらも明け渡した今だから、何となくではあるが、敦也の感情が読めるようになってきた。

家族であっても、昔から敦也の感情はわかりづらい。特に、思春期に避け続けたせいもあり、美咲には敦也が何を考えているのかよくわからなかった。

けれど、一緒に暮らし始めてからの敦也は、美咲に素の感情を見せてくる。

冷たく思えるあの瞳や表情の下に隠された甘さが、美咲にくすぐったいような嬉しさを覚えさせた。いつか敦也に壊される日を覚悟して踏み出した恋だったのに、不意打ちで見せられる甘ったるい仕草に、溺《おぼ》れてしまいそうになるのだ。

今、美咲は、想像よりもはるかに満たされた生活を送っていた。

問題があるとしたらただ一つだけ――


出勤した美咲は売り場に立ち、接客や品出し等の仕事をこなした。

もうすぐ昼休憩という時間に、お客様から布ナプキンについての質問を受けた。美咲は陳列してあった商品を手に取って、笑顔で対応する。

「布ナプキンはオーガニックコットンなどの、素材本来の吸収力を活かして経血を吸収しています。使い捨てナプキンに比べれば少し劣りますけど、十分な吸収力があります。天然素材で出来ているので肌に優しく、下着と同じようなつけ心地で、生理の時の特有の蒸れや肌のかぶれを防いでくれますよ」

「でも……匂いとか気になりません？」

「私も使ってますけど、匂いはむしろ使い捨てナプキンの時より気にならないですよ。生理の時の匂いは、蒸れや雑菌の繁殖が原因なんですけど、布ナプキンは通気性がいいので、実は匂いの予防にもなるんです」

「そうなんだ」

布ナプキンの利点やデメリットを説明していると、バックヤードから店長の矢野と一緒に、恭介が出てくるのが視界に入った。美咲に気付いた恭介が、笑顔で手を振ってくる。

横にいる矢野が、苦笑交じりの眼差しを向けてきた。彼女の眼差しに、「いい加減許してあげたら？」と言葉にしない思いが混じっている気がして、美咲の胸に苦いものが過《よぎ》る。

しかし、今は接客中と自分に言い聞かせて、美咲は恭介たちから視線を逸らす。

職場には恭介と別れたことを伝えたが、誰一人として信じてくれる人はいなかった。結婚も間近と思われていたから仕方ないのかもしれない。

何より、美咲と大きな喧嘩をしてしまって、許してもらえないのだと恭介が周囲に話しているせいで、同僚たちは二人がまだ付き合っていると信じて疑ってなかった。

「こちらは初めての方におすすめのお試しセットになります。おりもの用、昼用、夜用のセットです。布ナプキンは、初期費用は掛かりますが、その分、使い捨てナプキンと違って繰り返し洗濯して使用出来ます。専用の洗剤もありますが、御一緒にいかがですか？」

「うーん。そうですね。じゃあ、このセットと洗剤をください」

迷っていた女性客が、美咲の説明に布ナプキンの購入を決める。

「使い捨てナプキンと違って、可愛い柄とかあるんですね」

セットになっている布ナプキンを眺めて女性客がちょっと嬉しそうに笑うのに、美咲も頷く。

「ええ。色々な柄があるので、使ってみて気に入ったら、またぜひいらしてください。生理で憂鬱《ゆううつ》な時でもお気に入りの柄のものを使うと気分が上がりますよ？」

「ふふふ……そうですね」

会計を済ませ、袋詰めした商品を手渡すと、笑顔で女性客が店を出て行った。

「美咲。お客さんの区切りもいいから、お昼に行って来ていいよー」

客が捌《は》けたのを見計らって、矢野が声をかけてくる。

「わかりました」

「恭介くんとも丁度、打ち合わせ終わったし、二人でゆっくりしてきたら」

矢野の気遣いに、美咲の表情が硬くなる。

「いいんですか？　ありがたいな。美咲、そうさせてもらおう？」

美咲が何かを言うよりも早く、笑みを浮かべた恭介がそう言って、美咲の手を掴《つか》んだ。

「じゃあ、お言葉に甘えていってきますね」

「はーい！　いってらっしゃい！」

有無を言わさずに恭介が美咲の手を引いて歩き出した。矢野はそんな二人を微笑ましそうににこにこと見ているから、恭介の手を振り払うことに躊躇《ためら》いを覚えてしまう。この弱さが今の事態を招いているのはわかっているが、わざわざ人目のあるところで彼を拒絶することはしたくなくて、美咲は黙って恭介の後について行くしかなかった。

バックヤードに入り、社員専用の出入口に向かって恭介は歩く。

「お昼はどこがいい？　今日は和食の気分なんだけど、角の定食屋に久しぶり行かないか？」

まるで何もなかったかのように、恭介が昼の相談を持ち掛けてくる。昼休憩の時間もあって、社員用通路には人気《ひとけ》がなく、美咲は足を止めた。

「美咲？　どうした？　和食の気分じゃなかった？」

「恭介と一緒に昼ご飯を食べるつもりはないわ。だから、手を離して」

恭介を真っ直ぐに見上げて、美咲は彼の手を解《ほど》こうとした。しかし、「嫌だね」と微笑みを浮かべたままの恭介に断られた。同時に美咲の手を掴《つか》んでいる恭介の指に力が入って、彼が美咲の手を離すつもりがないことが伝わってくる。

「今、手を離したら、美咲は逃げるでしょ？　俺は美咲と話がしたい。だから、絶対にこの手を離さない」

断固とした口調の恭介に、美咲はため息をつく。

「話すことなんてないでしょう？」

「美咲にはなくても俺にはある。少しくらい俺と話し合う時間をくれてもいいんじゃない？」

まったく引く気配を見せない恭介の強すぎる眼差しに、美咲は思わず俯《うつむ》いた。

恭介を傷つける言葉を吐き続けるのは、正直言って辛い。

でも、美咲はもう恭介のもとに戻る気はないし、戻れない。

――こんな最低な女のことは、さっさと忘れてほしい。

そう思うのに、何もなかったように振る舞おうとする恭介を見ていると、拒絶しきれない自分がいた。揺らぐ心が美咲の言葉を奪う。

恭介の立場や何かを言い訳に、強く拒《こば》みきれない自分のずるさと弱さが嫌になる。

「ねえ、お昼どうするー？」

廊下の向こうから聞こえてきた同僚の声に、美咲はハッと顔を上げる。

いつまでもここで揉めているわけにはいかない。そんな美咲の心情を察したのか、恭介が繋いでいた手を引いて歩き出した。美咲は結局、恭介の提案通り、職場の傍の定食屋に足を運んだ。

昼時の定食屋は近所のサラリーマンやOLでそこそこ賑《にぎ》わっていたが、二人が店に着いた時は運よく席は空《あ》いていて、すぐに案内された。二人がけの小さなテーブルに差し向かいで座る。

美咲は焼き魚定食、恭介は生姜《しょうが》焼き定食を注文した。注文が終わっても、二人の間に会話はない。

気まずさに、美咲はグラスの水に口を付けた。

「ねえ。美咲とあの義弟って本当に血が繋がってないの？」

不意の恭介の問いに、美咲の眉間《みけん》に皺《しわ》が寄る。恭介の問いの意味がわからなかった。

「繋がってないけど？　両親の再婚で姉弟《きょうだい》になったんだし……」

「だったら君のお父さんと彼のお母さんがどこで出会って、何で結婚したか知ってる？」

「何でそんなことが知りたいの？」

重ねられた問いに、美咲の中の不信感が募《つの》る。思わず目の前に座る恭介の顔を見つめると、彼はいつになく硬い表情を浮かべていた。

——一体、何？

何故か言いようのない不安が生まれて、美咲は戸惑う。

「いや、ご両親はどこで出会って、結婚したのか気になって……」

今までの強引な態度がどこに行ったのかと思うような気弱さを覗かせて、恭介の歯切れが悪くなる。

「何でそんなことが気になるの？」

「気になるよ。美咲とあの義弟がどうやって出会って、今まで過ごしてきたのか……」

何かを誤魔化すような恭介の顔が、美咲から逸らされた。

疑問と不審と不安が美咲の中で渦《うず》を巻く。美咲は手にしていたグラスをテーブルに戻した。

「お待たせしました！　焼き魚定食と生姜《しょうが》焼き定食です！」

そこへ丁度よく、店員が注文していた料理を運んできた。ひとまず美咲はテーブルに並べられた料理に箸《はし》をつける。

矢野が送り出してくれたと言っても、昼休憩の時間は一時間しかない。サバの塩焼きの身を解《ほぐ》しながら、美咲は恭介の問いの意味を考える。だが、その意図がさっぱりわからなかった。

「……お父さんとお義母《かあ》さんは、仕事先で出会ったとしか聞いてない」

しばらくの沈黙の後、美咲はそう呟いた。問われて記憶を辿《たど》ってみたが、そういえばマリアと父の馴《な》れ初《そ》めは聞いたことがなかったなと思う。

美咲の実母と父は幼馴染《おさななじみ》だったというのは、何かの折に親族に聞いたことがあった。

マリアとは本当の母娘のように仲良く過ごしていたが、思えば彼女や敦也が美咲と出会う前にどう過ごしていたのか、まるで知らないことに気付く。

マリアは敦也の妊娠を機にモデルを辞めたということだけは知っていた。

――確かに、調律師をしていた父とモデルだったマリアは一体どこで出会ったのだろう？

「あいつはお義母《かあ》さんの連れ子なんだよな？」

「そうだけど？　さっきから何でそんなことを聞きたがるの？」

「いや、あいつと美咲のお父さんの名前が一字違いだったから確認」

確かに敦也と父の敦浩の名前はよく似ている。でも、それは偶然だ。

「そんな確認に意味がある？」

「俺は美咲には幸せになってほしい。だけど、あの義弟じゃ美咲を幸せに出来ない」

硬い表情のままそう断言する恭介に、美咲の眉間《みけん》の皺《しわ》が深くなる。

「……私は幸せよ」

「本当に？　俺にはそうは見えない。今の美咲は自分にそう言い聞かせて、何かを我慢してるようにしか見えない」

心の奥底まで見透かすような恭介の視線の強さに、思わず俯《うつむ》いてしまった。

想像よりもずっと穏やかに敦也との時間が過ぎていても、美咲の中にはいつだって敦也との恋の終わりへの覚悟があった。あの綺麗な琥珀《こはく》色の獣の瞳をした義弟に、壊される日を待っている。

自分の心のあり方がひどく歪《いびつ》なのはわかっているが、どうしようもない。

「恭介にはそう見えたとしても、たとえ不幸になったとしても、それは自業自得だし、恭介には関係ない」

美咲の言葉に恭介が自嘲《じちょう》の笑みを浮かべた。傷ついたようなその表情に、美咲の胸が疼《うず》く。

「寂しいこと言うんだな……でも、俺は美咲を諦めるつもりはないし、好きな女が不幸になるのを見過ごすつもりもない」

「勝手にしたらいい。でも、私はこれから先、何があっても恭介のもとに戻るつもりはないよ……」

呟くようにそう答えて、美咲は食事に専念するふりで会話を打ち切った。

口に含んだサバは、すっかり冷めて、味気なく感じた。その後、二人は会話もなく黙々と食事をして別れた。

☆

「あれ？　早かったね。遅くなるって言ってなかった？」

　仕事終わり、夕食の買い物をして帰宅した美咲は、玄関に敦也の靴があることに気付いて、声をかけながら部屋に入る。居間のローテーブルでパソコンに向かって作業していた敦也が、顔を上げた。

「ああ。思ったより今日は調子がよくて、予定よりも早く上がれた」

「そっか。今日の夕飯は、寒くなってきたからシチューにでもしようかと思うんだけど、ちょっと待ってて」

　買って来たものを台所に置きながらの言葉に、敦也が立ち上がって来た。

「夕飯なら作ってある」

「え？　本当？」

　敦也の意外な言葉に美咲は驚き、動きを止めて目を瞬《またた》かせる。そんな美咲に敦也が苦笑した。

「ああ。作ったって言っても、半分は出来あいのものを買ってきただけだけどな。後は温めるだけだから、すぐに夕飯に出来るぞ」

「それでも、嬉しいわ。ありがとう」

　言われてみれば、台所のコンロの上には鍋と蓋《ふた》をしたフライパンが載っていた。

家事なんてまったくしないように見えるのに、敦也は案外まめに家のことをしてくれた。料理もそこそこ出来る。学生の頃から海外へ留学し、一人暮らしだったから、身の回りのことは自然と覚えたと話していた。

美咲は手洗いとうがいをして、部屋着に着替えた。その間に、敦也は美咲が買って来たものを冷蔵庫に片付け、ローテーブルに温め直した料理を並べて、夕飯の用意をしてくれた。

「あ、美味《おい》しそう」

ローテーブルの上の料理を見て、美咲は歓声を上げる。

鶏もも肉の大葉梅焼きとサラダに冷蔵庫の残り野菜がたっぷり入った味噌汁。どこかで買ってきたらしい惣菜の煮物が小鉢に入れられていた。

美咲がローテーブルにつくと、敦也も缶ビールとグラスを手にして座った。

「いただきます！」

手を合わせた美咲の言葉に、柔らかに微笑んだ敦也がビールを注《つ》いだグラスを上げる。その笑みに、胸がひどく騒いだ。かつては考えられなかったような穏やかな空気が二人の間に流れている。

温かい味噌汁に口をつければ、自然と気持ちが緩んだ。ネギと油揚げ、人参のなんの変哲もない味噌汁を、とても美味《おい》しく感じた。

昼の恭介とのどこか殺伐とした食事とは違う温かさのせいだろうか。

「ねえ、敦也はお父さんとお義母《かあ》さんの出会いっていつだったか知ってる？」

ふと唇からそんな問いが零れた。美咲の言葉に、グラスを握る敦也の指がピクリと反応する。一瞬、緊張した空気が流れて、美咲は内心、首を傾《かし》げた。

「いきなりだな。どうした突然」

「敦也の味噌汁を飲んでたら、お義母《かあ》さんのこと思い出したの。お義母《かあ》さんもよく味噌汁に色々な野菜を入れてたなって……それで、そういえばあの二人の馴《な》れ初《そ》めって聞いたことなかったなって思ったの。敦也なら知ってるかと思って……」

汁椀を見下ろしながら、美咲はマリアを思い出す。こうやって冷蔵庫の中の余った野菜を味噌汁に入れるのは、マリアの癖だった。彼女は野菜なら何でも味噌汁に入れていたことを思い出して、美咲はくすりと小さく笑う。

だから、美咲は気付かなかった。美咲の問いに敦也がひどく緊張していることに——

「キュウリまで味噌汁に入れるのはどうかと思ってたけどな」

ぽつりと呟いた敦也の言葉に、美咲の笑いが大きくなる。

「すりごまを入れて、冷汁風にしてた味噌汁は、私好きだったよ？」

「そうか？　俺は味噌汁にキュウリは許せなかった」

「でも、食べてたじゃない」

「食べ物を粗末にしたら、マリアが怖かったからだよ」

汁椀を不機嫌そうに口にする敦也に、美咲は柔らかに微笑む。

両親の思い出話をこんな風に穏やかに、敦也と語らう日が来るとは思っていなかった。

二人が亡くなってから二年――もうなのか、まだなのか、美咲にはわからない。

あまりに突然のことで、葬儀の間もずっと信じられない気持ちの方が強かった。実家に帰れば当たり前のように、二人が待っている気がしていた。

胸の痛みは依然としてあるが、それでも三回忌を終えたこともあってか、気持ちは大分凪《な》いだものになった。

もう二人はいないのだと、自然と受け入れられるようになってきた。

「もっと色々、二人と話をしておけばよかった……」

ぽつりと美咲は呟く。こんな話をしていたせいか、久しぶりに両親の顔を思い出す。

記憶の中の二人は穏やかに笑っていた。

懐《なつ》かしさに泣きたくなるような柔らかな痛みが胸を疼《うず》かせて、美咲は瞼《まぶた》を伏せる。

束の間の沈黙が二人の間に落ちた。

「……マリアの撮影で使った小道具のピアノを調律したのが、お義父《とう》さんだったって聞いたことがある」

敦也の言葉に驚いて、美咲は顔を上げる。

「そうだったんだ。職業的に二人がどこで出会ったのかすごい不思議だったんだけど……」

「それ以上のことは知らない」

「そっか」

不愛想な義弟の顔をまじまじと眺める。

「何だ？」

視線が気になったのか、敦也がご飯を食べる手を止めて、美咲に視線を向けた。

「いや、ちょっと意外で……敦也とお義母《かあ》さんでそんな話してたのかなと思って。あ、お父さんの方？」

美咲の言葉に、敦也は肩を竦《すく》めた。

「さあ？　どっちから聞いたのか忘れた。俺は家を出たのが早かったから、こういうのは美咲の方が詳しそうだけどな」

「うーん？　さっきも言ったけど、あんまりそういう話はしなかったなー」

「そうか」

「うん」

「まあ、親の恋愛なんてそこまで知りたいもんじゃないから、普通じゃないか？」

「それもそうか」

納得して、美咲は食事を再開する。だが、再び箸《はし》が止まった。

――もし……もし、お父さんとお義母《かあ》さんが生きてたら……

久しぶりに両親のことを思い出したせいか。そんなもしもが美咲の胸を過《よぎ》った。

「美咲？」

「いや、お父さんたちが生きてたら、私たちのこと、どう思ったのかなって……」

美咲の言葉に敦也の眉間《みけん》に皺《しわ》が寄った。その表情に、自分が言わなくてもいいことを言ってしまった気がして、気まずくなる。眉を下げた情けない顔をする美咲に、敦也が目元を和《やわ》らげた。

「生きてたら、きっと俺はマリアに殺されてただろうな」

柔らかに笑いながらそんなことを言う敦也に、美咲は目を瞬《またた》かせる。

「え？　何で？」

「マリアは俺よりも美咲を可愛がっていたからな……俺を許さないと思う」

「そんなことないと思うけど……」

「あるよ」

やけにきっぱりと断言する敦也が不思議で、美咲は首を傾《かし》げてしまう。

「あいつはきっと、俺を許さない」

苦笑した敦也が口の中で何かを呟くが、美咲にはよく聞こえなかった。ただ、敦也の浮かべる表情が気になった。自嘲《じちょう》とも取れる、不思議な揺らぎがあったような気がした。

この義弟がこんな揺らぎを浮かべるような男に思えず、美咲は違和感を覚えた。

「敦也？」

「何でもない。それよりも料理が冷めるから、食べてくれ」

「あ、そうだね。ごめん」

すっかり箸《はし》が止まっていた美咲は慌てて食事を再開する。そのせいで、美咲は自分が覚えた違和感を忘れてしまった。

他愛ない話をしながら夕食を終え、後片付けは美咲が買って出た。

茶碗を洗っている途中、美咲のスマートフォンが着信音を奏でる。

「美咲。電話が鳴ってる」

気付いた敦也が美咲のスマートフォンを持ってきてくれたが、その途中で着信音が途切れた。

「ありがとう。ちょっと待って、今、手が濡れてるから」

水道を止めた美咲は手を拭いてから、スマートフォンを受け取る。

「恭子《きょうこ》叔母さんからだ」

画面に表示されていた名前に、美咲の表情が曇る。それは美咲たちの叔母のものだった。

北海道に住んでいる叔母からの電話に、美咲は一体何事だろうと眉間《みけん》に皺《しわ》を寄せる。

両親が生きていた頃から、あまり仲がいいとは言えない叔母からの着信に不安が募《つの》る。

両親の三回忌が終わった今、叔母が美咲に電話を掛けてくる用事が思い浮かばなかった。

「恭子叔母さん？」

「そう。覚えてない？　お父さんの妹の」

「いや、それはわかってるけど……あの派手な人だろう？」

珍しく言葉を選んだような敦也が、苦笑を浮かべる。その顔で、敦也もあの叔母が苦手なことが窺《うかが》えた。

それもわかる気がした。従弟《いとこ》をピアニストにすることを切望していた叔母は、祖父に可愛がられて才能もあった敦也への当たりが強かったのだ。

「今でも、あの人と連絡を取ってるのか？」

「ほとんど取ってないかな？　お父さんたちの葬儀関連の連絡は、一応入れてたけど……」

そんな会話をしている間にも、スマホがもう一度、着信を告げた。表示された名前は、今話していた恭子叔母のもの――

一瞬、躊躇《ためら》ってから、美咲は電話に出た。

『もしもし、美咲？』

美咲が言葉を発するよりも先に、せっかちな様子の叔母の声が聞こえてきた。

「恭子叔母さんですか？　ご無沙汰してます」

『久しぶり。兄さんたちの三回忌に参加出来なくて悪かったわね。あの日は俊哉《としや》のコンクールの予選があったから、どうしても付き添いたかったのよ。やっとあの子も才能が開花したのか、最近は調子がよくてね』

捲《まく》し立てるような叔母の口調に、美咲は圧倒されそうになる。

――三回忌に出られなかったお詫び？　今頃？

だが、叔母の話は始終、俊哉のピアノコンクールでの成績のことばかりで、美咲は戸惑う。

わざわざ自慢話をするために電話をしてきたとは思えないものの、叔母の話はなかなか止まらない。

従弟《いとこ》が国内の権威あるコンクールの最終予選まで残ったという自慢話を聞きながら、美咲はどうしたものかと思う。

「大丈夫か？」

声を出さずに口だけを動かして問いかけてくる敦也に、美咲は肩を竦《すく》めて見せる。

スピーカー機能にしているわけでもないが、叔母の声が大きいのか、敦也にも会話が漏れ聞こえているようだった。

電話をする美咲の肩をポンと叩いて、敦也が横で洗い物の続きを始めた。そんな敦也に美咲が片手を上げて拝む仕草で礼を伝えれば、敦也は気にするなと言うように穏やかに笑った。

『あ、そうそう。俊哉の報告もあったんだけどね、大事な話があったのよ』

ようやく本題に辿《たど》り着いたらしい叔母に、美咲はホッとする。だから油断していた。

『美咲、あなた、結婚するんでしょう?』

あまりの不意打ちの言葉に、美咲は驚いた。

「……え、結婚?」

叔母が何を言い出したのか、美咲には理解出来なかった。

恭介と別れたことで、美咲に誰かと結婚する予定はなくなった。

だからこそ美咲は叔母の言葉に驚かずにはいられなかった。咄嗟《とっさ》に敦也の方を見るが、水音で今の美咲の声が聞こえなかったようで、彼は特に反応もせずに洗い物を続けている。

『あら違うの? あの人、何だっけ? 兄さんたちの四十九日の時に、あなたを迎えに来てた子。安……岡? 安田君? だったかしら? わざわざ俊哉のコンクールに来てくれたのよ』

叔母から出た恭介の名前に、美咲の背筋をざわりと冷たいものが駆け下りた。

確かに四十九日の時に、恭介を叔母たちに紹介した。

――何で、恭介が叔母さんに会いに行ってるの？　何を考えてるの？

今日の昼食を一緒に食べた時は、叔母に会いに行ったことなど、一言も言っていなかった。

『その時に、美咲と結婚するつもりだって聞いたのよ。兄さんたちが亡くなって、三回忌も終わったんだし、けじめをつけるなら丁度いいんじゃない？　結婚式をするなら早めに日程を教えてね？　俊哉のコンクールの日程もあるから参加出来るかわからないけど。一応、お祝いくらいは送るわ。じゃあね』

「え、ちょっと、叔母さん!?」

言いたいことだけ言って、叔母は電話を切ってしまった。まだ聞きたいことは色々あったのに、相変わらずマイペース過ぎる叔母に美咲は言葉を失った。呆然としたままスマホを見下ろす。

「美咲？」

固まったように動かない美咲を見て、敦也が不審そうに名前を呼ぶ。

ハッとして美咲は強張《こわば》りそうな表情を何とか動かして、笑みを浮かべようとした。

しかし、洗い物を終えていた敦也が、美咲の頬に触れる方が早かった。

まだ少し濡れた手の感触が、動揺していた心に拍車《はくしゃ》をかける。

「どうした？」

穏やかに問うてくる敦也の瞳がまともに見られなくて、美咲は思わず俯《うつむ》いた。

自分でも何に動揺しているのかよくわからない。

——どうして……

頭の中をその単語だけが回っていた。恭介が何を考えているのかさっぱりわからない。

こちらの気持ちを無視した男の行動に、本能的な嫌悪《けんお》を感じた。

——本当に私は自分勝手だ。恭介をそんな行動に走らせたのは、私なのに……

美咲は小さくため息を吐いて、顔を上げる。こちらを心配そうに見下ろす琥珀《こはく》色の瞳と目が合って、肩を竦《すく》めた。

こんな時、義弟の何もかもを見透かすような眼差しが怖いと思う。

「ごめん。ちょっと、久しぶりに話したら叔母さんの毒気に当てられたみたい。相変わらず自分の言いたいことだけ話して、電話を切られたわ」

うまく誤魔化せているのかわからなかった。けれど今、敦也に恭介の行動を伝える気には、どうしてもなれなかった。ぎこちなく笑う美咲を見下ろす敦也の眉がひそめられた。

「それだけか？」

不審げに問う敦也に、「それだけよ」と美咲は頷いて見せる。

「ああ、そうだ。俊哉君。コンクールの本選に出るらしいよ？　あの子も頑張ってるんだね」

無理やり話題を変えて、美咲は何でもないふりをした。束の間、窺《うかが》うようにこちらを見つめていた敦也が、眉間《みけん》に皺《しわ》を寄せたまま美咲の頬から手を離した。

「そうか」

納得していなくても、こちらの振った話題に乗ってくれる敦也の不器用な優しさに、美咲は小さく笑う。

「俊哉君の結果、気になる？」

「いや？　ジャンルが違うだろう」

さらりと流して、敦也は美咲の頭にポンと手を置くと、居間に戻ろうと背を向けた。美咲は離れて行こうとする大きな背中に、ホッと安堵すると同時に寂しさを覚えて、咄嗟《とっさ》に敦也の服の裾《すそ》を掴《つか》んで引き止めていた。

何で、そんなことをしたのか自分でもわからない。これじゃあ、何かありましたと言っているようなものだ。

だけど、衝動を抑えられなかった。縋《すが》りたくなった。目の前の大きな背中に――

恭介に対して覚えた嫌悪《けんお》や不安、焦燥《しょうそう》、その他の言葉にならない感情が、自分の中で渦《うず》を巻いていて、うまく処理出来ない。

「どうした？」

首だけ振り返る敦也の背中に、額《ひたい》を押し付ける。鼻先に微かな煙草《たばこ》の匂いを感じて、何故かひどくホッとした。

――煙草《たばこ》。そういえば最近、吸ってるの見ないな。

「煙草《たばこ》……やめるの？」

まるで独り言のような問いに敦也が笑ったのが、触れた背中の振動でわかった。

「唐突だな。やめてはいないけど、本数は減ったかもな」

「何で？　別に吸ってもいいよ？」

「吸う必要がなくなったからな」

柔らかな敦也の口調に、ひりついていた心が宥《なだ》められていく気がした。

「何で？」

意識しないまま、ひどく甘えたような声が出た。別に煙草《たばこ》を吸わなくなった理由を、深く追及したいわけじゃない。ただ、今は敦也の声を聞いていたかった。

「さっきから質問ばかりだな」

笑う敦也の声が好きだと、こんな時だが思う。

不器用に少しずつ、見せてくれるようになった男の感情が、美咲の心を甘く満たす。

多分、美咲のために努力もしてくれている。

「教えてくれないの？」

「別に深い理由はない」

「そうなの？」

「ああ。それで？　いつまでこうしてるつもりだ？」

「もうちょっと……」

敦也の問いに、美咲は再び額《ひたい》を強く彼の背に押し付ける。

何をやっているのかと自分でも思うが、もう少しだけこうしていたかった。

――恭介ともう一度、話をしよう。

強く瞼《まぶた》を閉じて、美咲はそう心に決めた――

☆

『話したいことがあるから、時間を作って』

今日の昼間にもう話すことは何もないと突き放したはずの男へ、矛盾したメッセージを送る。すぐに既読がついた。

お風呂に入ってくると言って、作った一人の時間。湯に浸《つ》かったまま、恭介からの返事を待った。

ここそこと敦也に隠れて行動する自分に、何とも言えない思いが胸の中で渦《うず》巻く。

『明日の夜なら時間を作れる。いつもの店でいいか？』

待つほどもなくすぐに返事が返ってくる。

『それでいい。明日は日勤だから、店にいる。何時？』

『外回りの予定だから十九時でどう？』

『大丈夫』

『じゃあ、明日の十九時に店に迎えに行く』

『それはやめて。これ以上、店の人たちに余計な誤解を与えたくない。駅前にして』

『誤解ね……』

キャラクターが苦笑しているスタンプと同時に、了承の返事が返ってくる。

短いやり取りを繰り返して、待ち合わせを決めた。

スマートフォンを湯船に落とさないように湯から上がって、浴室の外に置いてある着替えの中に隠す。それだけのことなのに、どっと疲れが押し寄せた。

美咲は再び湯に浸《つ》かって、瞼《まぶた》を閉じる。

自分でも何をやっているのかと思う。恭介の行動に一々反応せずに、無視してしまえばいい。

美咲の切り捨てられない情が、恭介を惑わせていることもわかっている。

何も気付かなかったふりで、恭介を拒絶してしまえば、いずれは彼も諦めてくれただろう。

けれど、交流もほぼない叔母に恭介が会いに行っていたことを知って、心が波立った。

今も鉛《なまり》の塊《かたまり》を呑み込んだような重苦しさが胸の中にある。それは無視するにはあまりにも存在感があって、とうてい消化出来そうもなかった。

美咲は深々とため息を吐く。心は軽くなるどころか、より一層重苦しくなる気がした。

——でも、ちゃんと、したい。

敦也とこの先も一緒にいるために、恭介との関係を清算しなければならない。

今度こそと思いながら、鬱々《うつうつ》とした気分を振り払うように、湯で勢いよく顔を洗って瞼《まぶた》を閉じる。

敦也と一緒に過ごす時間は、美咲が想像していたよりもずっと穏やかで満たされたものだった。

美咲はこの時間を失いたくない。

あの自分勝手な義弟が、美咲といるために努力してくれているのを知っているからこそ、余計にそう思う。

――もうこんなことで、心を揺らしたくない。


「美咲？　大丈夫か？」

浴室の外から敦也の声が聞こえてきて、美咲は瞼《まぶた》を開く。

「大丈夫だよ？　どうかした？」

やましさに声が上ずった。

「いや、いつもより風呂に入ってる時間が長いから、何かあったのかと思って」

敦也の言葉に自分が思うよりも随分時間が経っていたことに気付かされる。

「ごめん。大丈夫。ちょっと疲れて、うとうとしてた。ありがとう」

実際、うたた寝をしていたらしい。最初よりも湯がぬるくなっていた。

慌てて敦也に答えて、美咲は風呂から上がる。水音に美咲が風呂から出ようとしているのを察したのか、「危ないから風呂で寝るなよ」と少し呆れたような声でそう言うと、敦也はその場を離れていった。

美咲は浴室を出ると、脱衣所代わりにしている洗面所でパジャマに着替えて、髪を乾かす。

部屋に戻ると、敦也がベッドの上で壁に凭《もた》れて、窓の外を見ていた。部屋の明かりは消えていて、カーテンを開け放したままの窓から、街灯の明かりが薄ぼんやりと部屋の中に差し込んでいる。

淡く滲《にじ》む光の下、窓の外を見つめる敦也は、まるで一枚の絵画のように美しくて、美咲はその姿に見惚れた。

居間の入り口で動けずにいる美咲に気付いて、敦也が視線だけでこちらを見た。

ふと柔らかに緩んだ眼差しに、誘われるまま美咲もベッドに上がる。敦也の横に並んで座って、膝を抱えた。伸びてきた手が髪に触れ、美咲は敦也の肩に凭《もた》れかかる。

カーテンを開けたままの窓に視線を向けると、いつの間にか外は雨が降っていた。

しっとりと降る秋雨《あきさめ》が、街灯に線を描くよう浮き上がって見える。

──今日は月が見えないのか……

ぼんやりとそんなことを思う。敦也と過ごす夜は何故か月を探したくなる。

あの日見たとろりとした蜜のような琥珀《こはく》色の月を、美咲はずっと探している気がした。

それが敦也の瞳の色だとわかっていても、月が恋しくなる。

「風呂で寝るなよ。溺《おぼ》れるぞ」

ぽつりと呟くように敦也に注意されて、美咲は苦笑する。

「ごめん。気を付ける」

何かあると気付いているはずなのに、何も聞かずにいてくれる義弟へ恋しさが募《つの》る。

切ない痛みを伴う恋情は、もう自分から切り離せないほど深く根付いているのだと、こんな時に実感する。

会話が途切れて、部屋の中を雨音が支配する。まるで世界に二人だけ取り残されたような錯覚に陥《おちい》るほど、辺りは静かだった。

会話もない。でも、沈黙も気にならない。二人で雨を眺める時間は、微睡《まどろ》む寸前のようなぬくもりと心地よさがあった。

美咲はふと、いつかこの夜を思い出す日が来ると思った。遠い、遠い、未来の果てで、敦也と二人、こうして雨を眺めた夜を思い出す気がした。

何故か泣きたくなるような切なさが胸に湧き上がってきて、美咲は瞼《まぶた》を閉じる。今日の自分は心がやけに不安定だった。敦也への恋情と恭介への罪悪感の狭間で、心が複雑に揺れた。そんな自分の優柔不断さに嫌気がさす。

——でも、明日で終わりにする。

すべてに決着を付けるのだと、美咲はこの時間を糧《かて》にして決意を固める。

「寝るか」

「……うん」

瞼《まぶた》を閉じた美咲を、敦也がベッドに横たえる。狭いシングルベッドの中、敦也に抱き寄せられた。そうしないと二人では眠れない。

大柄な敦也と眠るにはこのベッドは狭すぎる——けれど、この部屋で暮らし始めてからも、そのことで敦也が文句を言ったことはない。隙間もないほどくっついて眠るこの場所を、敦也が案外気に入っていることに美咲は気付いていた。

それは美咲も同じだ。ぬくもりを分け合って眠るこの時間が、何よりも愛おしかった――


夜半から降り始めた雨は、翌日になってもやむことなく降り続けていた。

約束の時刻を過ぎてから仕事が終わり、急いで裏口を出た美咲は、少し離れた街灯の下に恭介の姿を見つけた。

スーツ姿で黒い傘をさした恭介は、雨で視界が悪くなっているのに、すぐに美咲に気付いて手を上げた。

柔らかに笑う姿は付き合っていた頃と何ら変わりなく見えるのに、今の彼が何を考えているのか美咲にはもうわからない。

敦也には今日、職場の同僚と夕飯を食べてくると伝えてある。多少、遅くなっても大丈夫だろう。

「店に迎えに来るのはやめてって言ったよね」

「仕事が早く終わったからついでだよ」

悪びれない恭介に、美咲はため息を吐く。ここで言い争ったところで仕方ない。

「行きましょう」

二人並んで歩きだす。大通りに出て、色とりどりに咲き乱れる傘の花の流れに沿って、歩みを進めた。

「美咲から呼び出されるとは思わなかった」

苦笑した恭介の言葉に美咲の胸を苦いものが過《よぎ》る。

「聞きたいことがあったの」

「そうか。何が聞きたかった？」

何だか怖いなと笑う恭介を美咲は真っ直ぐに見上げた。

「何で叔母さんに会いに行ったの？」

美咲の言葉に、恭介が意表を突かれたように目を瞬《またた》かせてから、苦笑した。

「その件か……」

恭介が美咲から視線を逸らして、歩き出す。

「恭介！」

「その話は、こんな道路の真ん中でする話じゃないよ。どこか店に行こう。雨が降っているし、ここだと人の通りの邪魔になるしね」

先を歩く男の言葉に納得出来たわけじゃないが、確かに雨が降っている今は立ち止まることは周りには迷惑だろう。美咲は黙って、人の流れに任せて、恭介の後をついて行く。

「いつもの店に行こうと思ったけど、新しい店を見つけたんだ。ここからそんなに遠くないからそこでもいい？　あの店は今ちょっと行きづらい」

ほんの少し躊躇《ためら》うような恭介の様子が不思議で、美咲は俯《うつむ》いていた顔を上げた。強《こわ》張《ば》って見える肩に首を傾《かし》げ、不意に悟る。

いつも二人が使っていた店――そこは二人が別れた場所でもあった。

あの日から今日まで、別れ話などなかったように恭介は振る舞い続けている。ふてぶてしく感じるほどの強気な態度に、戸惑ったものだ。

けれど、今の言葉でそれが虚勢だったのだと実感する。そんなところに、別れる前までの穏やかな気質を見た気がして、美咲は何とも言えない気持ちになった。

「居酒屋なんだけどいいかな？　全室個室だし、落ち着いて話が出来る」

「いいよ」

美咲の返事に、恭介はホッとした様子を見せた。会話もないまま、五分ほど歩いただろうか。

二人はビルの三階の居酒屋に入った。学生の団体でも入っているのか、店内は賑《にぎ》やかな声に包まれていた。席に案内されて個室に入る。壁は薄く、隣の声がくぐもって聞こえはするが内容ははっきりせず、他人の視線を気にしないですむ分、落ち着いて話が出来そうだった。

「おすすめはげんこつ唐揚げ。こぶし大の唐揚げで、でかいけど美味《おい》しいよ」

「じゃあ、それ一つ」

メニューを見て互いに好きなものを適当に頼む。ゆっくりと食事をする気分ではないはずなのに、先ほど見た恭介の強張《こわば》った肩を思い出せば、話だけで切り上げることも出来なかった。

「乾杯でもする？」

先に飲み物だけが届けられて、恭介がおどけたように問いかけてくる。

「何に？」

素っ気なく返す美咲に、恭介がグラスを掲《かか》げたまま肩を竦《すく》めた。

「俺のストーカー的行為を知ったらそんな気分にもならないか」

「わかってるなら、何であんなことしたの？」

美咲の言葉に、それまで表面上はにこやかだった恭介の顔から表情が消えた。

「どうしても確かめたいことがあったから、美咲の叔母さんに会いに行った」

「確かめたいことって何？」

「美咲は最近、従弟《いとこ》の俊哉君に会ったことある？」

唐突にも思える問いに、美咲は戸惑う。

――俊哉君？

言われて思い浮かぶのは、幼稚園に入るか入らないかという頃の俊哉の姿だった。

俊哉は従兄弟《いとこ》の間でも一人だけ年が離れている。恭子叔母が結婚したのは、美咲が中学生の頃で、結婚後すぐに彼女たちは北海道へ移住した。

当時、祖父はすでに亡くなっており、息子をピアニストにすることを夢見ていた恭子は、祖父のレッスンを受けることが出来た従兄弟《いとこ》たちに当たりが強かった。

特に才能を開花させた敦也へは敵愾心《てきがいしん》を剥《む》き出しにしていて、父たちは叔母と距離を置いて付き合っていたように思う。

そんな事情もあり、美咲は俊哉と会ったことがほとんどなかった。

美咲の両親が亡くなった時も、まだ小学生だった俊哉は葬儀に来ていなかったはずだ。

「俊哉君？　それが何の関係があるの？」

「いいから、教えて？」

「ないわ」

「そう」

美咲の答えに恭介は黙り込んだ。

戸惑いと意図のわからない会話に不快感が募《つの》り、自然と声と表情が険しくなる。

「一体何なの？」

寒々とした沈黙を破るように、「お待たせしました！」と店員が注文していた料理を運んできた。

並べられた料理は美味《おい》しそうなのに、食欲はまったく湧かない。

店員が去って、恭介が深いため息を吐いた。

「これを見て」

スマートフォンを差し出されて、美咲は言われるままに受け取った。

そこには恭子叔母と恭介、あともう一人、高校生くらいの男の子が写っていた。

黒髪、黒瞳で、眼鏡をかけている少年は、隣でにこやかに微笑む叔母と違って、どこか緊張した様子だった。

――嘘……。

美咲は画像を凝視する。

「そこの真ん中に写ってるのが俊哉君だ。似てるだろう？　美咲の義弟に……」

写真に写る俊哉は、恭介が言う通り、敦也によく似ていた。美咲が覚えている中学生だった頃の義弟に――

「あいつのこと調べてるうちに、美咲の叔母さんのことを思い出した。それで気になった」

「……何が？」

問いかけた声はひどく掠《かす》れていた。今、目の前にしているものが、どういう意味を持つのか、わからなくて混乱する。

「俺は営業で、人の顔の特徴を覚えるのが得意なのは美咲も知っているだろう？　あいつと叔母さんには、鼻の形や耳の形で血の繋がりを感じた。だから、会いに行った。恭子さんはSNSでも俊哉君の情報を発信してたから、彼がコンクールの予選に出ることはわかったし」

背筋がざわざわとして、顔から血の気が引いて行くのが自分でもわかる。

――聞きたくない。

そう思った。この先を聞いてしまえば、自分の足元が崩れていく予感に、美咲は震えた。

美咲を見る恭介の眼差しが、痛ましいものを見るようなものになっていて、美咲は唇を噛みしめる。

「そこで俊哉君を紹介されて、驚いた。彼は、俊哉君はあいつにそっくりだったよ、美咲。あいつの父親は……」

その先を告げるのを躊躇《ためら》うように恭介が言葉を切り、視線を下に向ける。その沈黙が、美咲の恐怖を煽《あお》る。

――敦也の父親……

回らない思考で考えるが、一向に何も思い出せない。

──聞いたことがない？

辿《たど》り着いた結論に愕然《がくぜん》とする。マリアとは普通に仲がよかったとは思うが、敦也を未婚で産んだこと以外は何も知らなかった。

思春期に敦也へ向けた複雑すぎる想いもあって、素直にあの義弟の話を聞けなかったこともあるだろう。

だが、それ以上にマリアは、敦也の父親について話したがらなかった。触れられたくない何かがあるのかもしれないと、あえて聞かなかった。

──でも、もし……もし……お父さんが敦也の父親だったら……

そう考えれば、思い当たる節がいくつも浮かんできて、美咲はひどい眩暈《めまい》を覚えて額《ひたい》を手で押さえる。

笑う時、眉がちょっとだけ下がる癖が父と同じで、血は繋がっていないはずなのに、自分たちはやはり家族だったのだと思った。

孫たちの中で唯一、まるで祖父の才能を引き継いだように、ピアニストとして活躍している敦也。

血が繋がっているのだと言われなければ、納得出来ないほどにそっくりな俊哉と敦也。

バラバラに思えていたピースが、一気に目の前で嵌《はま》っていく気がした。

「最初はあいつが父親の連れ子なのかと思った。だから俊哉君と似てるのかと。でも、違った。美咲が、あいつは再婚相手のお義母《かあ》さんの連れ子だって言うから、まさかと思ったよ。だけど、二人はそっくりだ」

視界が急速に狭まっていく。その中で、俊哉の生真面目な表情だけがくっきりと浮き上がって見えた。

まるで悪夢を見ているかのような感覚に陥《おちい》る。

「美咲？　大丈夫か？」

心配そうな恭介の声に、顔を上げる。気遣う男の表情に、嫌でもこれが現実なのだと思い知らされた。

——大丈夫？　何が？

そう聞きたくなる。不意に冷めた油の匂いが、鼻をついた。

——気持ち悪い。

一度そう思えばダメだった。目の前のまだ湯気を立てている料理の匂いに、急速な吐き気が込み上げてくる。

「ぐぅ……」

美咲は口元を手で押さえて、立ち上がる。

「美咲？」

恭介の呼びかけに答えることも出来ない。美咲は個室を出て、トイレに駆け込んだ。

便座に屈《かが》みこむと同時に、空《から》っぽの胃から胃液が上がってくる。堪《こら》えきれずに口を開いた。

「……ぐぅう」

苦しさに涙が溢《あふ》れた。泣きながら、胃液を吐く。けれど、いつまでも苦しさは変わらなかった。

口の中がひどく苦い。トイレに凭《もた》れかかったまま、身動きが取れなかった。どれくらいそうしていたのかわからない。

「お客様。大丈夫ですか？」

個室の外から従業員の声が聞こえてきて、美咲はやっと正気に返った。トイレットペーパーで口元を拭《ぬぐ》い、出来るだけ周りを綺麗にして、個室を出る。

「すみません。トイレを汚してしまいました」

「大丈夫ですよ。それより体調は大丈夫ですか？　これをお使いください」

店員に頭を下げると、労《いた》わるような口調でタオルを差し出された。遠慮する余裕もなく、美咲はタオルを受け取り、洗面所の水で口をゆすいだ。

口の中を満たす水の冷たい感触に、目が覚める思いがした。けれど、悪夢を見ているような感覚は去らない。足元があやふやで、地面を踏んでいる感じがしない。

「ありがとうございました」

トイレの清掃をしてくれていた店員に、もう一度頭を下げて礼を言う。

ふらふらとしたまま女子トイレを出た。

「大丈夫か？」

外では荷物を持った恭介が立っていた。ぼんやりと恭介を見上げる。

突然、個室を飛び出した美咲を心配して店員に事情を話し、美咲の様子を見に行くように頼んだのだろうと察した。

礼を言うべきなのに言葉が出てこない。滲《にじ》んだ視界に、恭介が手にする自分の鞄を見つけた。

「荷物……」

「え？」

「荷物くれる？　悪いけど、今日はもう帰る」

「顔色が悪い。送っていくよ」

心配する恭介の声がひどく虚《うつ》ろに美咲の耳に響いた。何故か笑いの衝動が湧き上がってくる。

「ふふふ……」

「美咲？」

唇から乾いた笑い声が漏れた。何故笑っているのか、自分でもわからない。でも、おかしくてたまらなかった。

——お父さんと敦也が親子。

考えたこともなかった可能性——目の前の男に突きつけられた現実が、ひどく滑稽《こっけい》なものに思えて仕方なかった。

——私と敦也は、血の繋がった姉と弟‼

唐突に笑い出した美咲に、恭介が戸惑ったような声を上げた。その手から、自分の荷物を取り上げる。

気持ちがひどく乱れて、自分でも制御出来ない。笑い声を上げているのに、視界が滲《にじ》んでいる。

今、自分がどんな表情を浮かべているのか、美咲にはわからなかった。

——このままここにいちゃいけない。

そんな焦燥《しょうそう》感が美咲の心を満たす。

「帰る」

力の入らない足で、前に踏み出す。「待って。送っていくから」と恭介が美咲の腕を掴《つか》んだ。掴《つか》まれた場所からぶわりと鳥肌が立つ。嫌悪《けんお》感に、咄嗟《とっさ》にその手を振り払った。

「触らないで！」

悲鳴みたいな声が出て、はっと恭介を見る。手を弾《はじ》かれた恭介が、痛ましいものを見るような顔で美咲を見ていた。その表情が、美咲の心を抉《えぐ》る。

——八つ当たりだ。これはただの……

わかっているが、感情は落ち着きを見せるどころか荒れ狂うばかりで、その矛先《ほこさき》を恭介に向けたい衝動に駆られた。

「ごめん……お願いだから、一人にして……」

このままここにいれば、恭介にもっとひどいことをしてしまいそうだった。

美咲の懇願に、恭介の手が力なく垂れた。

「わかった。気を付けて帰って」

「うん」

頷いて、美咲は一人で店を出た。雨はまだ降り続いていた。頬を打つ冷たい雫《しずく》に、美咲は傘を店に忘れてきたことに気付く。けれど、店に戻る気にはなれず、そのまま歩き出した。

どこをどうやって歩いたのかも記憶にない。いつの間にか、自宅付近まで戻ってきていた。

体中が雨に濡れて、体に纏《まと》わりつく濡れた布の感触が不快だ。何だかもう、歩くのすら億劫《おっくう》に思えた。

——寒いな。

虚《うつ》ろに彷徨《さまよ》う視線が空を見上げた。夜空には厚い雨雲がかかり、月は見えない。そのことにひどい心細さを感じた。

——月が見たいな。

泣きたくなるような願いが、心を過《よぎ》る。

「美咲？」

遠くで名前を呼ばれて顔を上げれば、傘をさして驚く敦也と目が合った。

——ああ、月だ。私の月。

義弟の綺麗な琥珀《こはく》色の瞳を見つめて、自分が探していた月だと思った。

ずぶ濡れの美咲に驚いた敦也が、駆け寄ってくる。

「どうしたんだ？　傘は？　忘れたのか？　こんなに濡れる前に、連絡をくれれば迎えに行ったのに」

心配してくれる敦也の声が、遠く聞こえた。ふらりとよろけた美咲の体を敦也が抱きとめる。

触れた男のぬくもりに、涙が溢《あふ》れた。

——助けて……。

誰に助けを求めているのか、自分でもわからない。ただ混乱する心が、目の前の男のぬくもりを欲した。

「美咲？　どうした？　具合でも悪いのか？」

震える美咲に敦也が驚いたように声をかけてくる。

それに答えることも出来ずに美咲は、強く敦也に抱きついた。

鼻先に雨の匂いと馴染《なじ》んだ男の苦くて甘い煙草《たばこ》の香りが掠《かす》めた。いつもなら安堵する香りに、心は余計に波立った。

「大丈夫か？」

心配する男の声が肌を通して伝わってくる。でも、答える言葉が見つからない。美咲は敦也の背に回した腕に力を込めた。

「家に帰ろう。このままだと風邪を引く」

何も言えずにただ震える美咲の肩を抱いた敦也が、マンションに向かって歩き出す。敦也と一緒に歩いている間も、現実感がなくて、まるで夢の中を歩いているような気がした。

降りしきる雨の音だけが、うるさいほど頭の中に響いている。何も考えられなかった。

マンションの部屋に入ると、敦也は真っすぐ浴室に美咲を連れて行った。

「体が冷えてるから風呂で体を温めた方がいい」

シャワーのお湯を出して、先に浴室を温めた敦也が洗面所の棚からバスタオルを取って、立ち尽くす美咲のところに戻ってくる。優しい手つきで、美咲の濡れた髪を拭《ぬぐ》ってくれた。

冷えた体に柔らかなパイル地の感触が温かみを与えた。いつも自分が使っている柔軟剤のラベンダーの香りに、これが夢ではないのだと実感する。

「美咲？　本当にどうした？」

美咲の瞳がやっと焦点を結ぶ。敦也の呼びかけに急速に目が覚めた気がした。

目の前には敦也が――弟が立っていた。心配そうに自分を覗き込む敦也の顔に、父との共通点を探す。

二人の血の繋がりを否定するものを探すが、見つけられない。

見つめるうちに、視界が涙で歪《ゆが》んで、敦也の顔さえまともに見えなくなる。

ずっとこの恋の終わりを覚悟していた――けれど、こんな結末は予想していなかった。

あまりに受け入れがたい現実に、美咲は声を上げることすら出来ない。

目の前の敦也のシャツを握る。真実を知るのが怖くて、敦也の肩に額《ひたい》を押し付けた。

――私たちは本当に血の繋がった姉弟《きょうだい》かもしれないんだって……

考えれば考えるほど、血が凍り付くような感覚を覚えた。

だが、敦也に話す勇気はなかった。声に出せば、それが事実になってしまうような気がして怖かった。溢《あふ》れた感情が、涙となって流れる。

肩を濡らす雫《しずく》に、敦也が戸惑っているのがわかった。それでも美咲は何も言えない。

敦也の腕の中で、美咲は荒れ狂う感情を宥《なだ》めるように、浅い呼吸を繰り返す。

言葉に出来ない感情が渦《うず》を巻いて、油断すると悲鳴が口をついて出てきそうだ。美咲は必死に奥歯を噛みしめた。

その間、敦也の手はゆっくりと美咲の背を撫でていた。泣く子をあやすような不器用な優しさがそこにはあった。その大きくて温かい手に、美咲の中の緊張がぷつりと音を立てて切れる。

涙を流したまま顔を上げると、弟の琥珀《こはく》色の獣の瞳と目が合った。

こんな時なのに、敦也の瞳はやはり綺麗で、美咲はその輝きに囚《とら》われずにはいられない。

混乱する心から、この弟に対する恋しさだけが鮮やかに浮き上がってくる。

「ああ……」と意味を持たない声が、口から零れた。呪縛が解かれたように、美咲は目の前の端整な男の頬に指を伸ばした。滑《なめ》らかな男の肌に触れ、敦也の目の下をそっとなぞる。

「……敦……也……」

愛しい男の名を、音にする。どうしようもない恋しさが胸を締め付けた。痛みにも似た鋭さに、呼吸まで止まりそうだ。息苦しさが増して、何が正しいのかもう判断出来なかった。

美咲は敦也を抱きしめる。湿ったシャツ一枚の下、はっきりと敦也の肌の熱を感じた。自分の体が冷え切っていることを実感する。

「寒い」

喘《あえ》ぐようにそう言って、冷えた自分の体を敦也に押し付ける。

本能的に暖を求めただけなのか――それとも、それを言い訳に目の前の弟を求めたのか――

美咲にはもうわからない。

敦也が美咲を強く抱き寄せて、ごく自然に唇が重なった。

「んん……」

敦也のキスはいつも自分勝手だ。強引に美咲の唇を奪うのに、今まで付き合った誰よりも美咲に馴染《なじ》むような気がした。口蓋《こうがい》に当たる舌の動きも、噛み合う唇の角度さえ、すべてがぴったりと嵌《はま》るようで、いつまでもキスを解けない。肌に馴染《なじ》むこの感覚は、血の繋がりゆえなのか。

どろりと濃くなった情欲が、全身の血管を巡《めぐ》っていくような錯覚を覚えた。

美咲の背を撫でていた敦也の手が、腰の下に滑り、震える尻を掴《つか》んで自分の体に引き寄せた。隙間なく密着する体から分け与えられる熱に、美咲は小さな吐息を零す。

――怖い、のに……

もう何も考えたくなかった。今はただ目の前の男のぬくもりに触れていたい。

これがただの現実逃避なのだとわかっている。

逃げても何も変わらない。重ねた肌の分だけ、二人の罪は重くなる。

それがわかっていても、美咲は逃げたかった。自分を抱く恋人が、血の繋がった実の弟である現実から。

「敦也……抱いて……」

拙《つたな》い誘惑の言葉を口にして、美咲は目の前の弟にその身を委《ゆだ》ねた。昂《たかぶ》る肌の熱に溺《おぼ》れて、美咲はすべての思考を放棄する。

出しっぱなしのシャワーの水音が聞こえる狭い洗面所の床の上で、何度も唇を重ねた。堪《こら》えるように零れ落ちる吐息は、ひどく苦しげに響いた。キスというよりもまるで齧《かじ》りつくようで、獣を思わせる仕草で互いの吐息をひたすら奪い合う。

息苦しくて、キスの合間に無理やり吸い込んだ息は、喉の奥に溜まった唾液ごと気管になだれ込んできて、美咲は咽《むせ》た。敦也から顔を背《そむ》け、体を丸めて咳き込む美咲を、背後から敦也の腕が抱きしめる。不埒《ふらち》な指が、雨に濡れて肌に貼り付く服を乱していった。

スカートのウェスト部分から手を入れられ、シャツの裾《すそ》が引き出される。雨に冷えた腹部に、敦也の手が触れた。その手の熱さに、全身の皮膚がざわりとざわめいた。手はそのまま下に向かって這《は》わされて、ウェスト部分がゴムになっていたスカートをストッキングごと、引き下ろす。

びりっと布地が破れる音が聞こえた。強引に脱がされたせいで、ストッキングが破れたのだろう。

でも、そんなことはどうでもよかった。濡れて肌に貼り付く服の感触が気持ち悪くて、美咲も敦也に協力しようとするが、冷え切って強張《こわば》った体はなかなか思うように動いてはくれない。

「やっぱり体が冷たい」

美咲の体に触れていた敦也はそう言うと起き上がった。手を引かれて、美咲も床から起き上がる。

束の間、思案するように、敦也の視線が水音を立てる浴室と中途半端に服を着たままの美咲の間を行き来する。

「どうせ濡れてるなら同じか」

ぼそりと呟いた敦也が浴室の扉を開ける。ずっとシャワーを流したままにしていた浴室から、むわっとした湯気が流れてきた。手を引かれて、服を着たままシャワーの下に連れて行かれる。

冷えた肌の上にシャワーの湯が降りかかり、その寒暖差に、一瞬で全身に鳥肌が立った。

敦也は手早く自分の服を脱いで裸になると、服を洗面所の洗濯機の中に放り込んだ。そうして、先ほどストッキングを破いた時とは違う慎重な手つきで、美咲のシャツや下着を脱がせていく。

自分を気遣う敦也の優しさが、今の美咲にはもどかしくてたまらない。

「敦也……」

名前を呼べば、行動ほど冷静ではなかったらしい男の眼差しが美咲に向けられた。

薄い色の虹彩《こうさい》がぎらぎらと金色に燃えていた。今にも食らいつかれそうなその獣の瞳に、背筋を甘い陶酔《とうすい》が滑り落ちる。

――敦也はまだ私を欲しがってくれる。

そのことがどうしようもなく嬉しかった。血が繋がっているのだと知ったら、この弟は今の美咲の行動をどう思うのだろう？

――私を軽蔑するかな？

押し寄せる恐怖に急《せ》き立てられるように、細い指で逞《たくま》しい肩を抱きしめる。

寒さなのか、興奮なのか、震える体を押し付け、口づけを乞《こ》う。

すぐに重ねられた唇に安堵し、美咲は敦也の下肢に手を伸ばした。すでに硬くなりかけているそれに、指を絡めて愛撫《あいぶ》すると、びくりと震えて手の中で硬く大きくなった。

「ん……っ！」

快楽を堪《こら》える男の荒い息遣いが聞こえた。その声に美咲は唇を笑みの形に歪《ゆが》ませる。

『続けて』

声はなく、唇の動きと眼差しだけで先の行為を促《うなが》され、手の中のものを擦り上げる。

あやすようにゆっくり、手のひら全体を使って揉みしだけば、湯とは違う粘ったものが指を濡らした。

いつも敦也に翻弄《ほんろう》されることが多く、自分から積極的に愛撫《あいぶ》するのに慣れていない。けれど、拙《つたな》い美咲の愛撫《あいぶ》にも、敦也は息を乱して腰を揺する。その反応を見るだけで、美咲の体の奥がどろりと溶けた。互いの反応を見逃すまいとするように、視線を絡めたまま吐息だけで会話を交わす。

先端の丸い部分を指の腹で強く擦り上げた瞬間、かっとしたように、敦也が美咲の腕を強く引いた。

「やあ！」

強引に愛撫《あいぶ》の手を止められて、不満の声が唇をついて出る。

「そこまでだ」

苦し気な吐息の中、切羽《せっぱ》詰まった声を上げた男が、美咲を抱き竦《すく》める。骨が軋《きし》むような強さに、美咲は口を開けた。敦也が荒々しく口づけてくる。

「ん……う……」

噛みつくような口づけに、背骨が痺《しび》れていく。固く抱き合って、幾度も口づけて、ただそれだけで美咲の体は昂《たかぶ》った。唐突に脚の間に差し込まれた長い指が、知り尽くしたポイントを焦《じ》らしもせずに攻め立ててくる。

そうしながら、美咲の濡れた肌に吸い付いてくる唇は、鬱血《うっけつ》するほどに強く、時に噛み痕《あと》を残していく。

その強さが、今は美咲に安堵をもたらした。

性急な仕草で体が開かれる。先を急ぐ敦也の愛撫《あいぶ》は、優しさとは無縁の荒々しいものだった。それでも美咲は、馴染《なじ》んだ敦也の指に応《こた》えて、喘《あえ》いだ。教え込まれた甘すぎる毒を、一つも逃すまいと、すべて拾い上げて、快楽に変える。

――早く……もっと早く。何もわからないように。何も考えられなくしてほしい……。

強い欲望を伴って、美咲はそう願う。

「……もっと」

「ん？」

「もっとひどくして……」

「これ以上か？」

十分すぎるほどひどいだろうと眼差しだけで敦也は語る。自嘲《じちょう》するように口端を歪《ゆが》める男を潤《うる》んだ瞳で見上げて、美咲は淡く微笑む。

「……して……」

　哀願を吐息に乗せて、美咲は敦也の首に両腕を回して抱きつくと、つま先立ちで男の耳朶《じだ》に吸い付く。唸《うな》り声を上げた敦也がシャワーを止め、美咲を抱き上げた。

「きゃ……あ」

「ここじゃ動きづらい」

　端的にそう言った敦也は、そのまま浴室を出た。濡れた体を拭くこともせず、大股でベッドに歩み寄り、美咲の体をその上に横たえる。すぐさま覆《おお》い被さってきた敦也が、美咲の脚を大きく広げた。ぬかるむ脚の間に、灼熱が押し付けられる。

「……っ……あ、……ああ！」

　承諾もなくいきなり押し入ってきたものに、悲鳴みたいな声が上がった。そのまま激しく揺さぶられる。

　濡れた肌の擦れる音と、二人分の乱れた息遣いが締め切った部屋の中を満たす。

「うああっ」

　浅く、深く抉《えぐ》られて、そのたびに熱を逃がすまいと、繋がった部分が卑猥《ひわい》に蠢《うごめ》く。敦也の動きに合わせて、互いの蜜で湿った音が聞こえた。

　願い通りに滅茶苦茶にされながら、美咲は甘い悲鳴を上げる。まるで理性を失った獣のように、二人で抱き合う。

――いっそ本当に獣になってしまえたらいいのに……

本能で動く獣になれれば、今、感じている痛みも、恋しさも忘れられる。

そう出来たら、どれほど救われるだろう?

けれど、それは叶わない願いだ。

「ああ……敦也……きも、きもち……いぃ……」

美咲の言葉に反応するように、敦也の動きが一層激しくなる。弱い部分を突き上げられて、美咲は瞼《まぶた》を閉じる。

咽《むせ》び泣く声は、揺れて途切れる。汗に混じった涙が、筋を作って耳元に流れた。

こうした関係になってからも、抱き合うことに対する後ろめたさや、いつか来る終わりに対する不安は常に付き纏《まと》っていた。

でも、この関係が本当に許されないものなのだと知った時、美咲の中の何かが壊れた。

今さら、綺麗事だけで終わらせられるわけがなかったのだ。

幼い頃の思い出も、家族としての情も、恋も、愛も、痛みも、何もかも、自分の中のすべてのものを敦也に捧げた。

今さら切り離せるものなど、何一つなかったのだと美咲は思い知った。

――離れられるわけがなかった。

振り向いてほしくて、振り向かれたくなかった。いつだって美咲の恋は矛盾だらけだった。今もそれは同じだ。壊されることを望みながら、本当に壊されるなどとは欠片《かけら》も考えていなかった。

結局、自分は何の覚悟もなく、目の前の弟に甘えて、上辺だけの背徳感に酔っていただけ——

敦也が欲しい。敦也以外、何も欲しくない。そんな自分の情の深さが怖い。

「何を考えてる？」

鼻先を擦り寄せられ、美咲は瞼《まぶた》を開く。吐息の触れる距離に敦也の琥珀《こはく》色の瞳があった。

「あ……っ……や……のこと……」

手を伸ばし、敦也の首に腕を回して、引き寄せる。隙間もないほどに密着する体。キスをしながら答えれば、「嘘つき」と唇を歪《ゆが》めた男に否定される。

「俺のことだけ考えろよ」

これ以上ないほど目の前の男のことを考えているというのに、まだ足りないと言う。そんな年下の男が美咲は愛おしい。ひたひたと頭の先からつま先まで、幸福感が美咲を満たす。

この幸せには敦也としか辿《たど》り着けない。他の誰かではだめなのだ。

——もういい。

美咲は声を上げながら敦也にしがみ付き、男の望むままに余計なことを考えるのをやめた。

体の一部を繋げ、互いの快楽を混ぜ合わせる行為に没頭する。

「あ……いっちゃ……う！」

駆け上がる感覚に身を捩《よじ》りながら啜《すす》り泣いて、長く逞《たくま》しい腕にしがみ付けば、「イケよ」と優しすぎる声と抱擁《ほうよう》が与えられる。

許されて、身悶《みもだ》えながら、呆れるほど淫《みだ》らに動く腰を止められない。広い背中に爪を立て、美咲は震える声で哀願する。

「あ、も、なかっ……濡ら……して……」

快楽に霞《かす》む頭でも、自分が何を求めたのかはわかってる。それが許されないことも――

でもこの瞬間、どうしようもないほどに美咲はそれが欲しかった。

「……絞り取られそうだな」

少し悔しそうに唇を歪《ゆが》め、そのくせ笑みを含んだ声で囁《ささや》く男は、乱れて堕ちる美咲に目を眇《すが》めた。そのきつい視線にさえ体は震えて、中にいる男を締め付ける。

「いや……あぁ……」

そうして迎えた頂点に、美咲は切ない声を上げて駆け上がり、望み通り体の中を白く汚された。

降り続く雨だけが、美咲の罪を知っていた――

第四章　夜明けを待つ恋

狂乱の夜が終わり、白々とした朝がやって来た。数日続いた雨が上がって、冬の空は洗い流されたように澄んでいた。ベッドに寝転がったまま、窓から透徹《とうてつ》とした空を見上げて、美咲はふっと止まっていた自分の中の時間が動き出していることに気付いた。

――逃げるのはここまでだ。

指先すらまともに動かせないほど重い体で、のろのろと寝返りを打つ。

「起きたのか？」

どこか淫蕩《いんとう》に掠《かす》れた声で、横に寝ていた敦也が問いかけてくる。

「うん。シャワー浴びてくる」

「大丈夫か？」

「多分」

答えた美咲の声もひどく掠《かす》れていた。何とか立ち上がると、壁に手をつきながらふらふらする体を支えて、浴室に向かった。

ぬるめのシャワーで体を流せば、思考がまともに動き出す。

——ちゃんと本当のことが知りたい。

敦也の父親が誰なのか、はっきりさせたいと思った。

あの日から二日——降り続けた雨を言い訳にするように、美咲は敦也と肌を重ね続けた。

たまたま仕事が休みだったこともあって、部屋から一歩も出なかった。お腹が空《す》いたら適当にパンやレトルト食品を食べ、体が気持ち悪かったらシャワーを浴びて、あとはひたすら敦也との時間に溺《おぼ》れた。

怠惰《たいだ》で淫蕩《いんとう》な時間は、まるで世界から二人だけが取り残されたような錯覚を覚えさせた。

この時間がただの逃避だとわかっていても、何も考えたくなくて、美咲は過剰なまでに敦也の熱を欲した。

二人だけの閉じきった空間の中で、甘く乱れ続けた。その時間が甘美であればあるほど、正気に返ることが怖かった。

けれど、今日の朝、澄み切った空を見上げて、逃避の時間が終わったことを美咲は悟った。

いくら快楽に溺《おぼ》れ、忘れたふりをしたところで、置き去りにした問題は何一つ解決しない。

ただ、罪だけが増えていく――

眩《まぶ》しすぎるほど澄み切った空を見上げて、美咲はそれを実感した。

こんな風に落ち着いて物を考えられるようになったのは、敦也のおかげだった。

美咲の様子がおかしいことに気付いていても、何も聞かずに美咲が望むまま応じてくれた。与えられる強烈な快楽に乱れれば乱れるだけ、頭の中が空《から》っぽになった。

大きすぎる衝撃の揺り返しで、惚けているだけなのかもしれない。だが、妙に頭がすっきりとして、心は凪《な》いでいた。

――お父さんたちのことを聞くとしたら、やっぱり恭子叔母さんだろうな。

親族の中で、美咲の疑問に答えてくれそうな人間がいるとしたら、あの叔母しか思いつかなかった。

ずけずけと遠慮のない叔母であれば、包み隠さず知っていることを教えてくれるだろう。

それに確かめてみたかった。写真ではなく、従弟《いとこ》の俊哉の顔を見れば、本当に敦也に似ているのかどうかわかる。

――叔母さんに連絡をしてみよう。

そう決めて、美咲は浴室から出た。濡れた髪をタオルで拭きながら顔を出せば、敦也が台所でフライパンから皿に何かを移しているところだった
「いいタイミング。今呼びに行こうと思ってた」

美咲が風呂から上がったことに気付いた敦也がこちらを振り返って、両手にサンドイッチが載った皿を持ち上げて見せた。

「ありがとう」

差し出されたのは、トマトとベーコンとチーズのホットサンドだった。まだ、こんな材料があったのかと思う。

だが、そろそろ食料も尽きてしまうだろう。買い物にも行かなきゃいけない。

そんなことを考えながら皿を受け取り、美咲は居間のテーブルに運んだ。ややあって、グラスに氷と牛乳をたっぷり入れたカフェオレを二つ、敦也が持ってきた。

チーズの溶けるいい匂いに、空腹を思い出した美咲の胃が鳴った。正直すぎる自分の体に、笑いが込み上げる。

まだ髪が濡れたままだったが、我慢出来ずに美咲は肩にタオルをかけて、サンドイッチに手を伸ばした。

「風邪引くぞ？」

目の前に座った敦也が濡れたままの美咲の髪を気にして、注意してきた。

「でも、お腹空《す》いた」

サンドイッチに口を付けたまま上目遣いでそう言えば、「仕方ないな」と口調だけは呆れたように穏やかに微笑んだ敦也が再び立ち上がった。

どこに行くのかと視線だけで敦也の行動を追っていると、弟は洗面所からドライヤーとブラシを取って戻って来た。

「サンドイッチを食べながらでいいから、ここ座れよ。髪やってやるから」

ベッドに腰かけた敦也は開いた脚の間を示した。美咲は言われるまま皿を持って、敦也の前に座った。

ドライヤーのスイッチを入れた敦也が、美咲の髪を乾かし始める。吹き付ける熱風と頭皮に触れる敦也の指の感触が気持ちよくて、美咲は瞼《まぶた》を閉じた。

心地よさに眠気が襲ってくる。ここ数日の荒淫《こういん》のつけが一気に押し寄せてきたのか、体がひどくだるかった。

「食べるか。寝るか。どっちかにしろ」

「んー。お腹も空《す》いてる。けど、眠い」

「子どもか」

呆れた男の声がひどく心地よくて、美咲はクスクスと笑い声を漏らす。

「誰のせいよ？」

「自業自得だろ」

「そうねー」

笑いながら答えて、美咲は泣きたくなる。閉じた瞼《まぶた》の眦《まなじり》に涙が滲《にじ》む。笑い声に紛らせて、美咲はきつく瞼《まぶた》を閉じて、流れ落ちていきそうな涙をぐっと堪《こら》えた。

――好き。本当に好きだった。

この先、もう二度と誰とも恋は出来ないだろう。そう思えるほどの恋をした。

自分の中にあるものをすべて曝《さら》け出して、全部この弟に捧げた。

――でも、この恋はもう終わりだ。もう一緒にいることは出来ない。

自分一人だけならこの恋に殉《じゅん》じることを選んだかもしれない。

常識も倫理観も今の美咲には何の意味もない。この綺麗な琥珀《こはく》色の獣の瞳をした弟が手に入るのなら、すべてを捨ててもいいと思える。

瞼《まぶた》を開けて仰向けば、髪を乾かしてくれている敦也が、何だと言うように首を傾《かし》げた。柔らかな仕草で、敦也の指先が美咲の前髪を梳《す》く。さらりと前髪を流されて、美咲はうっとりと微笑む。

真昼の日差しに照らされた弟の顎《あご》にはうっすらと無精髭《ぶしょうひげ》が生えていた。そんな姿すらも愛おしく思う。

泣きたくなるような幸福感と恋情が、今も美咲の心を満たしている。

「敦也のピアノが聴きたい」

「唐突だな」

「時々は、私のために弾いてくれるって約束したでしょう?」

重ねてねだれば、敦也は仕方ないといった顔をして、何かを考え始めた。どこでピアノを借りるか考えているのだろう。その様子を美咲は何も言わずに見上げていた。

あんな些細《ささい》な約束を、律儀に守ろうとする弟が、ただただ愛おしい。

だからこそ美咲は、この恋を終わらせることしか選べない――

――この才能を独り占めすることなんて出来ない。出来るわけがない。

美咲は敦也とともに彼のピアノも愛している。子どもの頃からずっと焦《こ》がれるほどに、この弟が作り出す音色が好きだった。

――だから、敦也は巻き込めない。

義理の姉弟《きょうだい》というだけで、世間では眉をひそめる者もいるだろう。

それなのに、血が繋がっているとなれば、世間がどんな反応をするかなんて考えるまでもない。弟の才能を潰す可能性があるのならば、美咲は敦也の傍にいるべきではない。

「休みは今日までか?」

「そうよ」

「出かけられそうか？」

「うん？」

「ピアノのある場所まで」

こんな時なのに、敦也の言葉に美咲の心が弾《はず》む。

「わがままを聞いてくれるの？」

「約束だからな」

ドライヤーのスイッチを切った敦也が、乾いた美咲の黒髪を指先で弄《もてあそ》ぶ。さらさらと流れる髪の手触りを楽しんでいるのが、わずかに上がった口角でわかった。髪を引っ張られる感覚がくすぐったいが、美咲は敦也の好きにさせていた。

「別に今すぐにじゃなくていいよ？」

「ん？」

「敦也こそ仕事大丈夫？　本当は忙しいんでしょう？」

美咲が無理やり時間の流れを止めようとしていた時も、敦也の時間は動いていた。微睡《まどろ》む意識の中、何度か敦也が仕事の調整をしていたことに美咲は気付いていた。気付いていても、弟の手を離せなかった。

それでも敦也は何も言わず、何も聞かずに、目覚めれば自分を探す美咲を抱きしめるために、腕を伸ばしてくれた。閉じきった二人だけの時間はまるで繭《まゆ》の中にいるように居心地がよく、そして、ひどく歪《いびつ》だったと今なら思える。

「別に大丈夫だ」

澄ました顔をして答える弟を見上げて、「嘘つき」と柔らかな声で詰《なじ》る。

「引き留めたのは私だし、一緒にいてくれたのはすごい嬉しかったけど、もう仕事に戻って？」

敦也の眉間《みけん》にわずかな皺《しわ》が寄る。迷うそぶりを見せる弟に、美咲は持っていたサンドイッチの皿を床に置いて、立ち上がって向かい合う。

ベッドに座る敦也より美咲の方が、視線が高くなる。いつもは見上げることの多い美貌を見下ろすことが、少しだけ不思議だった。額《ひたい》同士をこつりと合わせる。

睫《まつげ》が触れ合いそうな距離に、敦也の瞳がある。美咲を捕らえて離さない蜜色が、美咲の心の中を見透かすように、眇《すが》められる。

「敦也のピアノが聴きたい。でも、今じゃなくていい。仕事をちゃんと終わらせてから、ゆっくりと聴かせて？」

鼻先を擦りつけて、その高い鼻筋にキスをする。

腰に敦也の手が回されて、引き寄せられた。バランスを崩しかけて、敦也の開いた脚の間に片膝をつく。二人の距離がぐっと近付いた。

「もう終わりなのか？」

この繭《まゆ》のような閉じきった時間の終わりを、敦也も寂しく感じているのだろうか。

「たくさん甘やかしてもらったからね。私はもう十分」

「俺はまだ足りない」

珍しくすねたような顔をして甘える年下の男が可愛く思えて、美咲はくすりと小さく笑い声を上げる。

「終わったら聴かせて?」

——全部、全部終わったら、この恋の最後のはなむけにピアノを弾いて……

それだけでもう満足だ。この先もきっと生きていける。大げさでなくそう思える。

言葉にしない願いを胸に、美咲は敦也の額《ひたい》に口づけた。

☆

やはり仕事が忙しかったのだろう。シャワーを浴びた後、敦也は急いで仕事に出かけていった。

その後ろ姿を見送って、美咲は充電が切れたままになっていたスマートフォンを手にした。

充電器に差し込んで電源を入れれば、SNSを通じていくつかのメッセージを受信した。

そのほとんどが恭介からのもので、今さら見る気にもならずに放置する。

電話帳の中から、恭子叔母の電話番号を探す。平日の昼間だ。この時間であれば、叔母も電話に出てくれるだろう。

叔母の電話番号をタップすれば、スマートフォンからコール音が聞こえてくる。

『もしもし?』

待つほどもなく叔母が電話に出た。

「恭子叔母さん? 私、美咲だけど……」

『美咲? どうしたの? あなたから電話してくるなんて珍しいじゃない』

怪訝《けげん》そうな叔母の声に、美咲は苦く笑う。数日前に連絡が来た時には、自分でも叔母にまた連絡を取ることになるなんて、想像もしていなかった。

それでも美咲の問いに答えてくれるとしたら、この叔母しか思いつかなかった。

「うん。ちょっと叔母さんに聞きたいことがあって、電話でもいいんだけど会いたいの」

『何? やっぱり結婚するの? だったらこの間電話した時に素直にそう言えばよかったじゃない。私だって忙しいのよ? 今は俊哉の大事なコンクールの最終予選の最中だってわかってるの?』

呆れたような叔母の声に、美咲はため息が零れそうになるのをぐっと堪《こら》えた。

「ごめんなさい。叔母さんが忙しいのもわかるんだけど、どうしても時間を作ってほしいの。出来れば会いたいです」

『一体、何なの？　結婚の報告だけなら、別にわざわざ私たちが会う必要もないでしょう？』

「結婚はしない。別れたから」

『へえ？　別れたの？　あの彼と？』

途端に叔母の声に好奇心が滲《にじ》むのがわかった。こういうところも、自分がこの叔母を苦手とする一つだなと思った。

選択を間違えたかもしれないという後悔が、美咲の胸を過《よぎ》る。だが、他の叔父叔母たちに聞くことは躊躇《ためら》われた。距離が近い分だけ、彼らが美咲の知りたいことに正直に答えてくれない気がした。

『いいわ。会ってあげる。丁度、明後日《あさって》、俊哉がレッスンのためにそっちに行く予定があって、私も付き添うことになっていたのよ。コンクールのことで先生と話したいこともあったしね。その後なら時間を作ってあげる』

手のひらを返したような叔母の態度に、美咲の胸に苦いものが込み上げる。

「ありがとう」

そう言葉にするのが精いっぱいだった。一方的に叔母が告げる待ち合わせ場所と時刻を慌ててメモしてから、美咲は通話を終了させた。

メモを確認して、時刻と場所を記憶する。ため息を一ついて胸の中の苦いものを吐き出し、美咲は敦也に見られる前にと、そのメモを細かくちぎってごみ箱に捨てた。


二日はあっという間に過ぎた。敦也は仕事の予定が詰まっていたのか、ここ二日ほどはほとんど家に帰ってこなかった。

叔母の指定してきた時刻は、午後三時だった。午前中だけ仕事をした美咲は、午後から有休を取り、待ち合わせ場所のホテルに向かった。

ホテルのラウンジで叔母がすでに待っていた。派手な柄のワンピースを着た叔母は、モノトーンな色が溢《あふ》れたラウンジの中ではひときわ目立っていて、数年ぶりに会うというのにすぐにわかった。ソファに座っていた叔母は美咲に気付いて、手を上げて合図を送ってくる。足を踏み入れた美咲に店員が寄ってくるが、「待ち合わせです」と叔母を示せば、納得したように道をあけてくれた。

叔母のところに向かいながら、彼女の隣に制服姿の少年が座っているのに気付いて、美咲の足が一瞬止まる。

遠目に見ても、彼は――俊哉は敦也にそっくりに見えた。俊哉から視線が外せないまま、美咲は二人に歩み寄る。

――ああ、そっくりだ。

間近で見た俊哉は、やはり中学生の頃の敦也にそっくりで、美咲の胸に哀しみともおかしさともつかない感情が湧き上がる。

恭介に写真を見せられた時は、年齢よりもいくつか大人びて見えた。あの頃の敦也もそうだった。外見だけは急激に成長していった。

黒髪黒目で、眼鏡をかけている。あの当時の敦也が纏《まと》っていた退廃的な倦怠感《けんたいかん》も圧倒的な存在感もない。清潔な印象の少年は、敦也とは正反対の雰囲気なのに、その顔は彼に酷似《こくじ》していた。

泣き笑いのような表情で俊哉を見つめる美咲に、少年は居心地悪そうに身じろいだ。

強く見つめすぎたのだろう。美咲は我に返って、無理やり俊哉から視線を引き剥《は》がし、叔母と向き合った。

「お久しぶりです。今日は時間を作っていただいて、ありがとうございます」

頭を下げる美咲に、叔母が満面の笑みを浮かべた。明るい色に染めた髪を巻き、派手な化粧をした叔母は、年齢の割に若々しく美人だ。そのことを自覚しているのか、服装も華やかである。

「久しぶりね。そんな他人行儀な挨拶《あいさつ》なんてしないでよ。私たちの仲じゃない。座ったら？」

勧められて美咲は叔母の前のソファに座った。

「俊哉よ。会わせるのは何年振りかしら？　俊哉、美咲よ。あなたの従姉《いとこ》。覚えてる？」

叔母が横に座る少年を示して、美咲を紹介する。人見知りなのか、少年は母の言葉に、もそもそと「こんにちは」と口の中で挨拶《あいさつ》すると、わずかに頭を下げた。

「こんにちは。コンクールおめでとう。最終予選も頑張ってね」

祝いの言葉を述べる美咲に俊哉は「ありがとうございます」と、やはりもそもそと答えて俯《うつむ》いてしまった。

「もう！　挨拶《あいさつ》くらいちゃんと大きな声でしなさい」

俊哉を窘《たしな》めた叔母が、高い声で美咲に詫びた。美咲は笑みを浮かべたまま、気にしていないと頷いておく。

肩を竦《すく》めた少年は、美咲と叔母の間に視線を彷徨《さまよ》わせて、「お母さん。僕そろそろ時間が……」と切り出した。

「ああ。もうそんな時間？　わかったわ。気を付けてね」

「失礼します」

最後の最後までぼそぼそと口の中で挨拶《あいさつ》だけして、俊哉はラウンジを出ていった。その背を見送って、叔母は肩を竦《すく》めて見せた。

「悪いわね。あの子、ちょっと人見知りなところがあるのよ。体ばかり大きくなって中身がまだまだ子どもなの。先生がコンクールのための特別レッスンを、急遽《きゅうきょ》この後もしてくれることになったのよ。せっかくだから三人でお茶でもと思ったんだけど……」

「いいえ。こちらこそ大切な時に、時間を作ってもらってごめんなさい。俊哉君。最後に会ったのは、まだ小学校に上がる前だったかな？　大きくなっててびっくりしました」

「そんなに前だったかしら？」

美咲の言葉に叔母は首を傾《かし》げていたが、思い出せなかったのか、テーブルにあった珈琲《コーヒー》カップを手にした。一口飲んでから、叔母は遠くを見るような目をした。

「時間って経つのが早いわね。今でも父さんが生きてててくれたらって思うのよ。そうすれば、他の先生に師事するために、わざわざ北海道と東京を往復することもなかった。レッスン代も馬鹿にならないのよね。あんたたちが本当に羨《うらや》ましいわ。父さんのレッスンをただで受けられたんだから」

数年ぶりに会ったというのに、いつもの愚痴《ぐち》と皮肉が始まって美咲は内心でため息をつく。この話が始まれば長い。ひとしきり愚痴《ぐち》るまでは終わらないのだ。

だが、それも長くは続かなかった。店員が後から来た美咲に注文を聞きに来たことで、うまい具合に叔母の話が途切れた。

美咲は珈琲《コーヒー》を注文する。店員が去って行き、叔母が、「それで？」と口火を切った。

「結婚の報告じゃないなら、あなたは一体、私に何が聞きたくてこんなところまで来たの？」

問われた美咲は、どう話を切り出すべきか、束の間迷った。だが、この叔母相手に曖《あい》昧《まい》な質問をしたところで意味はないと覚悟を決める。

「お父さんたちのことが聞きたかったの」

「兄さんたちのこと？」

美咲の言葉に叔母が戸惑ったように眉間《みけん》に皺《しわ》を寄せてから、訝《いぶか》るような視線を向けてくる。

「今さら、私に兄さんたちのことを聞くって、どういう風の吹き回し？　敦朗《あつろう》兄さんの方が、敦浩兄さんのことは詳しいんじゃない？　それにそっちの方が仲良かったじゃない」

もう一人の叔父の名前を出されて、美咲は「そうね」と頷く。

「敦朗叔父さんでもよかった。でも、恭子叔母さんの方が、私の知りたいことをはっきり教えてくれると思ったの」

「それで？　わざわざ苦手な私のところに会いに来たってわけ？」

皮肉気な叔母の態度にも、美咲は怯《ひる》むことなく「ええ」と頷いた。

この質問をすることには勇気がいる。けれど、真実を知らない限り、美咲はどこにも進めない。

「そんなにあなたが知りたいことねえ？」

叔母の口調がねっとりしたものへ変わった。瞳に獲物をいたぶる猫のような光が瞬《またた》く。

「だったら一つしかないわね。敦浩兄さんとマリアさんのことでしょう？」

ずばりと確信をつかれて、美咲は自分の人選が間違っていなかったことを知る。

「そうです。敦也は……あの子は、お父さんの子なんですか？」

「あははは……」

美咲の問いに、叔母はおかしくてたまらないという風に笑い出した。

「叔母さん？」

驚く美咲に、叔母は手を上げて「ちょっと待って」と答えた。ひとしきり笑い声を上げ、目尻に浮かんだ涙を拭《ぬぐ》った叔母が、やっと笑いをおさめた。

「悪かったわね。いきなり笑い出して。清廉潔白な顔をしたかった敦浩兄さんの執念に驚いたの。あなたが私のところに来たのも仕方ないわね。敦朗兄さんは何も知らないもの」

再びおかしそうに肩を震わせた叔母を見て、美咲の心の中に暗雲が垂れ込める。

真実を知りたいと思った。でも叔母の態度に、真実は自分が思うよりもずっと悪いことなのかもしれないと、初めて思った。

「まぁ、敦浩兄さんは本望でしょ。愛娘《まなむすめ》に自分が犯した過去の罪を知られることなく、死ぬことが出来たんだから。今の今まで、あなたがそれを知らなかったことには、本当に驚いたけど」

そこで言葉を切った叔母が、嫌悪《けんお》を滲《にじ》ませて顔を歪《ゆが》めた。

「そうよ。あの子は――敦也は兄さんの子よ」

放たれた叔母の言葉に、美咲は一瞬、強く瞼《まぶた》を閉じる。

――ああ、やっぱり。

覚悟していただけに、衝撃はそこまで大きくなかった。俊哉の写真を見せられた時の方が、混乱はひどかった。

「お待たせしました。珈琲《コーヒー》をお持ちしました」

美咲が叔母の話をもっと聞こうとしたタイミングで、店員が注文していた珈琲《コーヒー》を持ってきた。店員が去るまでの間、二人の間の会話が途切れる。

目の前に置かれた珈琲《コーヒー》の香りが漂《ただよ》ってきて、口の中に苦いものが込み上げてきた。

冷静なつもりでも、案外、自分は動揺しているのかもしれない。

珈琲《コーヒー》の代わりに冷水が入ったグラスを手に取って、無理やり苦いものを飲み下す。

「あなたは私のことが嫌いでしょうけど、私はあなたが好きだったわ。あなたは、実里《みのり》ちゃんのたった一人の娘だもの」

ぽつりと呟くように叔母がそう言った。懐《なつ》かしそうに叔母が美咲の顔を眺める。そんな叔母の顔は初めて見るもので、美咲は戸惑う。

「私ね、実里ちゃんが大好きだった。あなたのお母さんは私たちの幼馴染《おさななじみ》だったし、私にとっては大事な姉だったのよ。実里ちゃんだけが私のことを理解して、受け止めてくれた……」

「叔母さん？」

「だから、敦浩兄さんのしたことが許せなかった。死んだ今も私はあの二人が大嫌いだし、敦也も大嫌い」

それまでの表情を一変させて、叔母は激情に駆られたようにそう吐き捨てた。

急に始まった過去の話に美咲の戸惑いは増すばかりだ。けれど、これが美咲たちの両親の話だとわかって、黙って叔母の話の続きを待った。

美咲の実母の実里と父は幼馴染《おさななじみ》で、美咲が出来たことで結婚したのは知っていた。美咲を産むために、母が考古学の研究者の夢を諦めたことも聞いた記憶があった。

「実里ちゃんはあなたを産むために、兄さんと結婚して、考古学者の夢を諦めたのよ」

その話を裏付けるように叔母が語り出した。

「そこまでさせたのに、敦浩兄さんはあっさりとモデルの女と不倫した。何年も実里ちゃんを裏切り続けた挙句、子どもまでその女に産ませて、実里ちゃんと離婚しようとしたのよ。そのショックで実里ちゃんは自殺した」

「自殺って……お母さんは事故だって……」

いきなり突きつけられた衝撃的な言葉に、美咲は呆然とする。

「あの日、相手の女と話し合うって言ってた。私も一緒に行くって言ったけど、実里ちゃんは、これは夫婦の問題だからって、私にあなたを預けて一人で行ってしまった。事故に遭ったって聞いたのはその日の夕方で、赤信号の横断歩道に飛び出したって聞いたわ。あの女が実里ちゃんに何かを言ったとしか思えない」

「嘘……」

「本当よ。実里ちゃんが死んで、さすがの敦浩兄さんも罪悪感に駆られたんでしょうね。一旦はあのモデルの女と別れた。でも、私が留学している間に、いつの間にかよりを戻して結婚してたわ。腹が立ってしょうがなかった」

悔しそうに叔母がテーブルの上で拳《こぶし》を握った。その様子をどこか他人事《ひとごと》のように、眺める。

叔母の言葉のすべてを信じることは出来ない。思い込みの強い叔母の言葉だ。何が本当なのか、美咲には判断出来なかった。

けれど、敦也と美咲の年齢差を考えれば、そういうことがあったのかもしれないと思う。

父も母もマリアも、もう亡くなっている。結局のところ、真相は闇の中だ。

でも、叔母が敦也に対して当たりが強かったのは、ピアノの才能に対する嫉妬のせいだけではなかったのだと思った。父とマリアへの嫌悪《けんお》感がそうさせていたのだろう。

「さすがに自分が仕出かしたことを愛娘《まなむすめ》に知られるのが嫌だったんでしょうね。敦浩兄さんは私があなたに近付くことを嫌がって、私は遠ざけられた。私はせめて実里ちゃんの娘のあなたには真実を知ってほしかったから、何度かあなたに話をしようと思ったけど、あなたに怖がられた結果、嫌われちゃったわ」

自嘲《じちょう》するように嗤《わら》う叔母の言葉に、美咲は不意に一つの情景を思い出す。あれは父たちが再婚して、数か月経った頃だった気がする。昔のことすぎて忘れていたが、子どもの頃に叔母が大事な話があると美咲の腕を掴《つか》んで、両親と引き離そうとしたことがあった。

その時の叔母の真剣な表情があまりにも怖く、掴《つか》まれた腕が痛くて、泣いたことがあった。

たまたま傍にいた敦也が美咲を助けてくれようとしたが、叔母は敦也の手を振り払ったのだ。怪我こそしなかったが、吹き飛ばされた敦也が転んだことに美咲が驚いて大泣きし、それに気付いた両親が駆けつけてきた。言い争う両親と叔母の姿も、幼い美咲の恐怖を煽《あお》った。

あの時から、美咲は叔母がひどく苦手になった。それまでは叔母のことを嫌いじゃなかったし、むしろ懐《なつ》いていた覚えがある。

バラバラだったパズルのピースが嵌《はま》っていく。

愛憎が入り混じる叔母の表情に、叔母の中では、美咲の母の死がいまだに消化しきれていない過去の傷になっていることに気付いた。

それだけ美咲の母が、叔母にとっては大切な存在だったのだろう。だが、美咲には叔母の憎悪を受け継ぐ気はない。

薄情なのかもしれないが、過去を知っても美咲はマリアを憎めなかった。

実母の記憶はひどく曖昧《あいまい》で、その顔さえも写真に写っているものしか思い浮かべられない。

過去の罪の呵責《かしゃく》があったのかもしれないが、マリアは愛情深く美咲を育ててくれた。

傍《はた》から見たら、父の行いは最低最悪だと思う。けれど、理性も倫理も世間体も、どうでもよくなる恋があるのだと、今の美咲は知っている。

父もそうだったのだろうと思った。

恋に対して身勝手なところは、父に似たのかもしれない。敦也も美咲も——

「話してくれてありがとう。恭子叔母さんのところに来てよかったわ」

「美咲？」

過去を知っても落ち着いている美咲に、叔母が訝《いぶか》しげな表情を浮かべたが、美咲はただ静かに微笑んだ。

「これですっきり出来たわ。俊哉君が大事な時期だったのに、時間を取らせてごめんなさい。最終予選頑張ってって、俊哉君に伝えて？」

もう知りたかったことはすべて聞けた。もう十分だと思った。美咲は伝票を取って、立ち上がる。

「あなた、このままでいいの？」

「何が？」

「兄さんたちを許せるの？」

「わからないわ。でも、もう皆いない。誰を憎んでも、責めても意味があるとは思えない」

叔母の顔が泣きそうに歪《ゆが》んだが、美咲にはどうしてやることも出来ない。

「それじゃあまたね。今日はありがとう。元気でね」

最後に別れの言葉を告げて、美咲はその場を離れようとした。

「美咲！　ねえ？　どうして私に聞きに来たの？　敦也は知ってたはずよ。あの子は、自分が敦浩兄さんの子だって気付いてた。父さんの家で昔のことを調べてたもの。あの子に聞けばよかったじゃない」

「え……」

叔母の言葉に、呆気にとられて美咲の歩みが止まる。

――敦也は知ってた？

叔母が何を言ったのか理解出来ずに、美咲は数回瞬《まばた》きを繰り返す。意味が理解出来るようになるまで数秒かかった。

『知ってるよ。俺を嫌いなことなんて。でも、やめてやらない。憎まれても、恨まれてもいいから、あんたは俺を見ていろ。あんたは俺のものだ』

初めての時の敦也の言葉が、頭を過《よぎ》った。同時に、再会した頃に、選択を迫る敦也の様子が思い浮かぶ。あの時は、自分を選べと言っているのだと思った。

けれど、叔母の言葉を聞いた今、それは別の意味を持っていたのだと気付く。

――敦也らしい。

気付いてしまえば、美咲は苦笑せずにはいられない。この数日の自分の悩みは一体何だったのだと思ったが、あの弟であれば、この事実を知っていたと言われても、納得出来てしまう自分がいた。

美咲の心の片隅にあった予感が確信に変わっただけだった。

「だって、敦也は嘘つきだもの」

それだけ答えて美咲は今度こそ、その場を離れた。


駅までの道を歩きながら腕時計を見れば、四時を過ぎたところだった。

思ったよりも時間が経っていない。叔母の話の内容が濃かったせいか、もっと時間が経っているような気がしていた。

——うーん。やっぱり胃の調子がよくないな。

知りたかったことを聞けてすっきりとした心とは裏腹に、胃がムカムカする感じがずっと残っていた。

ここ数日の自堕落で乱れきった生活とストレスを思えば、体調不良も当然の結果と思える。

——家に胃薬あったかな？

帰りにドラッグストアに寄ることを考えながら歩いていると、前方から「美咲！」と名前を呼ばれた。

聞き慣れた男の声に顔を上げると、スーツ姿の恭介が立っていた。

「何で……？」

思わず足を止めた美咲に、恭介が足早に歩み寄ってくる。

「今日、叔母さんがこっちに来てるって知って、会いに行ってるんじゃないかと思ったんだ」

自分の行動の異常さをさすがに自覚しているのか、口早に言い訳がましくそう言うと、恭介は気まずそうに美咲から視線を逸らした。

「それだけで来たの？　今日、私が叔母さんに会いに行くかもしれないってだけで？」

美咲の問いに、目を合わせないまま、恭介はスーツのポケットからスマートフォンを取り出した。

「それとこれ見たから、ここで待ってたら会えるかと思った」

そう言ってスマートフォンを操作して画面を美咲に向けてきた。示されるままに視線をスマートフォンに落とせば、どう見ても叔母のアカウントと思われるＳＮＳの画面が映し出されていた。

『これから久しぶりに姪《めい》っ子とお茶をしてきます』

そんな文面とともにホテルの外観の写真が、一時間ほど前にアップされていた。

美咲は思わず額《ひたい》に手をやって大きくため息をつく。ほぼ実名のアカウントに、現在地の写真をＳＮＳで上げてしまえる叔母の不用心さと、それを見てここまで来てしまう恭介の行動力には、呆れるしかなかった。

同時に変なおかしさが込み上げて来て、美咲は笑い出す。人間、感情の振り幅が大きくなりすぎると、泣くか笑うしか出来なくなるのかもしれない。

「美咲？」

「いや、普通ここまでするかなって思って……」

美咲は再び大きくため息を吐いて、額《ひたい》に当てていた手のひらを下ろす。見上げた恭介の顔にはばつの悪そうな表情が浮かんでいて、美咲は苦笑せずにはいられない。

恭介の行動に嫌悪《けんお》感を持つより先に、脱力感に近いものを覚えていた。

「恭介って意外と行動力あるんだね。知らなかったわ」

呆れたように呟いた美咲の言葉に、恭介も困ったように首筋に手を当てる。その顔を見ていると、不思議になった。

「ねえ？　何で？」

「うん？」

「私、恭介にそこまで好きになってもらえるような女じゃないと思うよ？」

美咲はどこにでもいる普通の女だ。特別美人でもなければ、今となっては性格がいいとも言えない。初恋に殉《じゅん》じて恭介を切り捨てようとしているのだ。自分勝手だと言われても仕方ない。

付き合っていたし、結婚も考えていたけれど、ここまで執着されるほどの何かが、自分にあるとは思えなかった。

「ここでするような話じゃないから、そこ座らない？」

恭介が示したのは駅前のベンチだった。確かに道路の真ん中でする話でもないかと、美咲は素直に恭介の提案に従った。

ベンチに座れば、「ちょっと待ってて」と、恭介が近くの自動販売機で珈琲《コーヒー》とミルクティーを買ってきた。

「美咲はホットのミルクティーでしょ？」

「ありがとう」

受け取った缶は温かいというよりは熱く感じて、服の袖《そで》を伸ばして直《じか》に触らないように手のひらにくるむ。冷えた指先が缶の熱さにじんわりと温められた。

「美咲は、俺と初めて会った時のこと覚えてる？」

「初めて会った時？」

恭介は美咲が勤める店舗に商品を卸《おろ》している営業マンだった。店舗で会ったのは覚えているが、特別な何かがあった記憶はない。

「覚えてないか。あの日、俺、割とどでかいミスをして上司に無茶苦茶怒られて、凹《へこ》んだまま美咲の店に行ったんだ。バックヤードで待たされてる間も落ち込んでたら、たまたま休憩にきた美咲がハーブティーを入れてくれた」

——そんなことがあったかな？

恭介とは彼が仕事で店に来るたびに、色々と話しかけてきてくれたことがきっかけで、付き合い始めた。

「落ち込んでる俺に、色々話しかけてくれて、他愛ないことで笑う美咲の顔が可愛かった。この子が傍にいてくれたら、俺はどんなに嫌なことがあっても頑張れるんじゃないかって思ったんだ。付き合ってからも、その予感は間違ってなかったって、ずっと思ってたよ」

「そう、なんだ」

自分で聞いておいて、こんなに真っ直ぐに答えられると、逆にどう反応すればいいのかわからなくなって、美咲は曖昧《あいまい》に頷く。ミルクティーに口をつけて、小さく息を吐いた。

「だから、この先の人生も美咲が笑っていてくれるように、俺が守りたいって思ってた」

想いを込めた言葉は、美咲の心を揺らす。恭介とであれば、きっと美咲は今も笑っていられた。

けれど今、美咲の胸を占めるのは、たった一人だ。

綺麗な琥珀《こはく》色の獣の瞳をした弟だけ――

今、この心を揺らすのは、恋情ではなく郷愁にも似た感情だ。

束の間、二人の間に沈黙が落ちる。

「叔母さんに話を聞けたの？」

手の中の缶を弄《もてあそ》び、躊躇《ためら》いを滲《にじ》ませた恭介が問いかけてくる。

「聞けたよ」

「……どうだった？」

「知りたいことはわかったよ」

「そうか」

そこで再び会話が途切れる。恭介は缶を開けた。

「美咲はこれからどうするんだ？　あいつと別れるのか？」

すぐに返事は出来ずに、美咲はベンチに座ったまま空を見上げる。夕日に染まり始めた空に、白く細い月が街並みの端に引っかかっているのを見つけた。

最近、本当に月を探すのが癖になっている。

影も薄く頼りない月の輪郭に、今の自分の心を重ねたくなる。

「美咲？」

「終わりにするよ。さすがにもう一緒にいるわけにはいかないもの」

ハッとしたように恭介がこちらを見る。美咲は振り向かないまま、空を見上げていた。

美咲の答えに、叔母の話が彼の推測を裏付けるものであったことを察したのだろう。

「だったら！」

恭介が何かを言いかけるのを、美咲は指を唇に当てることで遮《さえぎ》る。

「それ以上は言わないで」

美咲は静かに微笑む。凪《な》いだ湖のように、揺れることなく笑う美咲に、恭介は言葉を失った。

「いくらなんでも、そこまで卑怯《ひきょう》者になれないわ」

「卑怯《ひきょう》者じゃない！　俺はそれでもいい！」

「駄目よ。終わりにするとしても、私は敦也を忘れられないもの。この想いを抱えたまま じゃあ、どこにも行けない。だから恭介のもとにも絶対に戻らない」

断言する美咲に恭介の顔が泣きそうに歪《ゆが》む。相変わらず感情表現の素直な男が、愛おしいと思う。恋とは違う情が、美咲の心を満たす。

けれど同時に、もう恭介への想いは恋ではないのだと実感する。

湧き上がるものは完全に、親愛の情であって恋しさではない。

敦也へ向けるあの灼《や》けつくような想いとはまるで違った。

こんなことになってしまったが、恭介は敦也なんかよりもずっと情の深いいい男だと思う。

実の弟と恋に落ちた美咲を、軽蔑することなく、いまだに好きだと言ってくれる。

だからこそ美咲は、恭介の想いを絶対に受け入れられない。

「私の心はもう動かない。だから、私のことはもう諦めて？」

恭介が肩で大きく息を吐く。泣きそうだった顔で、無理やり笑みの形に口角を上げた。

「――……参ったな……そんな顔で、そんなことを言われたら、俺はもう何も言えない」

「ごめんね」

「謝られると余計にきつい」

「うん」

罪悪感に胸は軋《きし》むが、いっそ穏やかなほど、心は揺るがなかった。

何かを吹っ切るように、恭介が立ち上がった。美咲はベンチに座ったまま彼を見上げた。

恭介は鞄からA4サイズの茶封筒を取り出した。

「必要ないかもしれないけど、これ、一応渡しておく」

「何？」

差し出された封筒が何なのかわからずに、美咲は首を傾《かし》げる。

「民間のDNA検査会社の資料。結果がはっきりと出たら気持ちの整理もしやすいかと思って。あと、傷心の美咲に付け込むきっかけになればいいなって下心」

冗談に紛らせて、ずるい本音を滲《にじ》ませた男に、美咲は苦笑する。差し出された茶封筒をまじまじと眺めてから、受け取る。

――DNA鑑定か。思いつかなかったな。

叔母に話を聞くよりも確実な方法なのに、思いつかなかった自分の間抜けさに、ただただ呆れた。それだけ冷静さを失っていたということかもしれない。

ただ鑑定結果だけではわからなかった事情もあるから、結果的にはこれでよかったのだろう。

「ありがとう」

「うん。俺は仕事に戻るよ。しばらくはぎくしゃくするかもしれないけど、それは許してくれ」

「わかってる。ごめん。ありがとう」

もう謝るつもりはなかったのに、やはり謝罪の言葉が口を突いて出た。

「美咲より好きになれる子を探すよ。後からでかい魚を逃したって後悔しても知らないからな」

くっと唇を歪《ゆが》めて泣き笑いのような表情を残し、恭介は美咲に背を向け、駅に向かって歩き出した。強がるように胸を張って歩く男の後ろ姿を美咲は黙って見送った。

「後悔なら今すぐにしそうだよ」

恭介の後ろ姿が完全に見えなくなってから、美咲はそう呟いた。

☆

恭介と別れて自宅に戻った美咲は、部屋着に着替えた。敦也はまだ帰ってきていなかった。

テーブルの上に恭介からもらったＤＮＡ鑑定会社のパンフレットを広げる。

――思ったよりも簡単に出来るんだな。

どういった鑑定が出来るのか、何が必要なのか、いくら費用がかかるのか。詳細に書かれたそれを眺めて、美咲はごろりとラグの上に横たわる。

仰向けで横になったまま、ぼんやりと天井を見上げれば、とろりとした眠気が襲ってきた。

考えなければならないことがたくさんあるのに、色々ありすぎて、思考がまともに働かない。

眠気に逆らわずに瞼《まぶた》を閉じる。微睡《まどろ》む美咲の脳裏に、叔母に聞いた話が蘇《よみがえ》った。

ある程度は覚悟と想定をしていた話ではあった。その中で、唯一、想定外だったのは母の死についてかもしれない。

——自殺？　本当に？

叔母の話のすべてを鵜呑《うの》みにするつもりはなかった。今まで母の死はずっと事故だと聞かされていたし、そう信じていた。恭子叔母以外の親族から、自殺をほのめかす話を聞かされたこともない。

いくら父とマリアが巧妙に隠していたとしても、人の口には戸が立てられない。

誰かしらお節介な人間が、そんな噂をしたのではないかと思う。幼すぎて、美咲が覚えていないだけかもしれないが、記憶にある限り母の死は事故だと言われていた。

それに、父や祖父母が語ってくれた母は、自殺などするような人間には思えない。

穏やかで、芯の強い人だったと聞いた。考古学者を目指し、大学院卒業後も大学に残って研究を続けていたが、美咲を産むために夢を諦めた。しかしそのことを、まったく後悔していなかったという。美咲を溺愛する優しい母だったのだと聞かされていた。

美咲が母のことで覚えているのは、その優しい声の響きだけ。

『ミーちゃん』と自分を愛称で呼ぶ慈《いつく》しみに溢《あふ》れたその声の響きは、大人になった今も記憶の片隅に残っている。

あの声を持つ人が、自殺するとは美咲には思えなかった。

父も母もマリアも——三人ともこの世にはいない。三人の間に何があったのか、真実を知る術《すべ》はもうどこにもない。

一度は完成したと思ったパズルが、ばらばらに崩れていくイメージが脳裏に浮かぶ。そのパズルの欠片《かけら》は父や母。マリアや敦也、恭子叔母に俊哉、恭介の顔をしていた。次々浮かんでは消えていく。

「……き！　美咲！」

大きな声に呼びかけられ、美咲はハッと目を覚ます。瞼《まぶた》を開くと、逆さに自分を見下ろす弟の琥珀《こはく》色の瞳と目が合って、美咲は自分がいつの間にか本格的に眠っていたことに気付く。窓の外は夜の帳《とばり》が下りていた。

「……敦也？」

「こんなところで寝てどうした？　風邪引くぞ？」

寝起きの掠《かす》れた声でその名を呼べば、呆れたように敦也が笑う。柔らかに細められた目元が綺麗で、美咲は思わず見惚れた。一瞬、これは夢の続きかと思った。

どこか夢現《ゆめうつつ》のまま、美咲はそっとその頬に指を伸ばす。滑《なめ》らかな男の皮膚に触れて、これが現実なのか確かめる。

「美咲？」

「敦也……」

「ん？」

「全部知っていたんでしょう？　私たちが本当は血が繋がっているって……」

美咲の問いに、敦也は柔らかに微笑んだ。綺麗に、今まで見たこともないほど美しい顔で笑った。

その笑みに、やはり敦也は何もかも知っていたのだと確信する。

「言ったろう？　憎まれても、恨まれても、美咲がどう思おうと関係ない。俺は美咲が欲しかった」

睦言《むつごと》を囁《ささや》く甘さを孕《はら》んだ声に、美咲は目を細めて、敦也の端整な顔をじっと見上げる。

そこまでこの弟に求められているという歓喜が、美咲の中に確かにあった。

タブーをタブーとも思わず、ただこのまま流されて、何も知らなかったふりをしてしまいたくなる。そんな自分が怖かった。

唇が下りてくる。触れる男の吐息に、美咲は瞼《まぶた》を閉じる。一瞬だけ淡く重なった唇は、罪の味がした。

何もかもわかっていて、美咲を捕らえる弟は悪びれることもないらしい。

何とも敦也らしいふてぶてしさを見せつけられる。

「あんたなんて大嫌い……」

心とは裏腹な呟きを零す美咲に、敦也は笑みを深める。

「知ってるよ。それでも俺は美咲が欲しい」

上体を起こされて、敦也の胸に寄りかかるように背後から抱きしめられた。いつかの夜と同じように、敦也の唇が美咲の眦《まなじり》を舐《な》める。触れた男の唇から、仄暗《ほのぐら》い想いが伝わってきた。

その仕草があまりに甘くて、美咲は数日前の閉じた繭《まゆ》の中にいるようだった時間を思い出す。

閉じきった世界には、二人だけしかいなかった。敦也と美咲以外は誰の存在も感じなかった。

あれから数日しか経っていないのに、今となってはもう随分昔のことのように思えた。夢の時間はとうに終わりを告げている。

あれは本当に束の間の夢の時間だったのだと実感した。だからこそ、甘く揺蕩《たゆた》っていられたのだ。

美咲も敦也ももうあの時間には戻れない。戻るつもりは美咲にはない。

二人きりには永遠になれない――

美咲は敦也の胸に手をつき体を起こした。腰に回された敦也の腕が、離れることを拒《こば》む。身を捩《よじ》り向き合う形で、膝立ちになる。

二人の前髪が混じり合い、額《ひたい》が重なった。吐息の触れる距離で、敦也の琥珀《こはく》色の綺麗な獣の瞳を、ひしと見据えた。無言のまま二人は、まるで睨《にら》み合うように視線を絡め合う。

美咲の後頭部に敦也の指が潜《もぐ》り込んでくる。指通りを楽しむように指に髪を絡め、不意に強い力で長い髪を鷲掴《わしづか》みにされた。口元に笑みを浮かべたまま、敦也は乱暴とも言える仕草で唇を重ねてくる。唇の形を辿《たど》るように敦也の舌が這《は》った。

美咲は唇を閉じたままキスに応《こた》えなかった。頑《かたく》なな唇に焦《じ》れた敦也が、美咲の下唇に噛みついた。

「ふ……んぅ……！」

一瞬の鋭い痛みに、閉じた唇が解ける。その隙を逃さないように、敦也の舌が美咲の口の中に差し込まれた。

敦也の唾液とともに、口の中に鉄錆《てつさび》のような味が広がって、唇が傷つけられたことを知る。

——血の味……自分たちの血は同じ味がするのだろうか。

そんな埒《らち》もないことが脳裏を過《よぎ》った。

「ううっん……」

他のことを考えているのを見透かしたように、舌先に歯を立てられて、痛みに呻《うめ》く。

傍若無人《ぼうじゃくぶじん》な敦也の舌が、美咲の歯列の裏を舐《な》め、口蓋《こうがい》の敏感な部分を刺激する。溢《あふ》れた互いの唾液が、血の味を薄めていった。

息苦しさに喘《あえ》ぎ、首を振って美咲は敦也のキスから逃れた。

唇が離れて、美咲は肩で大きく息を吸う。呑み込み切れなかった唾液が、口角を伝い落ちた。手の甲でそれを拭《ぬぐ》えば、滲《にじ》んだ血が手に掠《かす》れた筋を付ける。

「もうこれで終わりだよ……」

ぽつりと、意識とは別のところで唇が動いた。

「何故？　終わりにする必要なんてない」

とろりと甘い光を宿していた蜜色の目が、きつく眇《すが》められる。

「許されないよ」

久しぶりに見せられた敦也の凶暴な一面に、覚悟が揺らぎそうになる。

「誰に？　別に誰に許されなくても、俺は構わない。美咲がいればそれだけでいい」

傲慢《ごうまん》なまでの強さでそう言い切る弟に、美咲は怖くなる。

目の前の弟が本気で、美咲以外の何もかもを切り捨てようとしていることを、本能的に察してしまう。

――そんなことはダメだ。させられない。今、ここで流されるわけにはいかない。

強引な敦也の態度を言い訳に、このままこの恋に溺《おぼ》れて流されたいと思う弱い自分を叱咤《しった》して、美咲は強くそう言い聞かせる。

美咲は決然とした態度で、敦也の琥珀《こはく》色の瞳と対峙した。

敦也を愛している。そして同じだけ、彼のピアノも愛していた。

敦也の紡《つむ》ぎ出す音は人に求められるものだ。彼のピアノを愛している人間が、この世の中には大勢いる。

人に求められて、磨かれて、輝くものを敦也は持っている。

それを奪うことは出来ない。出来るわけがない。

誰もこの恋を許してはくれない。

罵声《ばせい》を浴びせられることはあっても、祝福されることのない恋だ。

自分一人なら堕ちてしまえても、敦也のピアノは巻き込めない。

「ピアノを失うわよ？」

「だから？　何の覚悟もないまま、俺が手を伸ばしたと思ってるのか？」

うっすらと微笑む敦也の表情に、すうっと血の気が下がっていく。

乱したことを詫びるように美咲の髪を梳《す》き、頬を撫でる手のひらに、ざわりと美咲の全身の皮膚が粟立《あわだ》った。

何故かひどく嫌な予感がした。とても怖いことが起こりそうで、その予感だけで心が落ち着かなくなる。

「血が繋がっているのを知っていて、それでも俺は美咲が欲しかったんだよ」

青ざめる美咲の頬を慰撫《いぶ》するように触れながら、静かで穏やかな、だからこそ恐怖を感じずにはいられない声で、敦也は囁《ささや》く。

「俺の覚悟を見くびるなよ」

「敦也？」

不意に敦也から解放された。自分を包んでいた熱すぎるぬくもりが去って、美咲はぶるりと体を震わせる。

思わず敦也を捕まえようと手が動く。だがそれよりも早く、敦也は部屋の隅に設置してあるカラーボックスに、その長い手を伸ばした。ボックスの中には数冊の文庫本と雑誌、それから鉛筆などをまとめたペン立てが入っていた。その中から、敦也は迷わず鋏《はさみ》を手に取った。

何の変哲もない鋏《はさみ》だった。ここにきて、敦也が何故、鋏《はさみ》を手に取ったのかわからなかった。

一体、どうしたのだろうと、美咲はただその行動を眺めていた。

次の瞬間、ローテーブルに左の手のひらを置いた敦也は、躊躇《ため》らうことなく自分の手に鋏《はさみ》を突き立てた。

一体、何が起こったのか理解出来なかった。理解したくなかった。

百円均一で買った切れ味も普通のどこにでもある鋏《はさみ》。それが、敦也の左手の甲に突き刺さり、刃先が完全に埋まっていた。

一体どれだけの力を籠《こ》めれば、こんなことが出来るのだろう。

敦也の動きに躊躇《ためら》いはまったくなかった。止める暇もなかった。

「あ……っ……！」

まるで悪夢の中にいるように、体が動かない。時間すら止まってしまったような錯覚に陥《おちい》った。

無意味に口が開閉し、言葉にならない悲鳴が空気となって漏れる。

動けずにいる美咲の前で、敦也が無造作に鋏《はさみ》を引き抜いた。手の甲から血が溢《あふ》れ、部屋の中に鉄錆《てつさび》の匂いが広がる。

血の匂いに、やっとこれが現実なのだと実感した。

「敦也！」

名前を呼ぶと同時に体が動いた。敦也の右手から鋏《はさみ》を取り上げる。抵抗はなかった。

手の中の鋏《はさみ》は敦也の血に濡れていて、美咲の動揺を一層煽《あお》る。

「な、な、にして」

歯の根が合わず、言葉が無様にもつれる。涙が一気に溢《あふ》れて、視界が滲《にじ》んだ。

――どうしたら、どうしたらいい？　手が……敦也の手に傷が……

ガタガタと体を震わせながら、美咲は鋏《はさみ》を握りしめる。思考が空転し、次にどうしたらいいかわからない。

美咲がひどく動揺しているというのに、怪我をした敦也の方は平然としていた。

うっすらと笑みを浮かべている弟が、美咲には本気で理解出来なかった。

「美咲」

名前を呼ばれて見上げれば、敦也が美咲の頬を両手で挟んで持ち上げる。

血に塗《まみ》れた左手が頬に触れて、美咲の右頬を汚す。濃厚な血の匂いに、美咲の喉がうぐっとおかしな音を立てた。苦いものが胃から上がってくるのを、奥歯を噛んで堪《こら》える。

——指、動いてる！

自分の顔を持ち上げる敦也の左手に力がちゃんと入っていることに気付いて、「あ、あああ」と言葉にならない音が、唇から漏れた。

「何で……」

「美咲が離れるって言うなら、ピアニストとしての未来なんていらない。あんたが終わりにするって言うなら、俺が生きてる意味もなくなるからな」

敦也が自分の血に濡れる美咲の顔を覗き込む。間近に迫る男の瞳には、蜜のように甘く光る狂気があった。

その狂気に、呑み込まれそうになる。

こんな言葉が欲しかったわけじゃない。こんな本気を見せられたかったわけでもない。

間近で見つめる瞳に敦也の本気を感じ取って、不意に美咲の腹の底から熱いものが湧き上がる。

それはこれまでの人生でも、感じたことのない怒りだった。

自分の才能を、将来を、簡単に投げ捨てようとしている敦也が、許せなかった。

かつて、この弟の才能に美咲は嫉妬した。焦《こ》がれて、嫉《ねた》んで、そして、自分の夢を諦めた。なのに――

――ふざけるな！

たとえ自分のせいであっても、いや、自分のせいだからこそ、こんなことは許せるはずがなかった。

衝動のまま、美咲は敦也の頬を平手で打った。手加減はしなかった。

パンと乾いた音が、部屋の中に響く。打った美咲の手のひらもじんと痺《しび》れた。

美咲の不意打ちの行動に、敦也が驚いたようにその目を瞠《みは》る。だが、構ってはいられなかった。

「馬鹿！」

短く一声叫ぶと、美咲は立ち上がって洗面所に駆け込んだ。床に鋏《はさみ》を投げ捨て、棚から洗濯済みの清潔なタオルを何枚か掴《つか》んで、敦也のもとに取って返す。

美咲に打たれたことにいまだに驚いている敦也の傷ついた左手を掴《つか》み、心臓より上に持ち上げて傷口にタオルを当ててきつく縛る。

――止血しか出来ない。これで合っているかもわからない。病院を探さないと。

救急車を呼ぶべきか迷うが、敦也のことを考えると騒ぎを大きくしたくなかった。

美咲は時計を見上げる。時刻は十九時近い。今からだと夜間救急の病院しか見つけられないだろう。

だが、敦也の今後を考えたら、大きな病院で診てもらうべきだ。そう思えば一層気が焦る。

しかし、迷っている暇はなかった。一刻も早く敦也を病院に連れて行かなければならない。

この怪我がピアニストとしての敦也の将来に致命傷を与えるかもしれない可能性なんて、考えたくなかった。

先ほどまで止まっていた思考が一気に動き出し、次に取るべき行動を頭の中に思い浮かべていく。

同時に、これ以上敦也が馬鹿なことをしないように、その襟《えり》首を掴《つか》んで引き寄せた。

何度か感情を抑えるための呼吸を繰り返して、美咲は押し殺した声を出す。

「言いたいこと、山ほどあるけど、とりあえず一つだけ言っておく。どんな理由だって、自分を簡単に傷つけるような男に、私は自分の人生を任せたくない！」

怒りのまま凄《すご》む美咲を前に、敦也がふっと頬を緩ませる。

「美咲のそういう真っ直ぐなところが好きだ」

「私は敦也のそういう刹那《せつな》的なところが大嫌いよ！」

吐き捨てるようにそう言って、敦也の襟《えり》首を離す。

「病院探さなきゃ……」

スマートフォンで検索しようとした美咲を敦也が止めた。

「知り合いに音楽家を専門に診てる医者がいる。そこに連絡してみる」

そう言った敦也からは、先ほどまで見せていた狂気が鳴りを潜《ひそ》めていた。まるで憑《つ》き物が落ちたように、落ち着いて見えた。

美咲が探すよりも敦也の知り合いの医師に診てもらった方が、騒ぎを大きくせずに済むだろう。

納得して、美咲は受診に必要と思えるものを準備する。

敦也は片手で自分のスマートフォンを操作して、電話を掛けた。待つほどもなく電話が繋がり、敦也が手を怪我したことを伝えると、すぐに診察してもらえることになった。

タクシーを呼び、身支度を整えてから、敦也の知り合いの医者のもとへ向かう。

時間外だというのに、医師は自分が経営する病院の裏口で待っていてくれた。

「高藤君！　一体、何があったんだ！」

自身も趣味でピアノを弾き、敦也の熱狂的なファンだというその医師は、血塗《まみ》れのタオルで止血されただけの敦也の左手を見て、真っ青な顔で悲鳴を上げた。

「すぐこちらに！」

医師に処置室に連れて行かれる敦也を見送って、美咲は待合室の椅子に座り込んだ。

時間外で照明を落とされた待合室は、暗く静かだった。その場所に一人残されて、美咲は脱力する。

怒りだけでここまで来たが、一人になった途端に、不安と疲労感がどっと押し寄せてきた。

背もたれに身を預ければ眩暈《めまい》がして、美咲は瞼《まぶた》を閉じる。

いまだに敦也の血の匂いが、鼻の奥にこびりついている。覚めない悪夢を見ている気分だった。

脳裏に鋏《はさみ》が刺さった敦也の左手の光景がフラッシュバックして、吐き気までしてくる。

緊張に乾いた喉で、無理やり唾液とともに呑み下す。

――神様。

普段、信じてもいない神に祈りを捧げる。

弟の執着の深さを見誤っていた。敦也に芸術家らしいエキセントリックな面があることに気付いていたのに、あの行動を防げなかった自分を罵《ののし》りたくなる。

美咲は祈る気持ちで、ただ敦也の処置が終わるのを待った。

どれくらいそうしていたのか、わからない。

時間の経過がひどく曖昧《あいまい》な中、遠くで人の話し声が聞こえてきて美咲は瞼《まぶた》を開く。

敦也が処置室から出てくるところだった。

左手には綺麗に包帯が巻かれている。美咲は立ち上がり、敦也のもとに駆け寄った。

「敦也、手は!?　大丈夫なの？」

「傷は深かったですが、幸い神経には触ってません。指は動きます」

敦也の背後にいた医師の説明に、美咲は安堵でその場に座りこんだ。

「大丈夫か？」

屈《かが》んだ敦也が、美咲の顔を覗き込む。まるで何もなかったかのように平静な顔をしている敦也に、忘れていた怒りが、腹の底でふつふつと蘇《よみがえ》ってきた。

一体、誰のせいでこんなことになっていると思っているのか。責めたい気持ちが湧くが、緩んだ緊張に声を出すことも出来なかった。美咲はただ敦也の端整な顔を睨《にら》みつける。

視線の強さに、敦也が一瞬、怯《ひる》んだように目を逸らした。

「指はちゃんと動く」

いたずらが見つかった子どもが言い訳するような口調で、無造作に左手を動かしてみせた。

だから大丈夫だと言わんばかりの敦也に、美咲の中の何かがぶつりと音を立てて切れる。

それまで不安と緊張に揺れていた心が急速に凪《な》いでいき、その代わりに冷たい怒りが美咲を支配した。

無意識に口が開く。自分でも何を言おうとしているのかわからない。ただ衝動的に何かを口走りそうになった。だが、美咲がそれを敦也にぶつけるより先に、医師が敦也の動きを止めた。

「高藤君！　傷口が開いたらどうするんだ！　何度も言うが、今回はたまたま運がよかっただけなんだよ。一歩間違えば指の神経に触っていた。君のピアノが聞けなくなるんじゃないかと、僕は心臓が止まるかと思ったよ」

心配に顔を歪《ゆが》めた医師が、敦也を諫《いさ》める。それには、敦也も素直に「すみません」と謝っていた。

「こんなに心臓に悪いことは二度とごめんだよ。何があったかまでは詮索《せんさく》するつもりはないけど、頼むから自分を大事にしてくれ。君に自覚はなくても、君のピアノを愛する人間は、僕を含めて大勢いるんだ。それを忘れないでくれ」

「はい。ご迷惑をおかけしました」

神妙な顔で頭を下げた敦也に満足したのか「本当に頼むよ」と念を押した医師は、抗生剤と痛み止めの入った薬袋を敦也に手渡した。明日以降、もう一度診察に来るようにと告げて、処置室に戻っていく。

その間、美咲は床に座り込んだまま、立ち上がることが出来なかった。完全に腰が抜けている。立ち上がろうにも脚に力が入らない。

「立てるか？」

そんな美咲に気付いて、敦也が無傷の右手を差し出してきた。それを無視して、美咲は廊下の手すりに掴《つか》まり、何とか自力で立ち上がる。

大人げない態度だとわかっていても、やり場のない怒りが敦也の手を拒《こば》ませた。

「美咲？」

「タクシー呼んでくるね」

戸惑ったような敦也の呼びかけに、感情の抜け落ちた声で素っ気なく返して、美咲は鞄からスマートフォンを出しタクシーを呼ぶ。

会計を済ませてタクシーに乗り込んでからも、美咲は無言を貫き通した。

そんな自分を敦也が横目で窺《うかが》っているのに気付いていたが、答える気はなかった。

自宅に着いて、部屋の明かりをつける。部屋の中は惨憺《さんたん》たる有様だった。ローテーブルの周りは、敦也の血があちらこちらに飛んで黒く変色しており、慌てて出ていったままで散らかっていた。換気をしていないため、いまだに血の匂いが籠《こも》っている気がして、美咲は窓を開け放つ。

冬の凍《い》てついた夜風が吹き込み、悪臭と化した鉄錆《てつさび》の匂いを吹き飛ばした。

それから無言で、美咲は部屋を片付け始めた。敦也の血に塗《まみ》れたパンフレットを束ねて汚れたタオルと一緒にゴミ袋に纏《まと》める。濡らした雑巾でテーブルや床を拭き、敦也の血の痕跡を消していく。その間、敦也は部屋の入り口で、どうしたらいいのかわからないといった様子で立ち尽くしていた。

最後に残った床の血の跡を拭き終わった途端、瞼《まぶた》の裏が急激に熱を持つ。涙が一気に溢《あふ》れて床を濡らし、堪《こら》えきれない嗚咽《おえつ》が漏れた。

泣き声を上げたくなくて、美咲は奥歯を噛みしめる。全身が震え、心臓がぎりぎりと絞られるような痛みを覚えた。

自分はずっと怒っているのだと思っていたが、ただ単に恐怖を堪《こら》えていたのだと気付かされる。極度の不安と緊張、恐怖に呑み込まれないため、無理やり感情を怒りに変えていたのだと、涙が溢《あふ》れて初めて理解する。

一度堰《せき》を切った涙は、ここ数日の感情の乱高下のつけもあってか、簡単には止められそうになかった。

「美咲」

いつの間にか、傍に寄って来た敦也が、そっと美咲の名を呼んだ。

伸ばされた腕が、背後から美咲を抱きしめようとする。その気配を感じて、美咲は敦也の手を振り払った。

「さ……わ……らな……ぃ……で！」

泣きながら拒《こば》む美咲を、いつもの強引さで敦也が抱きしめる。美咲は無茶苦茶に暴れて、敦也の腕の中から抜け出そうとした。叩かれても、引っかかれても、敦也は辛抱《しんぼう》強く美咲を抱きしめた。

「悪かった」

敦也とは思えないたどたどしい謝罪が、耳朶《じだ》に落とされる。

――本当にずるい。

ひどい男でいるくせに、こうしてたまに自分にだけ見せる脆《もろ》さと甘さが、美咲の心を絡めとる。

今、簡単に許してしまえば、きっとまた傷つけられるだろう。再会してからずっとそうだったように、これから先もこの弟は自分を振り回す。それは予感ではなく確信だった。

この弟はどれだけ自分を泣かせれば気が済むのだろう。壊される未来は何度も想像したが、これは違うと思った。でも、感情が乱れすぎて、その思いをきちんと言葉にすることが出来ず、美咲はただ涙を流す。そんな自分がひどく情けなかった。

首の前に回された敦也の両手。左手の包帯が美咲の胸に鋭い痛みを与える。傷口に触れないように、敦也の左手首に包帯の上から触れた。

この手が無事でよかった。ただそれだけを思う。この手が紡《つむ》ぐ音を、美咲は愛していた。

「……ごめん」

いやいやと子どものように首を振り、美咲は許さないと態度で示す。けれど、敦也は美咲を抱きしめる腕に力を込めて、その首筋に額《ひたい》を押し付けてくる。そうしながら、敦也がふっと息をついた。

「俺は美咲がいないとダメなんだ」

「………」

「美咲。俺は今からあんたにとって最悪なことを言うよ」

静かな、静かすぎる声で囁《ささや》く敦也の言葉に、美咲の肩が跳ね上がる。今以上の最悪なことがあるのかと思った。

聞きたくなかった。無意識に体が逃げを打とうとする。そのタイミングで、ゆっくりと敦也の腕が解《ほど》かれて、バランスを崩した美咲の体がよろけた。それを危なげなく支えた敦也が、正面から美咲を抱き直した。

不安に揺れる美咲の顔を見下ろして、敦也が困ったように笑う。

「ひどい顔だな」

唐突な言葉に、美咲は唖然とする。その顔がおかしかったのか、敦也は肩を揺らして笑った。その態度に、腹の底から怒りを覚えた。

「なっ！　誰のせいだと！」

「俺のせいだな」

ひどく満足そうに敦也は笑い声を立て、美咲の額《ひたい》に自分のそれを重ねた。

「あんたが俺のために泣いてくれると思えば、俺は幸せだと思う」

今、この時に告げるには、本当に最悪すぎる告白に、美咲は言葉を失った。恐々《こわごわ》と視線を上げた美咲は、そこに見つけた敦也の目に凍り付く。喉を鳴らして笑う弟は、ぞっとするほどの昏《くら》い目で美咲を見下ろしていた。

冗談でも何でもなく、今の言葉が敦也の本気なのだと悟った。

そうでなければ、ピアニストとして何よりも大事な左手に、自分で鋏《はさみ》を突き立てるなんて所業は出来ないだろう。

数時間前に見た光景を思い出し、背筋が凍りつくほどの恐怖が美咲を包む。

「俺は美咲を引き留めるためなら、何度だって同じことをするよ」

無意識に後ずさろうとした美咲の肩を、敦也が痛いくらいの力で掴《つか》んで、そう囁《ささや》く。

「だから……」

その先の言葉を聞くのが怖くて、美咲は目をつぶった。がちがちと歯が鳴るほど美咲の体が震え出す。

それを止めるかのように、敦也が美咲の顔を両手で包み、顔を上げさせた。右頬に敦也の包帯がざらりと擦れて、美咲の恐怖を余計に煽《あお》る。

「美咲。目を開けて。俺の話を聞いて」

嫌だとかぶりを振ったけれど、軽く瞼《まぶた》に口づけられて、強制的に瞼《まぶた》を開かされる。

吐息の触れる距離に、敦也の琥珀《こはく》色の獣の瞳があった。とろりと甘い蜜のような毒を宿した瞳が美咲を射抜く。

「俺が馬鹿なことをしないように、ずっと傍で見張っていてくれ」

懇願を含む言葉に、美咲は驚きに目を瞬《またた》かせる。

「え……」

「俺のことを憎んでもいい。恨んでもいい。どんなに嫌なことがあっても、お互いがダメになることがあっても、俺の傍にいてくれ」

「何を……」

「俺は美咲がいないとダメなんだよ。あんたが俺のピアノを愛してくれてるのは知ってる。でも、美咲がいないと、俺はきっと弾けなくなる。潰れて何も出来なくなるよ」

「そんなわけないでしょ」

震える声で訴える。子どもの頃はともかく、敦也が留学してからはほとんど二人に接点はなかったのだ。

その間も敦也はピアニストとしての地位を確実に築いていた。今では作曲の仕事をこなしているのも知っている。

「言っただろう？　俺がピアノを弾き始めたきっかけは美咲だって。離れていたって、どこにいたって、俺のピアノは美咲のためにあった。だから、美咲がいないと弾けないんだ」

「うそでしょ」

「嘘じゃない」

「ばかじゃないの」

「馬鹿だよ」

喘《あえ》ぐように声を出して罵《ののし》る美咲に、敦也は笑う。重くて、息苦しいほどの愛を押し付けてくる男に、美咲は圧倒される。業《ごう》の深すぎる敦也の愛に、呼吸すらままならない。

「私たち、血が繋がってるんだよ？」

「知ってる」

「誰にも許されないよ」

「それでもいい。言わなきゃ誰も気付かない」

敦也の両手の中に閉じ込められた顔を、力なく左右に振る。そのたびに、敦也の両手が逃がさないと言うように、美咲の顔を両手で包み直す。

「恭介や恭子叔母さんが気付いてる。きっと他の人も気付く」

「だったら逃げればいい。俺たちのことを誰も知らない場所に」

そんなこと出来るわけがない。世界中を探したって、二人の罪が許される場所なんてない。そう思うのに——

「逃げよう。美咲……あんたがいれば、俺は世界の果てにだって行ける」

右頬を撫でる包帯を巻かれた敦也の左手が、美咲に痛みを覚えさせた。それをわざと押し付けて、敦也は美咲に選択を迫る。

「美咲」

——ああ。本当にひどい男……

この弟からは逃げきれないのだと実感して、美咲は一度瞼《まぶた》を閉じる。閉じた瞼《まぶた》からはらはらと大きな雫《しずく》を零して、美咲は口を開く。

誰にも許されない恋を貫くための言葉を、そっと敦也に告げる。敦也に聞こえるだけの、小さな、小さな声で——

その瞬間、敦也はただ甘く、満足げに艶《あで》やかに笑った。

口づけはまるで誓いだった。

額《ひたい》を合わせて、鼻を擦り寄せ合い、互いの唇を触れ合わせる。すぐに舌が絡んで、美咲は敦也の膝の上に抱え上げられた。

世界の果てまで逃げたところで、現実は何も変わらない――それは互いにわかっている。

それでも、年下の男のずるさで愛を乞《こ》う弟から、離れたいとはもう思わなかった。

絶対に逃がさないと言いながら、美咲を抱きしめる腕は、まるで離れていかないでくれと懇願しているようだった。

馬鹿な選択をしていると理性が止めても、本能が目の前の弟を欲していた。

美咲を抱く敦也の腕に力が籠《こも》る。高い肌の温度。自分を抱く硬い体。敦也の抱擁《ほうよう》に、美咲はいつも逆らえない。奪われて、流されて、なけなしの意地すら張れなくなる。

抱きしめたいと思った。全身で縋《すが》りつくように自分を抱く敦也を――

この弟の執着の強さが、喪失への不安の裏返しだとわかってしまえば、美咲の中に敦也への愛おしさが溢《あふ》れる。

ずっと傍にいるのだと言葉にするのは簡単だ。けれど、二人とも知っている。必ず訪れると信じていた未来は、思うよりずっと呆気なく奪われるのだと。

両親の死が、それを二人に教えてくれた。今日と同じ明日は絶対に来ない。

不確かな未来を約束する方法は、幾百の言葉よりも、ぬくもりの方がより確かなものに思えた。

敦也は美咲の喉に口づけてから、胸の上に顔を押し付け、息をついた。美咲も敦也の頭をそっと抱きしめ、柔らかな髪を梳《す》く。

互いの鼓動を重ねて呼吸の音を聞いていると、何故かひどくホッとした。

不安と恐怖でいっぱいだった心が満たされて、凍えていた体が熱を持つ。

互いの体温を馴染《なじ》ませるように、抱き合った。これまでの二人を思えば、この触れ合いは一番穏やかで静かなものだろう。

敦也に極力左手を使わせないように、積極的に美咲が動いた。互いの服を乱れさせ、肌を触れ合わせる。

同じ血を持つのなら、いっそこのまま一つに溶け合ってしまえればいいのにと、馬鹿なことを考えた。そうすれば、誰に非難されることもなくずっと一緒にいられる。

脳裏を過《よぎ》った想像は甘美なのに、何故かひどく切なくて、美咲は敦也の広い胸に身を寄せた。

はだけたシャツから覗く肩先に唇を寄せて、敦也の硬い肌に歯を立てる。

どうせ一つになれないのならと、美咲は弟の肌に自分の痕《あと》を残す。

「うっ……」

不意打ちの痛みに、敦也が小さく声を出した。弟の肌に残された歯形に満足して、美咲は傷跡を慰撫《いぶ》するように舌先でちろりと舐《な》める。

敦也が自分の肌に痕《あと》を残したがる理由がわかった気がした。

「美咲？」

自分の名を呼ぶ弟に、美咲は何も答えずに微笑んで、敦也の下肢に指を伸ばす。

下着をくつろげ、腹につくほど反《そ》り返っているそれに指を絡める。

触れた敦也の昂《たかぶ》りはひどく熱くて、美咲の手のひらを痺《しび》れさせる。胡坐《あぐら》をかく敦也の前に、美咲は額《ぬか》づくように座り、手にしたそれに唇を擦りつけた。

喉を鳴らして舌を這《は》わせれば、くっと頭上で息を呑む音がした。

感じてくれることが嬉しくて、美咲は慣れない仕草で舌を絡みつかせる。

小さな舌でひくつくそれを舐《な》め回し、大きく開けた口の中に迎え入れれば、潮に似た味が舌の上に広がった。

――大きい。

敦也のそれは美咲の口には持て余すほどの大きさで、全部を口に入れてしまえば息苦しさを覚える。けれど、美咲は怯《ひる》むどころか、敦也が感じていることに喜びを覚えて、くんと先端に吸い付いた。

途端に、口の中のものが、びくびくと大きくなって跳ねた。

これがいつも自分の中に入って、動いて、たまらない快楽を与えてくれるのだと思うと、グロテスクな形をしているそれが愛おしく思えるから不思議だ。

「んー……っん……んん」

敦也のものを舐《な》めしゃぶっているだけなのに、口の中が予想外に気持ちよかった。

こんなことに感じる自分はおかしいのかもしれないと思いながら、美咲は自然と揺れる腰を止められない。敦也を咥《くわ》えているだけで、胎《はら》の奥が濡れてくるのがわかった。

「んーっも……あ、敦也？」

あと少しというところで、敦也に愛撫《あいぶ》を邪魔される。引き起こされて、唇を離した途端、敦也の屹立《きつりつ》に頬を弾《はじ》かれた。先走りに頬が濡れる。それを指で拭《ぬぐ》った敦也が、「もういい」とぶっきらぼうに言う。

「何故？」と聞きたいのに、口淫で乱れた息ではまともな言葉を発することが出来ない。吐息の触れる距離で見つめ合う。それだけで、肌がざわめいて、美咲は無意識に誘うように腰をくねらせた。敦也の眼差しがきつくなる。

ふるっと敦也が頭を振り、目を眇《すが》めて笑うと、獣の仕草でぺろりと舌なめずりする。その卑猥《ひわい》な仕草に、ぞくりとして美咲は腰を震わせる。

「敦也？」

何かを言うよりも早く、敦也の唇に言葉を奪われる。

「好き……」

何度も繰り返すキスの合間に、微かに上がった息を交わらせて囁《ささや》けば、敦也のキスが激しくなる。

触れられる唇から指から、ただただ恋しさが、愛おしさが伝わってくる。どこまでも美咲だけが欲しいのだと告げるような敦也の愛撫《あいぶ》に乱れて、美咲は溺《おぼ》れた。

「あっ、ああ……」

座位で繋がって、自重で胎《はら》の奥まで穿《うが》たれた。蜜襞を割り開いていく敦也の熱さと大きさ、肉の弾力を持った硬さが、普段よりもずっと強く感じられた。ぞくぞくと背中が震え、美咲は息を乱し、敦也の肩に縋《すが》りつくように腕を回す。密着する肌の熱に、美咲は小さく喘《あえ》ぐ。

無意識に腰がもっとと揺らめく。敦也を咥《くわ》え込み、包んで締め付ける自分の粘膜が、波打つように蠢《うごめ》いて、濡れているのを感じた。

「……ぁあ、……はぁ……」

揺さぶられ、濡れた声がひっきりなしに、唇をついて出る。

繋がった体は、心のままに敦也を離すまいと強く食い締めた。

体全部で敦也を欲しがって、彼の唇と愛撫《あいぶ》を求める。

濡れた柔らかな唇に耳朶《じだ》を食《は》まれ、やわやわと歯を立てられると背筋をざわりとしたものが滑り落ちた。

繋がった場所を指先でそっと掻くように弄《いじ》られ、花芽を潰される。

目の前に火花が散るほどの悦楽《えつらく》に蜜襞が激しく蠕動《ぜんどう》して、美咲は敦也の首にしがみ付く。

「ああ……い……っ！」

「美咲に食いちぎられそう」

意地悪に笑う声も、揶揄《やゆ》する言葉も、全部、全部、欲しい。溺《おぼ》れてしまいたい。

胎《はら》の奥に溜まる熱を持て余し、美咲は腰をくねらせる。

咀嚼《そしゃく》に似た音を立てるその場所が、しゃぶる動きで敦也を食《は》む。

触れ合わせた唇の中に、男が微かに呻《うめ》く声を唾液ごと呑み込んだ。

快楽に喘《あえ》ぐ男の低い声が、美咲の心を満たす。その小さな声が、この弟が自分のものなのだと美咲に実感させた。だから、精一杯体を開いて、どうかこの胸の中で鳴いてほしいと抱きしめる。

そして、二度と離さないでほしいと強く願う。

ただ恋しいと訴え、敦也の腕に、背中に、いくつもの爪痕《つめあと》を残した。同じだけ、敦也は美咲の頬に、瞼《まぶた》に、唇にキスの雨を降らせる。触れ合う場所から想いを届けようとするかのように、敦也は美咲の名前を呼ぶ。

自分たちの想いが許されないものだとわかっていても、この恋が現実の前に砕けてしまっても、敦也がくれるぬくもりが美咲を幸せにする。

一緒にいても、たとえ離れることになっても、二人の想いは一つなのだとそう思えた。

「敦也……！」

ともに快楽の階《きざはし》を一気に昇る。

ぐっと美咲を抱く敦也の腕に力が入る。肌を震わせる男の熱は、激しく震えて、美咲の中を濡らした。

「美咲……」

掠《かす》れた声で敦也が美咲の名前を呼ぶ。熱すぎる肌の熱と、胎《はら》の奥を濡らす感触に、背筋を甘美な疼《うず》きが襲う。気の遠くなりそうな快楽を美咲は知った。

幸福と罪と――それが混じり合って、美咲を溺《おぼ》れさせる。

堕ちていく先は、痛いほどの抱擁《ほうよう》をくれる腕と広い胸で、壊れることも、溺《おぼ》れることも何も怖くなかった。

月も星も何もない闇の底だって、二人で堕ちるのなら、そこにあるのは、ただ、ただ幸福なのだと美咲は思った――

☆

翌朝目覚めると、敦也の姿は部屋の中になかった。

『仕事を整理してくる』と小さなメモが一つだけ残されていた。そのメモを見た美咲は笑ってしまった。

始まりと同じように唐突に、敦也は姿を消した。あれだけ傍にいろと主張していたのは、一体何だったのかと思ったが、敦也らしいと言えば、何とも敦也らしい身勝手さに、美咲はただ笑うしかなかった。

それから、敦也がいつ帰ってくるのか、本当に帰ってくるのか、わからない日々が始まった。

敦也とはまったく連絡が取れなくなった。もともとSNSの類《たぐい》をする男ではなかったから、電話が通じなくなってしまうと、どこで何をしているのかまったくわからない。日本にいるのか、拠点にしている海外に戻ったのか、それすらも美咲は知らなかった。

美咲はただ静かに弟が戻ってくるのを待った。

緩やかに時間は過ぎていき、時々、敦也と過ごした嵐みたいな日々は夢だったのではないかと思う日もあった。

けれど、あれが夢でも妄想でもなかったという証《あかし》が、美咲の中に残されていた。

敦也がいなくなって一か月後――美咲は自分が妊娠していることを知った。

敦也はまったく避妊をしなかったから、これは当然といえば、当然の結果に思えた。迷いがなかったと言えば嘘になるが、美咲は子どもを産むことを決めた。

妊娠が発覚して一つだけ悩んだことは、敦也との姉弟《きょうだい》鑑定をするべきかどうかだった。

敦也は恭子叔母の言う通り、父の子で間違いないだろう。

近親相姦の末に生まれてくるわが子のために、真実をはっきりさせておくべきかと迷ったが、結局美咲はＤＮＡ鑑定をしない道を選んだ。

真実を知ったところで、何も変わらないと思ったからだ。敦也と美咲の血が繋がっていようがいまいが、美咲の想いは何一つ変わらない。

美咲の恋は、ただあの綺麗な琥珀《こはく》色の獣の瞳をした弟に捧げられていた。

「美咲！　もう上がってもいいわよー」

店長の矢野の声に、美咲は仕入伝票を打ち込んでいたパソコンから顔を上げた。

時計を見れば確かに、シフトの終わりの時刻だった。

「これだけ打ち込んだら上がります」

伝票はあと、二、三枚だ。このまま打ち込んでも、そう時間はかからないだろう。

「真面目ね。ありがとう」

伝票の打ち込みを終え、凝った肩を解《ほぐ》すように首を回していると、美咲の座るデスクに矢野がノンカフェインの珈琲《コーヒー》が入ったカップを置いてくれた。妊婦向けに販売している商品の一つだ。

「どうぞ」

「ありがとうございます」

遠慮なく受け取ってカップを両手で包む。香ばしい珈琲《コーヒー》の香りを吸い込んで、美咲はホッと息をついた。

「大きくなったね、お腹。今、何か月だっけ？」

自身もマグカップを手にした矢野が、美咲の横のデスクに座って話しかけてくる。

「もうすぐ八か月です」

矢野の質問に、美咲は妊婦らしく膨らんできた自身の腹部を見下ろして答える。

最近では、胎動もはっきりと感じられるようになってきて、痛いくらいの力で腹を蹴られることも増えてきた。

この傍若無人《ぼうじゃくぶじん》さは、間違いなく敦也の子だと美咲は思った。

「そっかー、もうそんなになるんだね」

お茶を飲む矢野が、美咲の腹部を見て、柔らかに笑った。

妊娠が発覚した時、美咲は仕事を辞めるつもりでいた。けれど矢野から、退職を引き留められた。

ついこの間まで、職場内の美咲の立場はかなり微妙なものだった。

恭介と美咲の付き合いはオープンなもので、社内では知らない人間はいなかった。

彼とは別れていたが、その後別の男の子どもを妊娠してシングルでいる美咲は、格好の噂の的になっていた。

それを庇《かば》ってくれたのが、自身もシングルマザーで苦労している矢野だった。

次の就職のあてもない状況で、妊婦が仕事を辞めるのは馬鹿なことだと説得された。

子どもを産み育てるつもりなら、歯を食いしばっても今の職場にしがみ付けと言われて、美咲は迷った末に職場に残ることを選択した。

敦也が本当に迎えに来るかもわからない状況で仕事を失うことは、確かに矢野の言う通り得策とは思えない。

今も時々、噂されていることは知っているが、それも時間の経過とともに緩やかなものになってきている。ぎこちなくはあるが、徐々に皆もこの状況を受け入れてくれていた。

それをありがたく思いながら、美咲は日々を過ごしていた。

「ねえ。美咲」

「はい？」

躊躇《ためら》うような呼びかけに、カップに口を付けながら矢野の方に視線を向けた。

「恭介くんと本当に結婚しないの？」

「……ごほっ！」

唐突な質問に、美咲は飲んでいた珈琲《コーヒー》を噴き出すところだった。すんでのところでそれは回避出来たが、無理やり飲み込んだ珈琲《コーヒー》が気管に入って激しく咽《むせ》た。

「ああ！　ごめん！　大丈夫？」

席を立った矢野が自分のカップをデスクに置いて、美咲の背を撫でてくれる。それに手を上げて大丈夫と答えながら、美咲は涙目のまま彼女を見上げる。

「急に……何なんですか……？」

「いやー結婚しないのかなー？　って思って……」

「出来るわけがないじゃないですか⁉」

「何で？」

ケロッと尋ねられて、美咲は目を白黒させる。

「いや、この子、恭介の子じゃないですよ？」

「うん。知ってる。それでもいいって、彼言ってるらしいじゃない」

「まあ、そうですけど……」

何とか咳を抑えた美咲は、肩で大きく息を吐く。

──何で店長が知っているのよ。ていうか、恭介か……どこに相談してるんだか。

内心でがっくりと肩を落としながら、美咲は恭介の顔を思い浮かべる。

いまだに二人とも適度な距離というものが掴《つか》めていないところがあるが、恭介とはあれから微妙な友人関係を続けている。

敦也がいなくなって、美咲の妊娠がわかった時、恭介は自分が父親になると言ってくれた。

どこまでもお人好しで優しい男の言葉に、美咲は呆れた。けれど、同時に癒《いや》されもした。

だからこそ、なおさら恭介を受け入れるつもりはないのだが、それを矢野に伝えるべきか、迷うところだ。

「いいと思うんだよね。恭介くん。事情を全部分かった上で、それでも美咲が好きだって言ってくれるなら、やり直すのもありだと思うよ？　美咲とその子を置いて行ったろくでなしのことなんて忘れたら？」

余計なお世話だということは百も承知していると言いながら、恭介との復縁を勧めてくる矢野に、美咲は苦笑するしかなかった。

――ろくでなしか―。

確かに今の状況だけ見れば、敦也はろくでなしだろうなと思う。しかし、敦也は美咲の妊娠を知らないのだ。

伝える術《すべ》がなかった。もちろん、本気で伝えようと思えば、何かしら手段はあるのかもしれないが、美咲はあえてそれを探す気はなかった。

今、敦也がどこで何をしているのか、何を考えているのか、美咲は何も知らない。

もう戻ってこないかもしれないと思うことも、最近は増えている。

美咲はそっと、大きく膨らみ始めたお腹に触れた。

それならそれで、シングルマザーとして、この子を育てる覚悟は出来ている。

「恭介の懐《ふところ》の広さも、優しさも理解してます。でも、だからこそ彼に頼るつもりはないんですよ」

「子どものためにずるく強《したた》かになるのも、母親には必要だと思うよ？」

「じゃあ、店長は同じ状況で、ずるく強《したた》かな選択が出来ますか？」

美咲の問いに矢野がうっと詰まった。彼女は亡くなった恋人を今も想い続けて、一人で彼の子を育てている。

「そう言われると、私も選べないわー。ごめん。自分が出来ないことを人に勧めるもんじゃないわね」

肩を竦《すく》めた矢野の言葉に、美咲はくすくすと笑う。

「心配していただいてありがとうございます。私は大丈夫です。店長を見習ってシングルマザーとして生きる覚悟はもう出来ています」

「そこは別に見習ってほしくないわー」

苦笑する矢野は、美咲のお腹にそっと触れた。

「ま、いいわー。シングルマザーの先輩として、色々と相談には乗ってあげるから、何かあったらいつでもおいで？」

「はい。頼りにしてます」

頷いた美咲は、入れてもらった珈琲《コーヒー》を飲みきると、カップを片付けて店を出た。

歩き出せば、たちまち夏を感じさせるむわっとした風が頬を撫でる。

――今年も暑くなりそう。

落ちきらない夕日に街は染まっていた。見上げる空にはすでに月が昇っている。

徐々に昇っていく月とともに、美咲は帰路についた。


「美咲！」

駅までの道をゆっくり歩いていると、車道から呼び止める男の声が聞こえて、美咲は視線を彷徨《さまよ》わせる。

少し先の車道に停められた車から、恭介がこちらに向かって手を振っていた。

一瞬、また待ち伏せしていたのかと呆れたが、そういえば今日は店に商品を納入に来る日だったと思い出す。

美咲は小さく息を吐いて、恭介のもとに歩み寄る。

「お疲れ様。どうしたの？　何かトラブルでもあった？」

「お疲れ様。別にないよ。頼まれてたものはちゃんと納品してきた。矢野店長が、今さっき美咲が店を出てったから、車で追いかければ駅前で捕まえられるんじゃないかって言うから追いかけてきた」

「何で？」

「送るよ。今日は暑い」

恭介の言葉に美咲は束の間、迷う。運動がてら歩いて帰ろうと思っていたが、恭介の言う通り、今日はひどく蒸し暑い。夕方だというのに、気温は一向に下がる気配を見せず、風も生ぬるかった。

夕方の帰宅ラッシュにかかる時間を考えると、電車で帰るより恭介の好意に甘えた方がいいだろう。

「この後の仕事、大丈夫なの？」

「このまま直帰の予定だから大丈夫」

「じゃあ、お願い」

「よろこんで、お姫様」

おどけた恭介が、助手席側のドアを開けてくれる。美咲は大きくなってきたお腹を庇《かば》いながら車に乗り込む。

車内は適度に冷房が効いて、涼しかった。ホッと吐息が零れて、思った以上に自分が暑さに疲れていたことを自覚する。

「出すよ」

運転席に乗り込んだ恭介が、静かに車を出した。美咲は車窓の流れ行く景色をぼんやりと眺める。

黄昏《たそがれ》の時間。ぽつぽつと灯《とも》り始めた街灯と沈む夕日の黄金色《こがね》、紫紺《しこん》に染まる空。混じり合う景色は、郷愁を誘う。

「……そういえば、今日、店長に恭介との結婚を勧められたわ」

外の景色を眺めたままぽつりとそう言えば、運転していた男は派手に咽《むせ》た。外の景色から恭介に視線をやれば、男はばつが悪そうな表情を浮かべていた。

「一体、店長に何の相談をしてるのよ」

「いや、まぁ、矢野店長から勧めてもらえば、頷いてくれるんじゃないかと思って、つい……」

「むしろ何で頷くと思ったのよ？」

呆れを隠さない美咲の表情に「いや、うん。藁《わら》にも縋《すが》る的な？」と、もごもごと口の中で言い訳を並べ始める。

美咲は苦笑せずにはいられない。

お腹の子が誰の子で、どういう事情を持っているのかすべてを理解しているのに、それでもいいと傍にいようとしてくれる男に、心が揺れないわけじゃない。たまにほだされそうになる。

「お人好しすぎるよ、恭介は。そんなんじゃそのうち、おかしな女の人に付け込まれて、騙《だま》されるんじゃないかって心配になるわ」

「美咲なら付け込んでくれて構わないんだけどな」

「いくら何でもそこまで図々しい真似は出来ないわよ」

二人の空気が重くなりすぎない程度に、軽い口調で「残念！」と笑って、恭介は運転に集中する。

その横顔を眺めて、美咲は内心で勿体《もったい》ないと思ってしまう。

一途すぎて暴走してしまう面はあるが、美咲の秘密を知っても、嫌悪《けんお》や軽蔑をせずにすべてを受け止めようとする懐《ふところ》の広さは、いい男だと思う。

彼なら自分なんかよりもっといい人がいくらでもいるだろうにと、思わずにはいられない。

美咲は車窓に視線を戻す。別れてからの方が、恭介の知らなかった一面を知る機会が多いというのは、何とも皮肉な話だ。

「あいつから連絡はないのか？」

束の間の沈黙の後、恭介が迷いを見せながら問いかけてくる。

「うん」

久しぶりに恭介から敦也のことを問われて、美咲は曖昧《あいまい》に頷く。

「いいのか、本当にこのままで。その子のことを知らせなくて、大丈夫なのか？」

「……むしろこれでよかったのかなって思ってる」

美咲はそっと自分の大きくなったお腹に触れる。今は眠っているのか、腹の中の子は静かだった。

いっそ離れたままでいた方が、この恋の秘密のすべてを守れる気がした。

誰にも許されず、祝福されることもない恋だ。

真実は自分の胸の中だけに、ひっそりとあればいい――

「そうか」

言葉にしない美咲の想いを察したのか、恭介は一つ頷くとそれ以上、何かを問いかけてくることはなかった。

「送ってくれて、ありがとう」

「どういたしまして。何かあれば、いつでも協力するから遠慮なく連絡して」

「うん」

自宅の前まで送ってくれた恭介を見送って、美咲は部屋に戻る。

昼間、留守にしていた部屋はむっとした空気が閉じ込められていて、美咲は窓を開けて空気を入れ替えた。

手を洗ってうがいをして、部屋着に着替える。簡単に食事の用意をして、夕飯を食べた。

一人の部屋の中は、テレビをつけていてもやけに静かに感じる。

敦也がいなくなってから、この狭いワンルームの部屋を広く感じることが増えた。

短くても濃かった数か月に、敦也が傍にいることにすっかり慣らされていたのだと実感する。

手を伸ばせば触れられる距離に敦也がいたあの時間は、美咲にとってはとても幸せな日々だった。

寂しくなると美咲は音楽をかける。敦也が楽曲を提供したアルバムや敦也自身が演奏したもの。その日の気分で、流すものは変わる。

今日は、敦也自身が演奏したものにした。一曲目が終わりかけた時、お腹の中の子が動くのを感じた。

「お父さんが弾いてるの、わかる？」

そっとお腹を撫でながら、美咲が話しかければ、そうだというようにひときわ強く腹を蹴られた。

不思議と敦也の曲をかけている時は、胎動が活発になる。小さく笑った美咲は、痛いくらいの動きを見せるわが子を宥《なだ》めるように腹を撫でた。

ベッドに座り、カーテンを開けた窓から空を見上げる。蒼闇の空に琥珀《こはく》色の月が浮かんでいた。

とろりと甘い蜜のような色は、今はここにいない弟の瞳を思わせた。

——今何してるの……？　会いたいよ……

そう思いながら、美咲は瞼《まぶた》を閉じた。

誰かが美咲の髪に触れている。前髪を梳《す》く指の感触は、ひどく優しくて、ずっと触れていてほしいと思った。

温かく大きな手に頬を撫でられる感触に、微睡《まどろ》みの淵《ふち》から美咲の意識が浮上する。

馴染《なじ》んだ男の気配と、微かな煙草《たばこ》の匂い。思い浮かぶのはたった一人の恋しい男の姿。

——敦也？

目覚めたくないと思った。

目を開けてしまえば、今傍にいる人の気配が夢幻《ゆめまぼろし》のように消えてしまう気がして、美咲は瞼《まぶた》を開けられなかった。

「美咲」

名前を呼ばれた。愛おしい男の声に、ますます目を開けるのが怖くなる。

「さすがに眠ってるか」

今まで聞いたこともない優しい声に、夢なら覚めないでと思った。けれど、傍にあったぬくもりが離れていきそうな気配に、美咲は咄嗟《とっさ》に目を開けてしまう。すぐ傍に、美咲が愛した琥珀《こはく》色の瞳があった。いきなり覚醒した美咲に、驚いたようにその瞳が瞬《またた》く。

「夢……？」

美咲のベッドの枕元の床に座り込んでいた敦也が、ふわりと笑った。

「夢じゃない」

伸びてきた敦也の指が美咲の乱れた前髪を梳《す》く。その感触が、これが夢ではないのだと美咲に教えてくれる。

「本当に？」

ベッドに手をついて、美咲は起き上がる。もう日付が変わろうとしている時間だった。

「ただいま。遅くなってごめん」

その言葉に、美咲は泣きたくなりながら、敦也に手を伸ばす。膝立ちになった男が、美咲を受け止めてくれた。

男の首に手を回して、ぎゅっと抱きついて、その首筋に鼻先を埋《うず》める。敦也が吸う煙草《たばこ》の匂いが強く香って、美咲はこれが現実なのだと実感する。離れていたのは、半年にも満たない時間だ。

大げさだと自分でもわかっている。でも、溢《あふ》れた涙は止まらない。

たった数か月、離れていただけ。けれど、その別離の時間が持つ不安は、〝普通〟の恋人たちとは、大きな隔たりがあった。

もう戻ってこないかもしれない。何度そう思ったかわからない。

繋がらないスマートフォンを見るたびに、それでいいと自分を納得させていても、忍び寄る不安と寂しさはどうしようもなかった。

「向こうでの仕事の整理とか、戸籍の整理の準備に時間がかかった」

声もなく泣き出した美咲の背を、敦也が宥《なだ》めるようにそっと撫でる。

「ごめん」

伝わる体温はただただ優しくて、無茶苦茶な男に対する罵《のの》りを言葉にすることを阻《はば》む。

どれだけ傷つけられても、振り回されても、結局はこの弟の腕の中が自分の居場所なのだと実感する。

「電話……くらぃ……しな……さ……ぃ……よ」

この弟がそもそも電話をあまり好きではないことは知っている。一応、ないと不便なので、スマートフォンを持っているが、ちっとも持ち歩かずに不携帯なのも知っていた。

でも、せめて、子どものことは知らせたかったと、帰って来てくれた今だからこそ強く思う。

「悪かった」

素直に謝った敦也は、美咲が何を伝えたかったのか察しているのだろう。腕が緩んで、二人の間にわずかな距離が出来る。敦也が大きくなった美咲の腹を見下ろした。

束の間の沈黙が落ちる。

「触ってもいいか？」

「うん」

美咲は敦也がお腹を触りやすいように、床に足をついてベッドの端に座った。床に座ったままの敦也が恐々《こわごわ》と何か神聖なものにでも触れるように、そっと美咲のお腹に触れた。

その瞬間、父親が触っているのがわかったように、お腹の中の子が美咲の腹を勢いよく蹴とばした。

その動きに、敦也が驚いて目を瞠《みは》った。

「子ども……」

ぽつんと呟いた敦也が、ちょっとだけ戸惑ったように眉間《みけん》に皺《しわ》を寄せる。けれど次の瞬間、嬉しそうにくしゃりと顔を歪《ゆが》めた。

傲慢《ごうまん》で、自分勝手で、いつも美咲を振り回した男が目を涙で潤《うる》ませた表情は、美咲に幸せをくれる。

「もうすぐ八か月になるよ」

「そうか」

涙を見られるのを恥じるように、敦也は顔を伏せると美咲の腹部に耳を当てた。

お腹の子の鼓動を聞いているような仕草に、美咲はそっと微笑んで、敦也の髪を梳《す》く。

「間に合ってよかった」

「うん」

昂《たかぶ》った感情を表に出して、誰かに聞かれることを恐れるように、二人はぽつりぽつりと会話を交わす。

「美咲」

敦也が顔を上げる。綺麗な琥珀《こはく》色の瞳が、美咲を見上げる。

「結婚しよう」

「敦也？」

穏やかに笑って自分を見上げる弟の言葉に、美咲は戸惑う。

逃げようではなく、結婚しよう――

実現不可能に思えるその言葉に、美咲は瞳を揺らす。

「出来るわけない」

「大丈夫」

「だって、私たち……血が繋がってる……姉弟《きょうだい》だよ？」

抱えた秘密に慄《おのの》きながら、美咲は小さな声で囁《ささや》く。敦也はふわりと目元を緩めて、微笑む。

膝立ちになった敦也が、美咲の両手を手に取って持ち上げた。

「俺たちは、血が繋がってなかった」

「え？」

敦也が何を言ったのか理解出来ずに、美咲は何度も瞬《まばた》きをする。

秘密を秘密のまま、嘘を突き通すつもりなのかと思った。同時に無理だと思った。

二人の恋を、秘密を知っている人間がいる。彼らがいる限り、嘘を突き通すことなんて出来るわけがない。

けれど、敦也の真摯《しんし》な眼差しは、そうじゃないと語っていた。

真実、二人の間に血の繋がりがないと確信しているようだった。美咲の心が戸惑いに揺れる。

「何……言ってるの？」

俊哉の顔が脳裏に浮かび、恭子叔母の話を思い出す。

「血は繋がってない。調べた」

一言、一言、言葉を区切るように敦也がもう一度そう言った。

「調べたって……」

「ここを出ていった日。ゴミ袋の中にＤＮＡ鑑定のパンフレットがあるのに気付いて、調べてみる気になった。叔母さんの話は美咲が教えてくれたが、それだけじゃ足りないと思ったんだ……これを見てくれ」

床から敦也が大判の茶封筒を取り上げて、美咲に差し出してくる。

「何これ？」

「俺たちのＤＮＡ鑑定の結果。見てほしい」

そう言って手に押し付けられた封筒が、何だか怖いものに思えて、美咲は躊躇《ためら》った。

封筒を受け取れずにいる美咲に苦笑し、敦也は自ら封筒を開けて、中から書類を取り出す。

そこまでされれば見ないわけにもいかず、美咲は恐々《こわごわ》と結果が書かれた書類を受け取った。

隣に座った敦也が美咲の肩を抱く。そのぬくもりに励《はげ》まされながら美咲は鑑定結果に視線を走らせる。

渡された鑑定結果は三部あった。一番初めに敦也と美咲の姉弟《きょうだい》鑑定の結果が書かれていた。

『二人の間に血縁関係は認められない』

その文章に驚き、美咲は隣にいる敦也を振り仰《あお》ぐ。

「嘘……だって……」

――どういうこと……？　だって、敦也と俊哉君はあんなにも似ていた。血の繋がりがないのなら説明出来ない。

混乱する美咲を宥《なだ》めるように、肩を抱く敦也の腕に力が籠《こも》る。

「俺も驚いた。だから、実家に行って高藤のお父さんの電気シェーバーとブラシから髭《ひげ》と毛髪を集めて、俺たちの親子鑑定をした。その結果が、次だよ」

言われて美咲は、次の鑑定結果を見る。二部目の結果は敦也と父のものだった。

『二人は99.999999……％の確率で親子』

――どういうこと？

訳がわからず美咲の混乱はますますひどくなる。

二人が親子であることは確信していた。だったら、美咲と敦也の結果の意味がわからない。

美咲は震える指で書類をめくり、次の鑑定結果を見る。

次は美咲と父の鑑定結果だった。そこに書かれた結果に、美咲は驚愕《きょうがく》する。

『二人の間に血縁関係は認められない』

美咲と父の親子関係が否定されていた——

「嘘……」

呆然と結果を見つめる。何度見ても、繰り返し読んでも、美咲と父の親子鑑定は否定されている。

「何で……どうして……」

「わからない。少し調べてみたけど、美咲と高藤のお父さんの間にどんな事情があったのかわからなかった。でも、二人は親子じゃなかった」

敦也の言葉に、父との思い出が走馬灯《そうまとう》のように頭の中を駆け巡《めぐ》る。

寡黙《かもく》で、優しい人だった。仕事であちらこちらに飛び回って、あまり家にいる人ではなかったけれど、美咲を娘として慈《いつく》しんでくれていた。

これまでの人生で一度だって、父と血が繋がっていないなんて疑ったことはなかった。

美咲は亡くなった母に似ていると言われていた。確かに写真で見る母と美咲は似ていた。父に似ているかどうかは考えたこともなかった。

敦也と血が繋がっているかもしれないと知らされた時以上の衝撃が、美咲を襲う。

くらりと眩暈《めまい》がして、ふらつく体を敦也が支えた。

「大丈夫か？」

「……大丈夫」

そう答えながら、何も大丈夫じゃないと自分でも思う。

――私がお父さんの子じゃなかった？

その言葉だけが、頭の中を巡《めぐ》っている。自分の足元が崩れていくような錯覚に陥《おちい》った。

抱き寄せられて、美咲は大人しく敦也の胸に額《ひたい》を押し付け、ぎゅっとその広い胸に縋《すが》りつく。

一足先に真実を知った男の声も呼吸も平静に見えていたけれど、その鼓動は少し速い。

触れる肌から美咲を労《いた》わる気持ちだけが伝わってくる。混乱する美咲を落ち着かせるために、一切の動揺を顔にも態度にも出さないようにしているのだと知る。

敦也の長い指が、衝撃に粟立《あわだ》つ首筋を優しく覆《おお》い、温めてくれる。肌を通して伝わる男の優しさに、自然とため息が零れた。

肺が空《から》っぽになるほど長く深く息を吐けば、わずかとはいえ平静さが戻ってくる。

敦也の胸に手をつき、体を起こす。間近に夢にまで見た琥珀《こはく》色の瞳があった。

いまだに受け入れがたい事実に、心は激しく揺れている。けれど、同時にじわじわとした歓喜が込み上げてきた。

美咲は敦也の頬に手を伸ばす。触れたぬくもりに、これが夢ではないのだともう一度、確認する。

今、自分は都合のよい夢を見ているのではないかと疑うが、ぬくもりは確かに傍にある。敦也の手が美咲の手のひらを上から掴《つか》んだ。

「俺たちは姉弟《きょうだい》じゃない」

噛みしめるような敦也の言葉に、視界が滲《にじ》む。

誰にも許されない恋なのだと思っていた。

だけど今、美咲の目の前にいるのは、血を分けた弟ではない。

「敦也……」

名前を呼ぶだけで、愛おしさが溢《あふ》れてくる。

瞬《まばた》きをした敦也が、柔らかに微笑んだ。琥珀《こはく》色の瞳が柔らかに蕩《とろ》ける。

「だから、傍にいてくれ」

色々な想いが込められたその言葉に、今はただ頷くことしか出来なかった。

だが、敦也はそれでいいというように美咲の背を優しく撫でた。

敦也の琥珀《こはく》色の瞳が近付いてくる。唇に吐息が触れて、美咲は瞼《まぶた》を伏せた。

すぐに重ねられた唇が、美咲の胸を幸福感で震わせる。

何度も諦めた恋だった。パンドラの箱の底で、長く、長く眠らせるしかない恋だった。叶ったとしても、誰にも祝福されることはないのだと信じていた。けれど今、それは色も形も変えた。

信じていたものが反転し、世界が変わった。だけど、ただ一つ、目の前の男だけは何も変わらない。

美咲を振り回し、傷つけて、それでも離さないと強欲さを見せる男の愛だけは、どんな状況になっても変わらないと信じられた。

抱きしめられる腕の強さに安堵し、美咲はその身を委《ゆだ》ねた。

甘い蜜色の月が、ただ静かにひっそりと二人の恋を祝福していた——

エピローグ

微かに流れて聞こえてきたピアノの音に、今の今まで何をしてもぐずっていた赤ん坊がやっと泣きやんだ。

美咲はホッとして、わが子を抱えたまま揺り椅子に座る。

ピアノの音に耳を澄ますように静かになった息子に、苦笑が漏れた。

「奏《かなで》は本当にパパのピアノが好きね」

そう囁《ささや》けばそうだと肯定するように、手足をばたばたとご機嫌な様子で動かす。

秋口に生まれた息子は、お腹の中にいた時からそうだったように、どんなに泣いて不機嫌でも、敦也のピアノが聞こえ出すと、途端にご機嫌になる。

母子ともに敦也のピアノの音に耳を澄ませながら、揺り椅子でゆらゆらと体を揺らしていると、やがて奏は眠りについた。ベビーベッドに移そうかと思ったが、今すぐ手を離したら息子が目を覚ます予感に、美咲は揺り椅子に体を預けたまま立ち上がることが出来ない。

腕の中のずっしりとしたぬくもりを見下ろし、自然と笑みが零れた。

散々ぐずられる時などは、こちらも泣きたくなって、どうしたらいいかわからなくなることもある。でも不思議なことに、満ち足りた寝顔を見ているだけで、そんな苦労はすべて忘れてしまう。

奏――かなで――と名付けた息子は、どちらかというと美咲に似ていた。黒々とした髪も、目鼻立ちも、美咲の形にそっくりだと敦也は言う。ただ、その瞳の色は敦也の琥《こ》珀《はく》色を受け継いでいた。

あれから美咲と敦也は実家に戻って来ていた。海外の仕事を整理し、拠点を日本に移した敦也は、今は作曲の仕事と実家を改装してのピアノ教室で生計を立てている。

あの敦也に子ども相手のピアノ教室なんて出来るのかと初めは不安に思ったものだが、なかなかどうして、仏頂面《ぶっちょうづら》のわりに、的確な指導のおかげか、教室はそこそこの生徒数を確保している。

その中に、従弟《いとこ》の俊哉が含まれていた。ずっと憧れていたらしい。近くて遠い存在だった敦也に近付きたくて、恭子叔母の大反対を押し切って、彼は月に数回は通ってくる。

自分によく似た顔をした従弟《いとこ》が、憧れの眼差しで教えを乞《こ》うてくることに、最初は複雑な顔をしていた敦也も、今は何だかんだと俊哉を可愛がっている。

俊哉の母親の恭子叔母だが、美咲たちの結婚には当然のように大反対だった。

二人の関係にあからさまな嫌悪《けんお》と軽蔑を示したが、ＤＮＡ鑑定の結果を見せたところ、呆然としていた。

美咲の母を姉と慕っていた彼女にも、美咲の父親について心当たりは一切なかったらしい。

その謎が解けたのは、実家に帰って来てからだった。

家を改装し、ピアノ教室を開くと決めた際、今までずっと手付かずだった両親の遺品の整理をした。

その中から古い手紙が出てきたのだ。父の蔵書の楽譜を収めた棚の裏から出てきたそれは、ひっそりと誰にも見つからないように隠されていた。けれど、今の二人が必要とするものだとわかっていたようなタイミングで、その手紙は出てきた。

長い年月を眠っていた手紙は、美咲の母から父へ宛てた手紙だった。

その中身によれば、美咲の父親は母の実里が大学時代に師事していた大学の教授だそうだ。

老齢の教授には妻子がおり、二人はいわゆる不倫関係にあったらしい。

母が美咲を妊娠した時、教授の妻の癌《がん》が発覚し、実父は母ではなく長年連れ添い不実を働き続けた妻を選んで、実里のもとを去っていったと綴《つづ》られていた。

そして、幼馴染《おさななじみ》の窮状《きゅうじょう》を見かねて、結婚を申し込んでくれた父に対する感謝が述べられていた。

高藤の父は体質的に子どもが出来にくい体だったらしい。

二人の関係は夫婦というよりも姉弟《きょうだい》のような関係で、そこに恋愛感情も肉体関係もなかったことが、文面から透けて見えた。

だが二人が結婚し、美咲が生まれた直後に、父は恋をした。それが敦也の母親のマリアだった——そうして、実子を諦めていた父の子をマリアが妊娠し、一人で敦也を産んだ。

敦也の存在を知った実里は離婚を決意し、美咲と二人で家を出るつもりだったらしい。今まで自分たちを守ってくれた父への感謝と、マリアとの幸せを願う言葉で手紙は締めくくられていた。

その手紙を読んで、美咲は母の死が自殺ではなく事故だったのだと確信した。美咲との新生活を夢見る母の言葉は力強く、自殺なんてする人の言葉には思えなかった。

実里の手紙とＤＮＡ鑑定の結果を合わせて、美咲と敦也は改めて自分たちの戸籍を整理した。少し時間はかかったものの、無事に籍を入れ、二人は夫婦になった。

義理の姉弟《きょうだい》の結婚ということで、多少は人々の口の端に上《のぼ》ったが、大きな非難もなく受け止められた。

奏が深く寝入った様子に、そろそろベビーベッドに移そうかと思っていたら、かちゃりと小さな音を立てて部屋のドアが開いた。

奏が美咲の腕の中で眠っているのを見て、敦也は物音を立てないように静かに部屋に入ってくる。

「寝たのか？」

「うん。さっきやっと」

「今日は、また随分派手に泣いてたな」

苦笑した敦也が、揺り椅子の足元に座った。奏の顔を覗き込んで、柔らかに目元を緩める。

黙っていれば相変わらず硬質で近寄りがたい雰囲気があるが、最近は美咲たちの傍にいる時はその気配は消え、随分と穏やかで柔らかくなった。

「気付いてたの？」

「部屋の外まで泣き声が聞こえてた」

──ああ、だからか。さっきのは子守歌だ。

きっと泣きやまない息子のために、敦也はわざわざ防音室の扉を開けてピアノを弾いてくれていたのだと気付く。

「ごめん。仕事の邪魔した？」

「いや、もうだいたい終わってたから大丈夫」

「そう？」

「ああ」

奏を起こさないように、小声で会話を交わす。

「そろそろベッドに寝かせるか？」

「そうだね」

立ち上がった敦也が美咲の腕の中から、そっと奏を抱き上げる。

慣れた手つきで息子を抱き上げる敦也の姿に、美咲はくすぐったいような幸福感に満たされて微笑んだ。

琥珀《こはく》色に輝く月の夜に――忘れるしかない恋をした。

抜けない棘《とげ》のように胸に刺さったその恋は、真昼の日差しの下で、優しい愛に変わったのだと実感した――

『敦浩くんへ

今、君に改めて手紙を書くことに、緊張しています。でも、直接会って話すよりは、素直に今の自分の想いを言葉に出来る気がするので、手紙にします。

君にまず何よりも伝えたいのは、感謝です。

今まで、美咲と私を守ってくれてありがとう。本当に、本当にありがとう。

教授が私たちとの未来よりも、子宮がんになった奥さんの傍で、自分の罪を償いたいと言った時、私には絶望しかなかった。何年もずっと秘密の恋を続けてきたのに、彼が最後に選んだのは結局は奥さんだった。

そのことがすごいつらかった。

お腹の中の美咲と二人で、死ぬことを何度も考えた。だけど、敦浩君が私たちを助けてくれて、言葉に出来ない感謝でいっぱいです。

敦浩君が子どもが出来にくい体質で、将来的に恋も結婚も考えていないと言った時は、驚いたよ。

それに、私の子に父親がいないのなら、自分が父親になりたいと言ってくれた時は、もっと驚いた。

自分が誰かの親になれる可能性があるのなら、それが私の子であるなら愛せると言ってくれた言葉は、私に美咲を産むことを決断させてくれた。そのことにものすごく感謝してる。

あれからもう四年近くが経つんだね。あっという間に過ぎていったから、もうそんなに時間が経っていたことに、この手紙を書きながら驚いたよ。

あの日、美咲の父親になってくれると言った言葉通りに、敦浩君は美咲のいいパパで、私のいい相談役になってくれたね。

この四年間、私も美咲もとても幸せだったよ。

だから、今度は敦浩君が幸せになってほしいと思う。

ごめんね。気付かなくて。美咲を育てることに夢中になりすぎて、敦浩君の恋に気付いてあげられなかった。

私たちがいるせいで、君もマリアさんも苦しんだよね。

それは本当にごめん。何度、謝っても謝りきれない。ごめんなさい。

でも、敦浩君もお人好しだね。好きな人が出来たなら言ってくれたらよかったのに。真面目すぎるよ？　本当に。

敦浩君が私の幸せを願って傍にいてくれたように、私も敦浩君の幸せを願ってたことわかってる？

私も美咲ももう大丈夫だよ。敦浩君がいなくても、ちゃんとやっていける。

敦浩君がくれた四年の時間が、私にその自信をくれたよ。

だから、敦浩君は敦浩君の幸せを、きちんと掴《つか》んでほしい。

この手紙に、離婚届を同封します。

私の分はもう記入してある。両親にもちゃんと真実を伝えるので、君は安心して、マリアさんのところに行ってください。

敦浩君とマリアさんと赤ちゃんに幸せになってほしい。

わがままを言わせてもらえるなら、時々でいいから、美咲にも会いにきてほしいなって思う。

美咲はパパが大好きだからね。

これは本当に私のわがままだから、聞き流してくれて構いません。

敦浩君への感謝の気持ちを書きたかったのに、だらだらと色々なことを書いてごめんね。

最後の最後まで締まらない手紙だと思うけど、これが私の素直な本当の気持ちだから許してください。

どうか、どうか、幸せになってください。大好きな弟の幸せを美咲と二人で祈っています。

実里』

日向の幸福

扉の方からがこんと派手に何かがぶつかる音が聞こえて、敦也は驚いて振り向いた。

「奏？」

中途半端に開いた扉の隙間から子ども用の手押し車を押した息子の姿が見えた。

「ぱぁー！」

自分の名前を呼ばれたのがわかったのか、にかりと笑った息子が防音室の中に入って来ようとする。扉に引っかかるのか、がこんがこんと派手な音が続く。

さっきの音は、奏が手押し車を部屋の扉にぶつけた音だったらしい。音が鳴るのが楽しいのか、ぶつかるたび、奏はきゃらきゃらと笑いながら、さらに激しく扉にぶつけ出した。

もうすぐ一歳半になる奏は、まだまだ歩くのが下手だ。このままいけば、そのうち頭の重さに耐えかねて、バランスを崩すだろう。

敦也はやんちゃ盛りの息子を回収するために、足早に扉に近寄る。

「ぱあー！」

自分を迎えにきた父親の姿に、奏が手押し車を手放して、敦也に向けて両手を上げた。

抱っこをねだる仕草に、バランスを崩して、奏の体が後ろにひっくり返りそうになる。

転ぶ寸前に何とか息子を抱き上げた敦也は、ホッと息を吐いた。

「ぱあー！」

自分が転びそうだったことを理解出来ていない奏は、腕の中で両手を上げて、その小さな手のひらで敦也の頬をぺたぺたと叩いてくる。

つい数分前には和室で昼寝をしていたはずなのに、いつの間に起きたのだろうか。

美咲が夕飯の買い物に行く間、昼寝をしていた奏を見ていたのだが、ぐっすり寝ている姿に油断して、敦也は防音室に忘れた楽譜を取りに来たところだった。

きっと目覚めてすぐに、敦也の後を追いかけてきたのだろう。

腕の中の息子は、目が覚めたばかりとは思えないほど元気にはしゃいでいる。

何事もなくここに来てくれたことに、安堵した。

誰に似たのか、奏はひどくやんちゃだ。ちょっとでも目を離すと何をするかわからない。

「やんちゃ坊主。お前は本当に誰に似たんだ？」

どこにも怪我をしていないことを確認しながら、思わずの問いに奏が敦也の語尾だけ真似して、「だー？」と首を傾《かし》げた。

その無邪気な顔に、苦笑が漏れる。

顔のパーツは美咲で、瞳の色は敦也。でも、その性格は本当に誰に似たのか、元気すぎるほどに元気で、天真爛漫《てんしんらんまん》だ。新米両親は、この息子に日々振り回されている。

あまりのやんちゃぶりに、思わず「誰に似たんだ？」と美咲に聞いたら、「この傍若《ぼうじゃく》無人《ぶじん》さはどう見ても敦也でしょ」と言って笑われたが、敦也は納得していない。

小学生の頃に自分の出生の秘密に気付いたせいか、早熟だった自分に、奏のような天《てん》真爛漫《しんらんまん》さはなかったと思っている。美咲も多少お転婆なところがあったが、奏ほどの元気さはなかった。

高藤家の人間は、ピアノを弾く人間が多かったこともあり、総じて穏やかな気質だった。

その中で生まれた奏のやんちゃぶりが、敦也には不思議で仕方ない。

「ぱぁー！」

思わず息子の性格のルーツについて真剣に考え込んでいると、奏が声を上げた。

我に返って腕の中の息子を見れば、奏は敦也の背後のグランドピアノを指さして何かを訴えている。

「ぱぁーぱ！　ぱぁー！」

ようやくいくつかの単語を発するようになったが、いまだに何を言っているのかわからないことが多い。だが、今は奏が何を言っているのか察して、敦也は奏を抱えたままピアノに歩み寄った。

奏の歓声が大きくなる。やはり正解だったらしい。

奏はピアノの音が大好きだ。どんなにぐずっていても、ピアノの音が聞こえればご機嫌になる。

自分の好きな音が、この黒くてでかいものから聞こえていることは、何となく理解出来ているようで、奏はピアノに触りたがる。

敦也はピアノの前の椅子に奏と一緒に座って、鍵盤《けんばん》の蓋《ふた》を開けた。

脚の間に座らせた奏は、目の前の鍵盤《けんばん》に「キャー！　ぱぁー！」とはしゃぎながら小さな手を伸ばした。

押された鍵盤《けんばん》からぽーんと軽やかな音が鳴り、奏の目が輝いた。その姿があまりに可愛らしくて、敦也の口元が自然に緩む。

興奮した奏が、今度は両手で鍵盤《けんばん》を勢いよく叩きつけた。

激しい不協和音に敦也は苦笑するが、奏はびっくりしたように固まって、自分の手と鍵盤《けんばん》を交互に見ている。

――泣くか？

大きな音に驚いて、奏が泣き出すことを予想した敦也は身構えたが、それに反して奏は不満そうに唸《うな》り出す。

唇を尖らせた奏が、敦也を振り向いた。そして、小さな手で敦也の手をペタペタ叩く。

「何だ？　どうした？」

奏の意図がわからずに敦也が首を傾《かし》げるが、奏は怒ったような顔でピアノを指さす。

「弾けってことか？」

片手で奏を支えたまま、もう一方の手で適当に和音を弾くと、奏の瞳が再び輝いた。

そしてもう一度、自分の小さな手を鍵盤《けんばん》に叩きつけた。しかし、鳴ったのは大きな不協和音で、奏は不満そうに「ぶーー‼」と怒り出した。

思う音が生み出せなかったのが、ご不満らしい。敦也の手をぺちぺちと叩きだす。

その様子が可愛くて、敦也は笑わずにはいられない。

美咲が胎教で敦也の演奏を聞かせていたせいか、奏は敦也が弾くピアノの音が大のお気に入りだ。自宅で開いているピアノ教室の時でさえ、敦也が弾いていることに気付くと、覚束《おぼつか》ない足取りで教室の中に侵入してこようとする。

「わかった。わかった。弾いてやるから、そう怒るな」

片手で短い曲を弾き始めると、途端にご機嫌な様子で敦也の手の動きを食い入るように見ている。

敦也の胸に愛おしさが湧き上がった。

奏と接するたびに、自分の中にこんな気持ちがあったのかと驚く。

子どもはずっと手段だと思っていた。美咲を自分に縛り付ける枷《かせ》になればいいと。

真面目な姉であれば、子どもが出来たら、その情の深さゆえに、子どもを大切にすることはわかっていた。きっと敦也の傍からも離れることが出来なくなる。

だから、子どもが出来ればいいと思っていた。

どす黒い恋の執着ゆえに、敦也は子どもを欲した。

けれど実際に生まれた奏は、生命力の塊《かたまり》のような元気さで、敦也のそんな思惑を軽々と吹き飛ばした。

健《すこ》やかに真っ直ぐ育つ息子の世話に追われて右往左往する日々は、敦也の中にあったどす黒い執着心を徐々に宥《なだ》めて、家族への愛情に変えていった。

奏の笑顔を見れば可愛いと思うし、泣けばどうにかご機嫌を取ろうと悪戦苦闘する。

自分たちがいなければ、すぐに死んでしまう命を守って育《はぐく》むには、自分の執着などに構っている暇はなかった。けれどそんな変化が嫌ではなかった。むしろこの慌ただしくも賑《にぎ》やかな生活は、予想以上に敦也に幸福をもたらした。

――間に合ってよかった。

心の底からそう思う。仕事を整理するためとはいえ、離れていた数か月。美咲は敦也がもう二度と戻ってこないと思っていたらしい。

向こうでの仕事の整理に思ったよりも手間取ったというのは、言い訳にしかならないだろう。

せめて連絡の一つでもすればよかったと、今さらながらに思う。

昔から束縛されることが嫌いで、仕事の都合上、スマートフォンは持ち歩いているが、SNSの類《たぐい》は一切しない。電話もほとんど受ける専門で、必要に駆られなければ自分からかけることもない。

そんな状態で美咲が、自分を待っていてくれたのは奇跡だと思う。

ただ、あの時の美咲であれば、何も言わずに自分を待っていてくれると、根拠もなくそう信じていた。随分、楽観的な考えではあったが、血が繋がっていても一緒に堕ちてくれると言った美咲を、敦也は信じたのだ。

すべての後始末が終わり帰国した時、美咲が妊娠していたことに驚いた。

だが、嬉しかったのだ。二人を繋ぐ確実な存在が出来たことが。

自分は本当に美咲に対してだけ、どこまでも貪欲でわがままだと、こんな時に自覚する。

「ぱぁー！」

物思いに耽《ふけ》りすぎたのか、奏が不満そうな声を上げた。

いつの間にか、ピアノを弾く手が止まっていた。それが奏には不満だったらしい。敦也が弾いてくれないなら自分が弾くとばかりに、奏の手が再び鍵盤《けんばん》に伸ばされた。

「待て、待て……」

元気よく鍵盤《けんばん》に手を叩きつけようとする奏を、敦也は寸前で止める。

「そんな勢いよく叩かなくてもいい」

そう言いながらまだ細く小さな奏の指を掴《つか》んで、鍵盤《けんばん》に触れさせた。

先ほどまで自分が出していた不協和音とは違うポーンという綺麗な音に、奏は不思議そうに自分の指を眺めている。

それから敦也を振り返る。敦也はもう一度、奏の手を鍵盤《けんばん》の上に載せてやった。

「きゃー！」

奏がご機嫌な声を上げて、手足をばたつかせた。そうして、もっと、もっとというように敦也を催促《さいそく》する。どれくらいそうしていただろう。ノックの音に敦也は振り返る。

「ただいま」

いつの間にか帰宅した美咲が、防音室の扉の前に立っていた。

「おかえり」

ピアノの前で奏と二人で座っている様子を眺めて、美咲がおかしそうに笑った。

「もう英才教育を始めてるの？　いくらなんでも早すぎない？」

おかしそうに笑う美咲に敦也は肩を竦《すく》めてみせる。

「本人の熱い希望だ」

敦也の答えに美咲はくすくすと笑う。

「まーま！」

美咲が帰ってきたのに気付いた奏が、美咲の方に両手を伸ばして呼ぶ。

「はいはい。ただいま」

防音室に入ってきた美咲が、敦也の脚の間から奏を抱き上げた。

「パパとピアノ楽しかったの？　ご機嫌ね。汗がすごいわ」

はしゃぎすぎて、汗をかいている奏の髪をかき上げてやる。その優しい手つきに、敦也は目を細めた。

「ぴあー！　た！　た！」

「うん、楽しかったのね。奏はパパのピアノが好きだもんね」

手足をバタバタと動かし、片言で何かを訴える息子に微笑む美咲の顔は、かつて敦也が焦《こ》がれた時よりもずっと明るく柔らかなものだった。

その姿は、敦也の胸にも優しい幸福感をもたらした。

——ああ、幸せだ。

明るい日差しの差し込む部屋に響く、美咲と奏の笑い声に、敦也はその琥珀《こはく》色の瞳を細める。

自分の中にいる獣が、穏やかな眠りについたことを実感した。

書き下ろし番外編

蜜月

目の前に青が広がっていた。どこまでも広がる青に、美咲は見惚れていた。

空と海が一つになったような光景だった。輝くような南国の青空の下、オーシャンブルーの海。すぐ足元のプライベートプールが水を湛《たた》えているせいか、まるで海の上に立っているような錯覚を美咲は覚えた。

「……綺麗」

「いー」

思わず漏れた感嘆の呟きに、腕の中にいた奏も同意するように、声を上げた。

その声に、横に立つ敦也がくすりと笑い声を上げた。

「気に入ってもらえたならよかったよ」

敦也の低く艶《つや》やかな声に、美咲は隣を見上げる。

「大丈夫なの？　こんな高そうなところ……」

オーシャンビューが望める一棟貸し切りのキングダブルスウィートルームのヴィラ。

プライベートプールに、ジャグジー付きの露天風呂まで設けられたこの二階建てのヴィラが、一泊いくらするのか、美咲には想像もつかない。思わず心配になってそう言えば、敦也が苦笑する。

「ここの支払いができるくらいは、稼いでいるから心配するな」

ぽんと頭に手が置かれた。敦也の手がそのまま伸ばされて、美咲の腕の中にいた奏を抱き上げた。

「初めての家族旅行だ。いい思い出を残してやりたいしな」

そう笑う敦也の表情は柔らかで、息子を慈《いつく》しむ父親の顔をしていた。大好きな父親に抱き上げられて、奏は嬉しそうに笑い声を上げながら、敦也の頬を叩いている。

楽しげな夫と息子の様子に、美咲もやっと表情を緩める。先月、敦也が不意に思い立ったように、この二泊三日の沖縄旅行を提案してきた。奏も一歳を過ぎ、夜泣きも減ったことから、美咲は頷いた。

——でも、ここまで豪華な旅行になるとは思ってなかったな。

思わずじっと隣に立つ敦也の綺麗な顔を見上げてしまう。敦也は美咲の表情にいたずらっ子のような屈託のない笑みを浮かべた。

「さて、こうして景色を眺めているのもいいが、せっかくのプールだ。遊ぼう」

「ぼう！」

敦也の提案に奏が手を上げて、語尾を真似する。最近、単語を覚え始めた奏は、敦也や美咲の言葉尻を真似するのがブームになっている。

そんな二人の様子に、美咲は一つ息を吐くと、敦也が用意してくれた家族旅行を満喫するために、大きく伸びをする。

「そうね。せっかくのプールもあるし、泳ごうか！」

美咲の返事に、敦也が表情をさらに柔らかなものにする。その表情が眩《まぶ》しく見えて、美咲は思わず目を細めた。

視界の端に、南国の強い日差しが、プールの水面《みなも》を白く輝かせるのが見えた。

敦也と奏が水着に着替えるために、部屋に戻っていた後を美咲も追いかける。

三人で水着に着替えると、プライベートプールで遊び始める。

「きゃー」

足を入れて座ることが出来るミニカー型の浮き輪に座らされた奏が、楽しげな声を上げてはしゃぐ。

水面《みなも》を叩き、上がる水しぶきを、敦也の顔にかけて遊んでいる。敦也が笑いながら顔を背《そむ》ける。

「やったな！　ほら。これならどうだ」

「きゃーもー」

敦也が浮き輪の紐《ひも》を引っ張って泳ぎ出すと、さらに奏の歓声が大きくなる。

美咲はプールサイドに足を浸したまま、二人が遊ぶ様子を眺める。

平和で幸せな光景だと思う。明るい南国の空の下、はしゃぐ敦也と奏。昔なら絶対に想像できなかった。昔から大人びた、どこか冷めた顔をしていた敦也が、年相応の屈託のなさで笑う様が、美咲の心に幸福感をもたらす。

けれど、こうした光景も、最近の日常になっている。

遊ぶ二人の写真を撮りたくなって、美咲はスマートフォンを探す。けれど、それよりも先に、「美咲！　来いよ！」と敦也に呼ばれた。

二人に視線を向けると、「よ！」と敦也の語尾を真似た奏が、美咲に向けて両手を上げて、おいでおいでと腕を振っている。その姿を見た美咲の顔に、思わず笑みが浮かんだ。

「今、行くわ」

立ち上がった美咲は、ふといたずら心を起こして、勢いをつけてプールに飛び込んだ。

派手な水しぶきと、起きた波紋に奏を乗せていた浮き輪が揺れる。

「んきゃああ――！」

奏の楽しげな悲鳴が、夏の青空に響き渡った。

☆

「ぐっすりね。これはもうしばらくは起きないかもね」

プールで遊び疲れた奏の顔を覗き込んで、二人は笑い合う。息子は気持ちよさそうに寝息を立てている。夢でも見ているのか、時々手足や口元が動いている。

「下手したら夕飯まで起きないかもな」

そのふっくらした頬を、敦也が笑いながら突っつく。

「んー、ん、ん！」

奏が両手を上げて、変な声で唸《うな》っている。その可愛らしさに、敦也と美咲は顔を見合わせて、声を出さずに笑う。

「これだけ、寝ているなら大丈夫だな。美咲が数時間いなくても、気づかないだろ」

敦也が体を起こしながら、呟いた言葉に、美咲は「ん？」と首を傾《かし》げる。これから出かける予定はないはずだ。

「え？　敦也？　どういうこと？」

そう美咲が敦也に問いかけた時、ヴィラのチャイムが鳴った。一瞬だけ、奏が眉間《みけん》に鈹《しわ》を寄せて、寝返りを打った。敦也が寝室の壁にかけられた時計を見上げ、「時間丁度だな」と頷いている。

「美咲、行こう」

奏が眠っていることを確認した敦也が、美咲の手を引いて、一階に下りる。

「敦也？」

美咲の呼びかけに、敦也は楽しげに笑うばかりで、答えてくれそうにない。

「お待たせしました」

敦也がヴィラの玄関ドアを開けると、そこにはこのヴィラに案内してくれた女性従業員が、満面の笑みを浮かべて立っていた。

「それではお願いします」

「はい。お任せください。十八時までに、奥様は完璧に仕上げさせていただきます！」

そう答える女性従業員の手に、美咲は引き渡された。

「え？　ちょっと、敦也？」

何が起こっているのかわからずに、美咲は声を上げるが、敦也も女性従業員もにこにこするだけで、美咲の疑問に答えてくれそうにない。

「奏のことは俺がちゃんと見ているから、安心して楽しんで来い」

「本当に何なの？　敦也！」

「まあまあ、大丈夫ですから！　お時間もありませんので、奥様はこちらの車にお乗りください」

女性従業員に背を押されて、美咲はワゴンタイプの車に乗せられた。見送る敦也が、笑いながら手を振っている。

混乱したままの美咲を乗せた車は、ヴィラを運営しているホテルに辿り着いた。

案内されたのはホテルの中にある、エステルームだった。

「あの、すみません。夫から何も聞いてないのですが……」

思わずエステルームの従業員にそう言うと、にこりと微笑まれた。

「ご主人から伺っております。こちらは奥様へのサプライズプレゼントだと。ご安心ください。私たちが完璧に、綺麗に仕上げますので！」

拳を握って勢い込む従業員に、美咲は内心で戦《おのの》きながら、何とか笑みを浮かべる。

「……よろしくお願いします」

「はい！」

そうして、美咲は案内されるままに、頭の天辺《てっぺん》から爪先まで、丁寧に肌を磨かれた。

エステが終わった後は、メイクが待っていた。

「それでは少しの間、目を閉じていてください」

そう言われて、美咲は大人しく目を閉じる。化粧水を含ませたコットンで肌を整えた後に、道具を使って、美咲の顔の上に様々なものが載せられていく。

人に化粧をしてもらうという経験がほぼなく、仕上がりが想像できなかった。

「目を開けていただいて大丈夫ですよ」

マスカラを塗ってもらい、目を開けると鏡には、ナチュラルなのにいつもよりもくっきりとアイメイクが施され、美人になった自分が映っていた。

「次は髪のセットをしますね」

美容師が白い小花を使って、美咲の黒髪を丁寧に結い上げてくれた。

髪型とメイクだけで、普段とはまったく違う自分に見えて、美咲は鏡をまじまじと見つめてしまう。

「いかがでしょう？　ご満足いただけましたか？」

「まるで魔法みたいで、すごいです。私じゃないみたい」

美咲の言葉に、美容師とメイクアップアーティストが、顔を見合わせて微笑んだ。

「それは私たちにとって、最高の誉め言葉です。ありがとうございます。それでは、次はドレスの着付けがございますので、こちらにどうぞ」

案内されるままについて行き、見せられたドレスに、美咲は息を呑んだ。

「これは……」

「ご主人がご用意されたものです」

スタイリストの女性が、微笑ましそうに教えてくれる。

——こんなことを企んでいたのね……

込み上げる感情を前に、美咲は瞼《まぶた》を伏せる。せっかく綺麗にメイクしてもらったのに、ここで泣いたらすべてが台無しになってしまう。

美咲は何度も瞬《まばた》きを繰り返して、涙を堪《こら》えた。

敦也が用意したドレス——それはクラシカルなデザインのウェディングドレスだった。

Aラインのシンプルなドレスは、オフショルダーで、上半身は繊細なレースで作られ、スカートはオーガンジーで裾《すそ》に繊細な刺繍《ししゅう》が施されていた。

それは美咲の母が着たウェディングドレスだった。

——いつの間に用意したんだろう？

元は義理の姉弟《きょうだい》の結婚だ。戸籍の整理や奏の出産育児で慌ただしく時が過ぎる中、敦也と美咲は結婚式を挙げていない。入籍と指輪交換だけで済ませていたのだ。

結婚式に憧れがないと言ったら嘘になる。けれど、日々の生活の忙しさに紛れて、今さら結婚式を挙げようとは思っていなかった。

無口で何を考えているのかわからないところもあるが、敦也は案外こういったサプライズが好きなのだ。

美咲は泣き笑いのような表情で、ウェディングドレスを見つめる。あの敦也がこれらをどんな顔で準備したのか、想像すると美咲の胸に温かいものが満ちていく。

ウェディングドレスを着付けてもらい、最後にベールが掛けられる。

ドレスのサイズはきちんと美咲に合うように直されていた。鏡に映る自分は、かつて見たことのある母の結婚写真にそっくりで、美咲は懐かしさを覚えて、目を細めた。

ホテル内のチャペルに案内される。チャペルの前にはタキシードを着た敦也と奏が待っていた。髪をオールバックにし、黒のタキシードを着る敦也は、見惚れるほどにカッコよかった。美咲の手を引いて、介添えをしてくれていた女性従業員が、敦也の姿に感嘆のため息を吐いている。

「……綺麗だ」

二人の前に辿《たど》り着くと、敦也がその琥珀《こはく》色の獣の瞳に柔らかな光を宿して、そう言った。本気でそう思っているのが伝わる表情に、美咲は頬を染める。

「ありがとう。ドレスも嬉しい。いつの間に用意したの？」

美咲の問いに、敦也は柔らかに微笑んで、答えをはぐらかした。

「マー！　マー！」

敦也に抱かれた奏が、美咲に手を伸ばしてくる。その顔はまだ昼間のプール遊びの疲れが残っているのか、ひどく眠そうだ。美咲は奏の頬を優しく突っつく。

「奏もカッコいいよ。蝶ネクタイ似合ってる」

奏が眠そうに瞼《まぶた》を擦って、敦也の肩に凭《もた》れかかった。今日は美咲にとって思いがけない一日になったが、それは奏も同じだろう。人生で初めて飛行機に乗り、プールで水遊びをした。きっと奏にとって、今日は大冒険の一日だったはずだ。

従業員がチャペルの扉を開けてくれた。美咲は敦也の腕に、手を添える。反対の腕で奏を抱いた敦也がゆっくりと歩み出すのに合わせて、美咲もヴァージンロードに一歩を踏み出した。親子三人でゆっくりとヴァージンロードを歩く。

家族三人だけの結婚式だ。美咲も敦也も血の繋がりのある親族はいても、家族と呼べる存在はお互いと奏だけ――

誰にも祝福されない恋だと思っていた。今の幸せがあるのが奇跡に思えるくらい、追い詰められたこともあった。

けれど、こうして親子三人で歩くヴァージンロードは、言葉で言い尽くせないほど幸せだった。

「……昔」

「うん？」

敦也が懐かしそうに目を細めながら、「夜に二人だけで挙げる結婚式に、憧れるって言ってただろ？」と囁《ささや》いた。

敦也の言葉に、美咲は目を瞬《またた》かせる。

「え？　そんなこと言った？」

「覚えてないのか？」

問われて、記憶を辿《たど》るが思い出せない。敦也とそんな話をしたとすれば、きっと幼い頃だ。中学以降は互いを意識しすぎて、まともに会話することも出来なかった。

「テレビで見た海外での夜の結婚式に、はしゃいでいただろ？」

そう言われても、まったく記憶になかった。美咲の反応に、敦也が困惑を滲《にじ》ませる。

その横顔を見上げた美咲は、小さく笑い声を上げる。

この夫は、時々ものすごく、ロマンチストだ。美咲本人が忘れていた幼い頃の夢を覚えていて、こんな形で叶えようとしてくれる。

「敦也」

「ん？」

「私、今ものすごく幸せだよ」

美咲の言葉に敦也の表情が柔らぐ。奏が生まれてからよく見せるようになった、柔らかなその表情が、美咲に今の幸せを実感させる。

囁《ささや》き合っている間に、三人は神父の前に辿《たど》り着いた。

女性従業員がそっと近づいてきて、敦也の手から奏を受け取った。

――静かだと思っていたら、眠っていたのね。

気づけば、奏はぐっすりと夢の中だ。楽しい夢を見ているのか、その寝顔には笑みが見える。そのことにホッとしながら、美咲と敦也は、祭壇の前で待つ神父に向き合った。

神父が二人に向かって優しい微笑みを浮かべる。その笑みに、美咲と敦也は自然と背筋が伸びた。

神父の佇《たたず》む祭壇の向こう、大きな窓から南国の白い月が顔を出していた。

南国の白い月の祝福のもと——美咲と敦也は今、永遠の愛を誓い合う——

Eternity COMICS　漫画：小川つぐみ　原作：桜 朱理

「君に私の子どもを産んでほしい」ある日、上司の遠田からそう告げられた秘書の咲子。それは、彼の跡継ぎを産むための大それた取引の打診だった。呆れかえる咲子だけど、ふと「一度だけ、女として愛されてみたい」と願ってしまい、取引に応じることに。これは、お互いの望みを叶えるためだけの行為。それなのに、遠田の熱い視線と甘く濃密な手管に、否応なく心を絡めとられて……？

B6判　定価：704円（10％税込）　ISBN 978-4-434-30862-8

エタニティ文庫

甘く濃密な恋人契約？

エタニティブックス Rouge

エタニティ文庫・赤

カラダ目当て

桜《さくら》 朱理《しゅり》　装丁イラスト／一夜人見

文庫本／定価：704円（10% 税込）

「君に私の子どもを産んでほしい」ある日突然、社長の遠田《とおだ》からそう告げられた秘書の咲子《さきこ》。上司の言葉は、プロポーズでも愛の告白でもなく、彼の血を引く子を産むだけの取引の打診で——!?　非常識な依頼に呆れ返る咲子だけれど、ふと、一度だけ、女として愛されてみたいと願ってしまい……

※エタニティブックスは大人の女性のための恋愛小説レーベルです。ロゴマークの色で性描写の有無を判断することができます（赤・一定以上の性描写あり、ロゼ・性描写あり、白・性描写なし）。

詳しくは公式サイトにてご確認ください。
https://eternity.alphapolis.co.jp/

夏澄は日本有数の複合企業・深見グループの社長、良一の第一秘書。優れたカリスマ性を持っており、女性からも引く手あまたな良一を時に叱咤しながら支えてきた。良一に対する気持ちはあくまで、尊敬できる上司として……そう言い聞かせてきた夏澄だが、ある日休息のために入ったホテルでふたりは一線を越えてしまう。これは一夜限りの夢——そう割り切ろうとしつつも、これまで抑えていた想いが溢れ出してしまい……?
ブルームーンのカクテル言葉は『叶わぬ恋』『無理な相談』そしてもうひとつ——…

B6判　各定価：704円（10%税込）

エタニティ文庫

彼を愛したことが、人生最大の過ち

blue moonに恋をして

桜《さくら》 朱理《しゅり》　　装丁イラスト／幸村佳苗

エタニティ文庫・赤

文庫本／定価：704円（10% 税込）

日本経済界の若き帝王・深見《ふかみ》を秘書として支え続けてきた夏澄《かすみ》。彼の傍にいられればそれだけでよかったのに、ある日、夏澄は彼と一夜を共にしてしまう……。報われない恋に耐え切れなくなった彼女は、深見と離れようと退職の意を伝えた途端に彼の態度が豹変し、二人の関係が動き出した!?

※エタニティブックスは大人の女性のための恋愛小説レーベルです。ロゴマークの色で性描写の有無を判断することができます（赤・一定以上の性描写あり、ロゼ・性描写あり、白・性描写なし）。

詳しくは公式サイトにてご確認ください。
https://eternity.alphapolis.co.jp/

大学時代に事故で両親を亡くした環《たまき》。住まいから学費まで面倒を見てくれたのは、サークルの先輩・鷹藤《たかとう》だった。しかし、環は恩と愛を感じながらも「御曹司である彼に自分はふさわしくない」と彼と離れる決断をする。そして三年後——。環の前に、突然鷹藤が現れる。さらに彼は「俺の愛人になれ」と不埒な命令を告げてきて…!?

B6判　定価:704円(10%税込)　ISBN 978-4-434-26292-0

EB エタニティ文庫

逃げられない恋が、再び始まる……

エタニティ文庫・赤

野良猫は愛に溺れる

桜《さくら》 朱理《しゅり》　　装丁イラスト／黒田うらら

文庫本／定価：704円（10％税込）

大学時代に、事故で両親を亡くした環《たまき》。そのとき救ってくれた先輩の鷹藤《たかとう》に恩と愛を感じつつ、環はあえて彼と別れる決断をした。別れから三年後、残業中の環の前に突然鷹藤が現れる。不意打ちの再会で混乱する環に、鷹藤は「お前、俺の愛人になれ」という不埒な命令を告げてきて……!?

※エタニティブックスは大人の女性のための恋愛小説レーベルです。ロゴマークの色で性描写の有無を判断することができます（赤・一定以上の性描写あり、ロゼ・性描写あり、白・性描写なし）。

詳しくは公式サイトにてご確認ください。
https://eternity.alphapolis.co.jp/

本書は、2021 年 11 月当社より単行本「琥珀の月」として刊行されたものに、書き下ろしを加えて文庫化したものです。

この作品に対する皆様のご意見・ご感想をお待ちしております。
おハガキ・お手紙は以下の宛先にお送りください。
【宛先】
〒 150-6019 東京都渋谷区恵比寿 4-20-3 恵比寿ｶﾞｰﾃﾞﾝﾌﾟﾚｲｽﾀﾜｰ 19F
（株）アルファポリス　書籍感想係

メールフォームでのご意見・ご感想は右のＱＲコードから、
あるいは以下のワードで検索をかけてください。

アルファポリス　書籍の感想　検索

ご感想はこちらから

エタニティ文庫

琥珀《こはく》の月《つき》〜ヤンデレ義弟《ぎてい》の執着愛《しゅうちゃくあい》に囚《とら》われる〜

桜《さくら》 朱理《しゅり》

2024年11月15日初版発行

文庫編集－熊澤菜々子・大木 瞳
編集長－倉持真理
発行者－梶本雄介
発行所－株式会社アルファポリス
〒150-6019 東京都渋谷区恵比寿4-20-3 恵比寿ｶﾞｰﾃﾞﾝﾌﾟﾚｲｽﾀﾜｰ19F
TEL 03-6277-1601（営業） 03-6277-1602（編集）
URL https://www.alphapolis.co.jp/
発売元－株式会社星雲社（共同出版社・流通責任出版社）
〒112-0005 東京都文京区水道1-3-30
TEL 03-3868-3275
装丁イラスト－サマミヤアカザ
装丁デザイン－ansyyqdesign
（レーベルフォーマットデザイン－hive&co.,ltd.）

印刷－中央精版印刷株式会社

価格はカバーに表示されてあります。
落丁乱丁の場合はアルファポリスまでご連絡ください。
送料は小社負担でお取り替えします。
©Syuri Sakura 2024.Printed in Japan
ISBN978-4-434-34817-4 C0193